Die Mordmaschine

JACK VANCE

Die Dämonenfürsten II:
Die Mordmaschine

Originaltitel: *The Killing Machine*
Copyright © 1964, 2013 by Jack Vance
Originalausgabe: *The Killing Machine* – New York: Berkley, 1964
Deutsche Erstausgabe: *Die Mordmaschine* – Heyne: München, 1969
Copyright © dieser Ausgabe 2022 by Spatterlight

Titelbild: David Russell
Übersetzung: Andreas Irle
Lektorat: Thorsten Grube, Gunther Barnewald

ISBN 978-1-61947-430-7

www.spatterlight.de

KAPITEL I

Aus *Wie die Planeten handeln* von Ignace Wodlecki:
Cosmopolis, September 1509:

In allen kommerziellen Gemeinschaften ist die Verbrei-
tung oder das Fehlen von Falschgeld, unechter Wechsel,
gefälschter Banknoten oder jedem anderen von einem Dutzend Kunstgriffen, um den Wert von leerem Papier zu stei-
gern, eine Angelegenheit von großer Bedeutung. Überall in
der Ökumene sind präzise Duplizier- und Vervielfältigungs-
maschinen leicht zugänglich, und nur peinlich genaue Sicherungen beugen der chronischen Verschlechterung unserer
Währung vor. Von diesen Sicherungen gibt es drei: Erstens,
die einzig zu verwendende Währung ist die Standard Valuta
Einheit oder SVE, deren Noten, in verschiedenen Nennwerten, nur von der Bank von Sol, der Bank von Rigel und
der Bank von Wega herausgegeben werden. Zweitens, jede
echte Note ist gekennzeichnet durch einen »Nachweis der
Authentizität«. Drittens, die drei Banken stellen der Allge-
meinheit ein sogenanntes Falschmeter zur Verfügung. Dies
ist eine Taschenvorrichtung, die, falls eine gefälschte Note
einen Schlitz passiert, einen warnenden Summton ertönen
lässt. Wie alle kleinen Jungs wissen, sind sämtliche Versuche,
das Falschmeter auseinanderzunehmen nutzlos. Sobald das
Gehäuse beschädigt wird, zerstört es sich selbst.

Über den »Nachweis der Authentizität« wird natürlich
viel spekuliert. Offenbar wird in bestimmten Schlüsselflä-
chen eine besondere Molekularkonfiguration eingebracht,
die in einer Standardreaktanz einer gewissen Natur resultiert:

1

elektrischer Inhalt?, magnetische Durchdringbarkeit?, Foto-
absorption oder Reflexion?, isotopische Variation?, radioak-
tive Präparation?, eine Kombination einiger oder aller dieser
Eigenschaften? Lediglich eine Handvoll Personen weiß es
und diese werden es nicht erzählen.

≈

Gersen begegnete Kokor Hekkus zum ersten Mal im Alter von
neun Jahren. Hinter eine alte Barkasse gekauert, beobachtete
er Gemetzel, Plünderung, Versklavung. Dies war das historische
Mount-Pleasant-Massaker, bemerkenswert wegen der noch nie
dagewesenen Zusammenarbeit der fünf sogenannten Dämonenfürsten. Kirth Gersen und sein Großvater überlebten. Fünf
Namen wurden Gersen so vertraut wie sein eigener: Attel Malagate, Viole Falushe, Lens Larque, Howard Alan Treesong, Kokor
Hekkus. Jeder hatte seine kennzeichnende Eigenschaft. Malagate
war gefühllos und grimmig, Viole Falushe stolz auf schwelgeri-
sche Verfeinerungen, Lens Larque war ein Größenwahnsinniger,
Howard Alan Treesong ein Chaot. Kokor Hekkus war der lau-
nischste, fantastischste und unzugänglichste, der kühnste und
einfallsreichste. Nur wenige haben von ihren Eindrücken berichtet: Sie fanden ihn durchweg leutselig, ruhelos, unvorhersehbar
und infiziert mit etwas, was aussehen mochte wie völliger Irrsinn,
wenn er nicht nachweislich über Beherrschung und Stärke ver-
fügt hätte. Was seine Erscheinung betraf, hatten alle eine andere
Ansicht. Er war, dem öffentlichen Ruf nach, unsterblich.

Gersens zweite Begegnung mit Kokor Hekkus ereignete sich im
Laufe einer Routinemission im Jenseits und verlief unbestimmt
– wenigstens erschien es ihm zu jener Zeit so. Anfang April 1525
arrangierte Ben Zaum, ein Beamter der IPCC* eine geheime
Unterredung mit Gersen und schlug diesem vor zu »wieseln«, was

---

* IPCC: Interwelten Polizei Coordinierungs Compagnie – in der
Theorie eine Privatorganisation, die den Polizeisystemen der
Ökumene spezielle Beratung, eine zentrale Informationsdatei und

hieß eine IPCC-Untersuchung im Jenseits anzustellen. Gersens eigene Angelegenheiten waren zu einem Stillstand gekommen; gelangweilt und rastlos war er zumindest einverstanden, sich den Vorschlag anzuhören.

Die Aufgabe, wie Zaum sie erklärte, war kinderleicht. Die IPCC sei beauftragt worden, einen gewissen Flüchtling aufzufinden: »Nennen Sie ihn ›Herrn Hoskins‹«, sagte Zaum. So dringend erforderlich sei Herr Hoskins, dass wenigstens dreißig Agenten in verschiedene Sektoren des Jenseits ausgesandt worden waren. Gersens Aufgabe würde darin bestehen, die bewohnten Örtlichkeiten eines bestimmten Planeten zu begutachten: »Nennen Sie ihn ›Böse Welt‹«, meinte Zaum mit einem wissenden Grinsen. Gersen musste entweder Herrn Hoskins ausfindig machen oder als definitive Gewissheit nachweisen, dass er keinen Fuß auf Böse Welt gesetzt hatte.

Gersen dachte einen Augenblick nach. Zaum, der in Rätseln schwelgte, schien sich bei dieser Gelegenheit selbst zu übertreffen. Geduldig begann Gersen, den entblößten Teil des Eisbergs in der Hoffnung abzuklopfen, neue Schichten bloßzulegen. »Weshalb nur dreißig Wiesel? Um die Aufgabe richtig zu erledigen, brauchen Sie Tausend.«

Zaums weiser Gesichtsausdruck verlieh ihm das Aussehen einer großen blonden Eule. »Wir waren in der Lage, das Suchgebiet einzuengen. Soviel kann ich sagen, Böse Welt ist einer der wahrscheinlicheren Orte – weshalb ich möchte, dass Sie das übernehmen. Ich kann nicht genug betonen, wie wichtig das alles ist.«

Gersen entschied, diese Aufgabe nicht übernehmen zu wollen. Zaum hatte beschlossen – oder hatte die Anweisung bekommen – so viel Verschwiegenheit wie möglich an den Tag zu legen. Im Dunklen zu arbeiten ärgerte Gersen, es verwirrte ihn und

---

kriminologische Laboratorien bereitstellt. In der Praxis: Eine der Regierung übergeordnete Agentur, die gelegentlich als das Gesetz als solches fungiert.

minderte seine Wirksamkeit – was bedeutete, dass er nicht aus dem Jenseits zurückkommen mochte. Gersen fragte sich, wie er die Aufgabe vermeiden konnte, ohne es sich mit Ben Zaum zu verscherzen und so eine Leitung zur IPCC trockenzulegen. »Was, wenn ich Herrn Hoskins gefunden habe?« erkundigte er sich.

»Sie haben vier Möglichkeiten, die ich Ihnen in Reihenfolge absteigender Erwünschtheit aufzähle. Bringen Sie ihn lebendig nach Alphanor. Bringen Sie ihn tot nach Alphanor. Infizieren Sie ihn mit einer Ihrer schrecklichen Sarkoy-Geistesdrogen. Töten Sie ihn auf der Stelle.«

»Ich bin kein Mörder.«

»Es ist mehr als eine bloße Ermordung! Es ist – verdammt, mir ist nicht erlaubt, es im Detail zu erklären. Aber es ist wirklich dringend, das kann ich Ihnen versichern!«

»Ich glaube Ihnen«, erwiderte Gersen. »Dennoch, ich will nicht – tatsächlich kann ich gar nicht – töten, ohne zu wissen, warum. Am besten Sie holen sich jemand anderen dafür.«

Unter normalen Umständen hätte Zaum die Unterredung beendet, doch er ließ nicht locker. Dem entnahm Gersen, dass es entweder schwierig war, an qualifizierte Wiesel heranzukommen oder dass Zaum seine Dienste hoch schätzte.

»Wenn Geld irgendeine Rolle spielt«, meinte Zaum, »ich glaube, ich kann etwas arrangieren ...«

»Ich denke, ich werde diese eine Aufgabe nicht annehmen.«

Zaum schlug sich in einer nur halb ernsten Zurschaustellung die Fäuste gegen die Stirn. »Gersen – Sie sind einer der wenigen Männer, über deren Kompetenz ich mir sicher bin. Dies ist eine mörderisch delikate Operation – im Falle, natürlich, Herr Hoskins besucht Böse Welt, was ich selbst für wahrscheinlich halte. Ich sage Ihnen so viel: Kokor Hekkus ist darin verwickelt. Falls er und dieser Herr Hoskins miteinander in Kontakt kommen ...« Er warf die Hände in die Luft.

Gersen hielt seine desinteressierte Haltung aufrecht, nun allerdings hatte sich alles geändert. »Ist Herr Hoskins ein Verbrecher?«

Zaums glatte Stirn verzog sich unbehaglich. »Ich kann nicht in die Details gehen.«

»Wie soll ich ihn denn identifizieren, wenn das so ist?«

»Sie erhalten Fotografien und eine Beschreibung der körperlichen Merkmale, das sollte reichen. Die Aufgabe ist kinderleicht. Finden Sie den Mann: Töten Sie ihn, verwirren Sie ihn oder bringen Sie ihn zurück nach Alphanor.«

Gersen zuckte mit den Schultern. »Also gut. Aber da ich offenbar unentbehrlich bin, möchte ich mehr Geld.«

Zaum brachte ein oder zwei verdrießliche Beschwerden vor. »Nun zu den definitiven Arrangements: Wann können Sie abreisen?«

»Morgen.«

»Sie haben immer noch Ihr Raumschiff?«

»Wenn Sie das Modell 9B Lokator als Raumschiff bezeichnen wollen.«

»Es bringt Sie dorthin und zurück und ist angemessen unverdächtig. Wo liegt es im Augenblick?«

»Im Aventer Raumhafen, Areal C, Bucht 10.«

Zaum machte sich eine Notiz. »Gehen Sie morgen zu Ihrem Raumschiff, reisen Sie ab. Es wird bevorratet und aufgetankt sein. Der Monitor wird auf Böse Welt kodiert sein. Sie werden eine Mappe mit Informationen in Bezug auf Herrn Hoskins in Ihrem *Sternenverzeichnis* finden. Sie benötigen lediglich Ihre persönlichen Habseligkeiten – Waffen und dergleichen.«

»Wie lange soll ich auf Böse Welt suchen?«

Zaum seufzte tief. »Ich wünschte, ich könnte es Ihnen sagen. Ich wünschte, ich wüsste, was vorgeht ... Sofern Sie ihn nicht binnen eines Monats nach Ankunft finden, ist es wahrscheinlich zu spät. Wenn wir nur mit Sicherheit wüssten, wohin er gegangen ist, was seine Beweggründe sind ...«

»Ich schließe daraus, dass er kein bekannter Verbrecher ist.«

»Nein. Er hat ein langes, nützliches Leben geführt. Dann trat ein Mann namens Seuman Otwal, in dem wir einen Agenten Kokor Hekkus' vermuten, an ihn heran. Herrn Hoskins Frau zufolge wirkte er daraufhin völlig aufgelöst.«

»Erpressung?«

»Unter diesen Umständen – unmöglich.«

Gersen war es nicht möglich, ihm noch mehr Informationen zu entlocken.

Als Gersen etwas vor Mittag am folgenden Tag am Aventer Raumhafen eintraf, fand er die Angelegenheiten so vor, wie Zaum angekündigt hatte. Nachdem er das spartanische kleine Raumfahrzeug betreten hatte, ging er zuerst zum Sternenverzeichnis, in dem er einen Hartpapierumschlag fand, der Fotografien enthielt; dazu eine gedruckte Beschreibung. Herr Hoskins wurde in verschiedenen Anzügen, unterschiedlichen Kopfbekleidungen sowie Hauttönungen dargestellt. Er erschien wie ein Mann in sehr reifen Jahren, mit einem großen schlaffen Körper, leutseligen großen Augen, einem breiten Mund mit großen Zähnen und einer kleinen habgierigen Nase. Herr Hoskins war ein Erdenmensch: soviel war anhand seiner Kleidung und Hauttönung, die im Allgemeinen ähnlich, im Detail jedoch verschieden von denen Alphanors waren, zu sehen. Gersen legte die Mappe beiseite, entschied sich zögernd gegen einen Besuch der Erde, wo er Herrn Hoskins wahrscheinlich identifizieren könnte. Ein solcher Umweg würde zu viel Zeit benötigen – und ihn zweifellos auf die schwarze Liste der IPCC bringen. Er vollzog eine letzte Überprüfung des Bootes und rief die Hafenkontrolle wegen der Abflugabfertigung an.

Eine halbe Stunde später war Alphanor ein schimmerndes Gestirn achteraus. Gersen schaltete den Monitor ein und beobachtete, wie die Nase des Bootes durch den Himmel schwang, um schließlich in eine Richtung, sechzig Grad abweichend von der Grundlinie zwischen Rigel und Sol zu deuten.

Nun packte der Jarnell-Antrieb das Schiff oder, genauer gesagt, schuf Bedingungen, unter denen einige wenige Pfund Schub eine beinahe Unmittelbarkeit des Transfers bewirkten.

Die Zeit verging. Zufällige, sich ringelnde und sickernde Photonen leckten durch die Jarnell-Lamellen in das Schiff und gestatteten Blicke auf das außen gelegene Universum: Sterne zu Hunderten und Tausenden, die vorübertrieben wie Funken

im Wind. Gersen unterhielt eine sorgfältige astrografische Auf-
zeichnung, ausgerichtet auf Sol, Canopus und Rigel. Kurz darauf
durchquerte das Schiff die Trennlinie zwischen der Ökumene
und dem Jenseits, und nun besaßen Gesetz, Ordnung, Zivilisation keine formelle Existenz mehr. Nachdem er die Reiseroute
projiziert hatte, war Gersen schließlich in der Lage, Böse Welt zu
identifizieren: Carina LO-461 IV im Sternenverzeichnis, Bissoms
Ende in der Terminologie des Jenseits. Henry Bissom war seit
siebenhundert Jahren tot; die Welt oder zumindest die Region,
welche die wichtigste Stadt Skouse umgab, war nun das Revier
der Windle-Familie. Böse Welt war keine schlechte Bezeichnung,
dachte Gersen. Sollte er ohne guten Grund – aus dem Stegreif fiel
ihm keiner ein – in Skouse einlaufen, würde er unfehlbar von dem
örtlichen Zug des Entwieselungskorps* aufgegriffen werden. Er
würde rigoros befragt werden. Wonach ihm, wenn er Glück hatte,
zehn Minuten zugestanden werden würden, um den Planeten
zu verlassen. Falls Wieselei geargwöhnt wurde, würde er getötet
werden. Gersen dachte herbe Gedanken in Bezug auf Ben Zaum
und dessen übersorgfältige Verschwiegenheit. Hätte er sein Ziel
gekannt, wäre es denkbar gewesen, dass er sich irgendeine Art von
Deckung hätte zulegen können.

Voraus hing ein grünlichgelber Stern von keiner großen Leuchtkraft im Fadenkreuz, wurde heller und größer. Nicht lange danach
setzte der Interspleiß aus, der Äther brach über das Schiff herein;
es seufzte und schauderte durch alle Atome von Gersen und des
Schiffes selbst: ein Geräusch, welches einem auf die Nerven ging,
das aber möglicherweise nicht einmal real war.

Das alte Modell 9B flog durch den Raum. In der Nähe hing
Bissoms Ende – Böse Welt. Es war ein recht kleiner Planet, kalt
an den Polen, mit einer Kette niedriger Berge, die einen Gür-
tel um den Äquator bildeten, wie eine Schweißnaht, welche die
beiden Hemisphären zusammenhielt. Im Norden und Süden

---

* Die einzige Interweltenorganisation des Jenseits, die nur existiert,
  um verdeckte Agenten der IPCC zu identifizieren und unschädlich
  zu machen.

verliefen Meeresstreifen, die nahe dem fünfzigsten Breitengrad seichter wurden und zu sumpfigen Flussarmen und Dschungeln wurden, jenseits derer sich Sümpfe und Moraste bis zum ewigen Eis erstreckten.

Die Stadt Skouse hockte auf einem windigen Plateau, ein unregelmäßiger Wirrwarr aus schmutzigen Steingebäuden. Gersen war verwirrt. Weshalb sollte Herr Hoskins nach Bissoms Ende kommen wollen? Es existierten bei Weitem erfreulichere Zufluchtsorte. Brinktown war dagegen nahezu heiter ... Aber er setzte zu viel als sicher voraus: Herr Hoskins mochte niemals in die Nähe von Bissoms Ende kommen und die gesamte Mission ein Reinfall sein; tatsächlich hatte Zaum so etwas angedeutet.

Gersen untersuchte den Planeten durch das Makroskop, fand jedoch nur wenig von Interesse. Die äquatorialen Berge waren dunstig und öde, die Meere waren grau, gesprenkelt mit den Schatten der niedrig dahinjagenden Wolken. Er wandte die Aufmerksamkeit wieder Skouse zu, einer Stadt von vielleicht drei- oder viertausend Einwohnern. Nahebei befand sich ein abgesenktes Feld, das umsäumt war von Schuppen und Lagerhäusern: offensichtlich der Raumhafen. Nirgends waren luxuriöse Häuserblöcke oder Burgen zu sehen und Gersen erinnerte sich, dass die Windles Höhlen in den Bergen hinter der Stadt bewohnten. Etwa hundertfünfzig Kilometer nach Osten und Westen schwanden die Zeugnisse der Besiedelung schließlich und die Wildnis begann. Es gab eine einzige andere Stadt, neben einem Hafenbecken, das sich in den Nordozean erstreckte. Nahebei befand sich ein metallverarbeitendes Werk, wie Gersen aus Schlackebergen und verschiedenen großen Gebäuden schloss. Anderswo zeigte der Planet keine Anzeichen der menschlichen Besitzergreifung.

Wenn er Skouse nicht offen aufsuchen konnte, musste er es heimlich tun. Er suchte eine isolierte Schlucht, wartete bis sich die Abendschatten über das Gebiet legten und landete dann so schnell wie möglich.

Er verbrachte eine Stunde damit, sich an die Atmosphäre zu gewöhnen, dann trat er hinaus in die Nacht. Die Luft war kühl;

sie besaß, wie beinahe auf jedem Planeten, einen kennzeichnenden Nachgeschmack, gegenüber dem der Geruchssinn schnell abstumpfte: in diesem Fall eine bittere chemikalische Ausdünstung, gemischt mit etwas wie verbranntem Gewürz; das eine offenbar aus der Erde stammend, das andere von der einheimischen Vegetation.

Gersen stattete sich mit verschiedenen Werkzeugen des Wieselgeschäftes aus, winschte den Plattformflieger ab und machte sich auf gen Westen.

In der ersten Nacht erkundete Gersen Skouse. Die Straßen waren ungepflastert und planlos. Es gab eine Lagerverkaufsstelle, verschiedene Lagerhäuser, eine Garage, drei Kirchen, zwei Tempel und eine Trambahn mit spindelschmalen Spuren, die in Richtung Meer führten. Er machte das Gasthaus ausfindig: ein rechteckiges, dreigeschossiges Gebäude, das aus Stein, Hartfaserpaneelen und Holz erbaut war. Skouse war eine düstere Stadt, die ein Gefühl der Langeweile, Trägheit und Ignoranz ausstrahlte; Gersen nahm an, dass die Bewohner nur wenig mehr Status besaßen als Leibeigene.

Er konzentrierte seine Aufmerksamkeit auf das Gasthaus, in dem Herr Hoskins, falls er denn anwesend war, mit an Sicherheit grenzender Wahrscheinlichkeit sein Quartier aufgeschlagen hatte. Es war ihm nicht möglich, ein Fenster zu finden, um hindurchzusehen; die Wände widerstanden seinem Abhörmikrofon. Und er wagte es nicht, einen der Gäste anzusprechen, die zu verschiedenen Zeiten während der Nacht herausschwankten und durch die sich windenden Straßen von Skouse davontaumelten.

In der zweiten Nacht hatte er keinen größeren Erfolg. Gegenüber dem Gasthaus allerdings fand er ein verlassenes Gebäude: einst offenbar eine Maschinenwerkstatt oder ein Fertigungswerk, welches nun aber dem Staub und kleinen weißen Insekten anheimgefallen war, die so nervtötend waren wie winzige Affen. Hier machte Gersen es sich bequem und beobachtete den gesamten Tag über das Gasthaus. Das Stadtleben entfaltete sich vor ihm. Verdrießliche Männer und stumpfe Frauen gingen ihren

Angelegenheiten nach; sie trugen dunkle Jacken, weite flatternde Hosen in Braun oder Kastanienbraun und schwarze Hüte mit aufwärts gebogenen Krempen. Sie sprachen in einem breiten, flachen Dialekt, den Gersen nicht hoffen konnte zu imitieren; damit erledigte sich der Plan, sich Kleidung in einheimischem Stil zu besorgen und das Gasthaus zu betreten. Am späten Nachmittag kamen Fremde in die Stadt: Raummänner ihrer Kleidung nach zu urteilen, von einem Schiff, das offenbar gerade erst gelandet war. Gersen bekämpfte seine Müdigkeit mit einer Antischlafpille. Sobald die Sonne niederging, und ein trübfarbenes Zwielicht warf, verließ er sein Versteck und eilte durch die dämmrigen Straßen zum Raumhafen. Tatsächlich, ein großes Frachtschiff war eingelaufen; Ballen und Kisten wurden aus dem Laderaum gelöscht. Während Gersen zuschaute, verließen drei Mannschaftsmitglieder das Schiff, überquerten die lichtüberflutete Vorderfläche, zeigten dem Wächter am Tor Pässe und wandten sich die Straße hinunter in Richtung Stadt.

Gersen gesellte sich zu ihnen. Er entbot ihnen einen »Guten Abend«, den sie höflich erwiderten, danach erkundigte er sich nach dem Namen ihres Schiffes.

»Die *Iwan Garfang*«, wurde ihm gesagt, »aus Chalcedon.«

»Chalcedon, Erde?«

»Genau.«

Der jüngste der Gruppe fragte: »Welche Art von Stadt ist Skouse? Kann man dort Spaß haben?«

»Keinen«, entgegnete Gersen. »Es gibt ein Gasthaus, ansonsten nur sehr wenig. Es ist eine stumpfsinnige Stadt und ich bin bestrebt, sie wieder zu verlassen. Nehmen Sie Passagiere auf?«

»Aye, wir haben einen an Bord und Platz für vier weitere. Fünf, sollte Herr Hosey sich ausschiffen, wie er es, glaube ich, vorhat. Doch zu welchem Zweck er hierher kommt ...« Der junge Mann schüttelte den Kopf vor Verständnislosigkeit.

Also, dachte Gersen, sollte es derart einfach sein. Wer anders konnte Herr Hosey sein als Herr Hoskins? Und wie passte Kokor Hekkus ins Bild? Er führte die drei Raummänner zum Gasthaus und betrat es mit ihnen, allem Anschein nach ihr Schiffskamerad und so sicher vor dem Argwohn der Entwieseler.

Gersen zementierte die Gemeinschaft durch den Ruf nach einer Runde Getränke. Es war nichts anderes zu haben als ein dünnes, saures Bier und ein weißer scharfer Arrak.

Das Innere des Gasthauses war, mit der traditionellen Bar und einem Feuer, das in einer Feuerstelle loderte, recht freundlich. Eine Schankmaid, die einen weichen roten Kittel und Strohpantoffeln trug, servierte die Getränke. Der jüngste der Raummänner, der sich Carlo nannte, machte Annäherungsversuche, auf welche die Maid mit einem Blick verständnisloser Verwirrung reagierte.

»Lass sie in Ruhe«, riet der älteste der Raummänner, dessen Name Bude war. »Sie ist nicht ganz richtig.« Er tippte sich bedeutungsvoll gegen die Stirn.

»Wir sind den ganzen Weg hierhergekommen, zum Hinterteil des Jenseits«, murrte Carlo, »und die erste Frau, die wir sehen, ist eine Schwachsinnige.«

»Überlass sie Herrn Hosey«, schlug Halvy vor, der verbleibende Raummann. »Wenn er sich ausschifft, wird er eine lange, fade Zeit haben.«

»Ist er eine Art Wissenschaftler?« erkundigte sich Gersen. »Oder ein Journalist? Sie ziehen es mitunter vor, seltsame Orte zu besuchen.«

»Der Teufel weiß, was er ist«, erwiderte Carlo. »Er hat auf der gesamten Reise nicht mehr als zwei Worte gesprochen.«

Die Unterhaltung schlug eine andere Richtung ein. Gersen hätte lieber mehr über Herrn Hosey gesprochen, wagte aber nicht, Fragen zu stellen, die im Jenseits nahezu stets unheilvolle Folgen nach sich zogen.

Eine Anzahl Einheimischer hatte das Gasthaus betreten und blieb vor dem Feuer stehen. Sie tranken Gläser mit Bier mit einem Zug aus und redeten mit flachen Stimmen. Gersen nahm den Schankkellner beiseite und erkundigte sich hinsichtlich einer Unterkunft.

Der schüttelte den Kopf. »Es ist so lange her, dass wir jemanden beherbergt haben, dass unsere Betten alle veraltet sind. Sie sind auf Ihrem Schiff besser aufgehoben.«

Gersen blickte durch den Raum zu Carlo, Bude und Halvy. Sie zeigten noch keine Anzeichen des unmittelbar bevorstehenden Aufbruchs. Er wandte sich erneut an den Schankkellner. »Gibt es jemanden, der für mich einen Botengang zum Schiff erledigen kann?«

»Hinten ist ein Junge, der Ihnen gefällig sein könnte.«

»Ich werde mit ihm sprechen.«

Der Bursche wurde herbeigerufen: ein leergesichtiger Jugendlicher, der Sohn des Schankkellners. Gersen gab ihm ein großzügiges Trinkgeld und ließ ihn drei Mal die Botschaft wiederholen, die er überbracht haben wollte. »Ich soll nach Herrn Hosey fragen und sagen, dass er sofort im Gasthaus verlangt wird.«

»Richtig. Geschwind jetzt, und es mag noch mehr Geld für dich geben. Denke daran, richte die Botschaft niemand anderem aus als Herrn Hosey selbst.«

Der Junge machte sich auf den Weg. Gersen wartete einen Augenblick, dann schlenderte er aus dem Gasthaus und folgte dem Burschen zum Raumhafen, wobei er sich geflissentlich im Hintergrund hielt.

Der Junge war dem Wächter am Raumhafen bekannt, und nach ein oder zwei Worten wurde ihm erlaubt, das Feld zu betreten. Gersen ging so nahe heran, wie er es wagte, und beobachtete alles aus dem Schatten eines hochgewachsenen Busches heraus.

Einige Minuten vergingen. Der Junge erschien vor dem Schiff – allein. Gersen grunzte vor Enttäuschung. Als der Bursche hinaus auf den Weg trat, sprach Gersen ihn an. Erschreckt schrie der Junge auf und sprang fort.

»Komm zurück hierher«, sagte Gersen. »Hast du Herrn Hosey gesehen?«

»Ja, mein Herr, das habe ich.«

Gersen holte eine Fotografie von Herrn Hoskins hervor und ließ ein Licht aufblitzen. »Diesen Herrn hier?«

Der Junge blinzelte. »Ja, mein Herr. Genau den.«

»Und was hat er gesagt?«

Der Jugendliche blickte zur Seite, das Weiß seiner Augen schimmerte. »Er hat gefragt, ob ich Billy Windle kenne.«

»Billy Windle, wie?«

»Ja, mein Herr. Und natürlich tue ich das nicht. Billy Windle ist ein Hormagaunt. Er hat mir aufgetragen, Ihnen zu sagen, falls Sie Billy Windle wären, sollten Sie zum Schiff kommen. Ich sagte nein, Sie seien ein Raummann. Und er sagte, er würde sich mit niemand anderem als Billy Windle selbst und höchstpersönlich befassen.«

»Ich verstehe. Und was ist ein Hormagaunt?«

»So nennen wir sie hier. Vielleicht haben Sie auf Ihrer Welt einen anderen Namen dafür. Es sind Leute, die das Leben anderer aufsaugen und dann fortgehen, um auf Thamber zu leben.«

»Billy Windle lebt auf Thamber?«

Der Junge nickte ernst. »Es ist eine reale Welt, denken Sie nichts anderes. Ich weiß es, weil die Hormagaunten dort leben.«

Gersen lächelte. »Genau wie Drachen, Elfen, Oger und Linderlinge.«

Der Junge meinte bekümmert: »Sie glauben mir nicht.«

Gersen holte noch mehr Geld hervor. »Kehre zu Herrn Hosey zurück. Sage ihm, dass Billy Windle auf dem Weg auf ihn wartet und bringe ihn hierher zu mir.«

Des Jungen Augen rollten ehrfürchtig. »Sind Sie Billy Windle?«

»Kümmere dich nicht darum, wer ich bin. Geh, überbringe Herrn Hosey die Botschaft!«

Der Junge kehrte zum Schiff zurück. Fünf Minuten später kam er die Lauframpe herunter, gefolgt von Herrn Hosey – der ganz definitiv Herr Hoskins war. Er ging weiter über das Feld.

Doch nun kam eine sich drehende Scheibe aus roten und blauen Lichtern durch den dunklen Himmel geschwebt; sie rauschte dahin und ließ sich auf den Boden nieder. Es war ein prächtiger Flugwagen, in kunstvoller Weise dekoriert, mit farbigen Lumen, goldenen Schnörkeln und flatternden grünen

und goldenen Wedeln. Der Fahrer war ein schlanker, langbeini-
ger Mann mit muskulösen Schultern, der genauso extravagant
aufgemacht war wie das Boot. Sein Gesicht war schwarzbraun
gefärbt, seine Gesichtszüge waren flexibel, regelmäßig, jugend-
lich. Er trug einen eng sitzenden Turban aus weißem Stoff mit
zwei schelmischen Troddeln, die am rechten Ohr hinabhingen.
Er war erfüllt von nervöser Vitalität und als er zu Boden sprang,
schien er zurückzufedern.

Der Junge und Herr Hoskins waren stehen geblieben. Der Neu-
ankömmling ging rasch über das Feld. Er sprach Herrn Hoskins
an, der überrascht schien und fragend in Richtung des Weges gestikulierte. Dies musste Billy Windle sein, dachte Gersen, der vor
Enttäuschung mit den Zähnen knirschte. Billy Windle schaute in
Richtung des Weges, fragte Herrn Hoskins etwas, der zögernd
zuzustimmen schien und auf seine Tasche klopfte. Aber mit der
gleichen Bewegung holte er eine Waffe hervor, die er Billy Windle
auf trotzig-nervöse Weise zeigte, als wolle er betonen, dass er nie-
mandem traue. Billy Windle lachte lediglich.

Wo passte Kokor Hekkus ins Bild? War Billy Windle einer seiner
Agenten? Es gab einen einfachen und direkten Weg es herauszufinden. Der Wächter am Tor beobachtete die Konfrontation mit
faszinierter Aufmerksamkeit. Er hörte nicht, wie Gersen hinter
ihm herankam; er spürte nichts, als Gersen ihm einen geschickten
Schlag versetzte, der ihn auf der Stelle bewusstlos zusammensa-
cken ließ. Gersen zog Kappe sowie Umhang des Wächters an und
marschierte dienstbeflissen auf Billy Windle und Herrn Hoskins
zu. Sie waren mit einer Übergabe beschäftigt: jeder von ihnen
hielt einen Umschlag. Billy Windle schaute zu Gersen, winkte
ihn zurück zum Tor, doch dieser ging weiterhin auf sie zu, wobei
er versuchte servil auszusehen. »Zurück auf Ihren Posten, Wächter«, schnappte Billy Windle. »Überlassen Sie uns unseren
Angelegenheiten.« Es lag etwas unbeschreiblich Schreckliches in
der Neigung seines Kopfes.

»Entschuldigen Sie, mein Herr«, sagte Gersen. Er sprang
vor und schlug mit dem Projeck nach Billy Windles prächtiger

Kopfbedeckung. Während Billy Windle taumelte und fiel, bestrich Gersen Herrn Hoskins Arm mit einer niedrigen Ladung und rüttelte dessen Waffe los.

Herr Hoskins schrie vor Schmerz und Erstaunen auf. Gersen hob Billy Windles Umschlag auf und langte nach jenem, den Herr Hoskins hielt. Dieser wankte zurück und blieb, als Gersen den Projeck hob, stehen.

Gersen schob ihn auf Billy Windles Luftwagen zu. »Schnell, steigen Sie ein oder ich werde Sie bestrafen.«

Herrn Hoskins Beine waren wie Gummi, torkelnd und wankend bewegte er sich in wackligem Trott zum Luftwagen. Während er an Bord kletterte, versuchte er, den Umschlag in sein Hemd zu stopfen. Gersen langte vor, schnappte zu und der Umschlag zerriss. Es kam zu einem kurzen Gerangel, in dem Gersen den halben Umschlag ergatterte, während die andere Hälfte irgendwo am Boden unter dem Boot landete. Billy Windle kam taumelnd auf die Beine. Gersen konnte nicht länger warten. Die Steuerung des Luftwagens war Standard; er drückte den Startarm weit durch. Billy Windle rief etwas, was Gersen nicht verstehen konnte. Während der Luftwagen schräg nach oben stieg, zog er den Projeck und feuerte. Der Blitz sang an Gersens Ohr vorbei und schnitt diagonal durch Herrn Hoskins Kopf. Gersen schwang den Luftwagen durch den Himmel und schoss zurück, doch die Entfernung war zu groß, sodass lediglich eine Fontäne sprühenden Staubes aufgewirbelt wurde.

Hoch über Skouse drehte er ab, flog nach Westen und landete neben seinem Raumboot. Er trug die Leiche von Herrn Hoskins an Bord, ließ den herausgeputzten Luftwagen zurück und brach mit dem Modell 9B in den Raum auf. Er schaltete den Interspleiß ein und war sicher: Keine bekannte menschliche Anstrengung konnte ihn jetzt noch abfangen. Die Mission war in fachmännischer Art vollendet, ohne übermäßige Anstrengung: Herr Hoskins war tot und unterwegs nach Alphanor, gemäß seiner Vorgabe. Kurz, reine Routine. Gersen hätte erfreut sein sollen, aber das war nicht der Fall. Er hatte nichts erfahren, mit nichts

Erfolg gehabt – mit nichts, außer dem schäbigen Geschäft, für das er nach Bissoms Ende geschickt worden war. Kokor Hekkus war in die Angelegenheit verwickelt gewesen; da Herr Hoskins tot war, würde Gersen niemals wissen, weshalb oder auf welche Art und Weise.

Die Leiche war ein Problem. Gersen zog sie in den hintersten Spind und schloss die Tür.

Er holte den Umschlag hervor, den er Billy Windle abgenommen hatte und öffnete ihn. Darin befand sich ein Blatt rosafarbenen Papiers, auf dem jemand in blumiger violetter Tinte geschrieben hatte. Die Botschaft war überschrieben mit: Wie wird man zum Hormagaunten? Gersen hob die Brauen – ein Scherz? Irgendwie hielt er es nicht für einen. Gersen las die Anweisungen mit einem Frösteln des Schreckens, das ihn im Nacken kitzelte. Sie waren keineswegs erfreulich:

> *Das Altern ist Gefolgsmann eines Zustandes, in dem sich die Säfte der Jugend erschöpft haben: so viel ist an sich offensichtlich. Der Hormagaunt verlangt danach, sich mit diesen unschätzbaren Elixieren aus den höchst offensichtlichsten Quellen zu ergänzen: jenen Personen, die jung sind. Der Prozess ist teuer, es sei denn, jemand besitzt Zugang zu einer ausreichenden Anzahl solcher Personen, und in diesem Fall geht er in der folgenden Art und Weise vor:*

Es folgten Anweisungen:

Aus den Körpern lebender Kinder muss sich der Hormagaunt bestimmte Drüsen und Organe beschaffen, Extrakte präparieren, aus denen letztendlich ein wächsernes Knötchen entsteht. Dieses Knötchen, implantiert in des Hormagaunts Zirbeldrüse, schützt vor dem Altern.

Gersen legte den Brief beiseite und inspizierte das Fragment, das er Herrn Hoskins entrungen hatte. Er las:

... Wellen oder, noch genauer, Dichtebänder. Diese finden sich offenbar aufs Geratewohl, obgleich sie in der Praxis so zufällig vorkommen, dass sie kaum wahrnehmbar sind. Die kritische Aufteilung erfolgt in der Verteilung der Quadratwurzeln der ersten elf Primzahlen. Das Vorkommen von sechs oder mehr solcher Wellen an jeder der bezeichneten Stellen bestätigt ...

Gersen fand die Auskunft unverständlich, machte ihn jedoch ungemein neugierig: Was derart Wertvolles hatte Herr Hoskins gewusst, dass es auf der gleichen Grundlage gehandelt werden konnte, wie das Geheimnis der ewigen Jugend?

Er untersuchte erneut die abscheuliche Anleitung, wie man zum Hormagaunten wurde, und fragte sich, ob sie fundiert war. Dann vernichtete er beide Dokumente.

Vom Aventer Raumhafen aus rief er per Visifon Ben Zaum an. »Ich bin zurück.«

Zaum hob die Augenbrauen. »So schnell?«

»Es gab keinen Grund zu säumen.«

Dreißig Minuten später trafen sich Zaum und Gersen in der Vorhalle des Warteraums des Raumhafens. »Wo ist Herr Hoskins?« Mit der schwachen Betonung auf Hoskins warf er Gersen einen knappen, forschenden Blick zu.

»Sie brauchen einen Leichenwagen. Er ist seit einiger Zeit tot. Es geschah, noch bevor ich Böse Welt – wie Sie den Planeten bezeichnet haben – verließ.«

»Hat er ... Wie waren die Umstände?«

»Er und ein Mann namens Billy Windle hatten eine Art Handel abgeschlossen, aber sie konnten sich nicht einigen. Windle schien sehr enttäuscht zu sein und tötete Herrn Hoskins. Ich habe es geschafft, die Leiche zu bergen.«

Zaum schaute Gersen mit mildem Argwohn an. »Haben irgendwelche Papiere die Hände gewechselt? Mit anderen Worten: Hat Windle irgendwelche Informationen von Hoskins erhalten?«

»Nein.«

»Sind Sie dessen sicher?«

»Absolut.«

Zaum gab immer noch nicht nach. »Das ist alles, was Sie zu berichten haben?«

»Ist das nicht genug? Sie haben Herrn Hoskins; das war es doch, was Sie wollten.«

Zaum fuhr sich mit der Zunge über die Lippen und blickte Gersen aus den Augenwinkeln an. »Sie haben keine Dokumente bei seiner Leiche gefunden?«

»Nein. Aber ich möchte Ihnen eine Frage stellen.«

Zaum seufzte tief und unzufrieden. »Nun gut. Falls möglich, werde ich antworten.«

»Sie erwähnten Kokor Hekkus. Wie kommt er hier ins Spiel?«

Zaum überlegte einen Augenblick und kratzte sich am Kinn. »Kokor Hekkus ist ein Mann vieler Identitäten. Eine davon ist, wenigstens wurden wir dahingehend informiert, Billy Windle.«

Gersen nickte bekümmert. »Das habe ich befürchtet ... Ich habe meine Gelegenheit verpasst. Sie mag nie mehr wiederkehren ... Wissen Sie, was ein Hormagaunt ist?«

»Ein was?«

»Ein Hormagaunt, offenbar ein unsterbliches Wesen, das auf Thamber lebt.«

Gemessenen Tones sagte Zaum: »Ich weiß nicht, was ein Hormagaunt ist und alles, was ich über Thamber weiß ist: *Setz den Kurs*, vom Hundsstern aus, fahr, bis zum Randsaum hin und grad voraus siehst du Thamber glühn – wie auch immer das Lied geht.«

»Sie haben die Zeile nach Hundsstern vergessen: einen Strich nord von Achernar.«

»Wie dem auch sei«, meinte Zaum. »Ich habe auch nie das Land Oz gefunden.« Er seufzte bekümmert. »Ich vermute, Sie erzählen mir nicht die ganze Geschichte. Aber ...«

»Aber was?«

»Seien Sie diskret.«

»Oh, allerdings.«

»Und seien Sie versichert, dass, wenn Sie Kokor Hekkus einen Strich durch einen seiner Pläne gemacht haben, Sie ihn wiedersehen werden. Er erwidert niemals eine Gefälligkeit und vergisst niemals eine Beleidigung.«

KAPITEL II

Aus der Einleitung zu *Die Dämonenfürsten* von Caril Carphen (Elucidarian-Verlag, Neu Wexford, Aloysius, Wega):

Es mag sehr wohl gefragt werden, wie man unter so vielen Dieben, Entführern, Piraten, Sklavenhändlern und Mördern innerhalb und jenseits der Grenze fünf Individuen isolieren und sie als »Dämonenfürsten« bezeichnen kann. Während er einen gewissen Grad an Willkür einräumt, kann der Verfasser nichtsdestotrotz guten Gewissens die Kriterien definieren, welche die fünf in seinem Geist als Erzunholde und Oberherren des Bösen etablieren.

Erstens: Die Dämonenfürsten sind typisch für ihre Grandeur. Denken Sie an die Art und Weise, in der Kokor Hekkus seinen Spitznamen »Die Mordmaschine« erwarb oder an Attel Malagates »Plantage« auf Grabhorne Planet (eine Zivilisation nach seiner eigenen Definition) oder an Lens Larques erstaunliches Monument seiner selbst oder an Viole Falushes Palast der Liebe. Gewiss, dies sind nicht die Taten gewöhnlicher Menschen noch die Resultate gewöhnlicher Lebensläufe (obwohl Viole Falushe nachgesagt wird, er sei körperlich eitel, und in gewissen Taten von Kokor Hekkus gibt es die wunderlich-abscheuliche Eigenschaft eines kleinen Jungen, der mit einem Insekt experimentiert).

Zweitens: Diese Männer sind schöpferische Genies, motiviert nicht durch Bosheit, Perversität, Gier oder Menschenhass, sondern durch leidenschaftliche innere Ziele, die zum größten Teil verschleiert und obskur sind. Weshalb sonnt sich Howard Alan Treesong im Chaos? Welches sind die

Ziele des unergründlichen Attel Malagates oder des faszinierenden, extravaganten Kokor Hekkus'?

Drittens: Jeder der Dämonenfürsten ist ein Mysterium,
jeder besteht auf Anonymität und Gesichtslosigkeit. Selbst
nahen Verbündeten sind diese Männer unbekannt. Ein jeder
von ihnen ist ohne Freunde, ohne Liebe (wir können unbe-
sorgt von den Hemmungslosigkeiten des genießerischen
Viole Falushe absehen).

Viertens: und Gegenstück zu dem oben Erwähnten, ist
eine Eigenschaft, die am besten als absoluter Stolz beschrie-
ben wird, absolute Selbstgenügsamkeit. Jeder betrachtet
die Beziehung zwischen sich selbst und dem Gegengewicht
der Menschheit als nicht mehr als eine Konfrontation von
Gleichen.

Fünftens: und an sich schon ausreichend, führe ich das
historische Konklave von 1500 in Smades Taverne an (welches in Kapitel Eins erörtert wird), wo die fünf sich gegenseitig, möglicherweise widerwillig, als Gleiche anerkannten
und ihre verschiedenen Interessensgebiete definierten. Ipsi
dixeunt!

≈

Solcherart war Gersens zweite Begegnung mit Kokor Hekkus.
Die Folge davon war ein Zeitraum der Depression, während
der Gersen lange Morgenstunden und Nachmittage auf der Esp-
lanade von Avente verbrachte und über den Thaumaturgischen
Ozean starrte. Für eine Weile hatte er in Erwägung gezogen, nach
Bissoms Ende zurückzukehren – das Vorhaben aber erschien
unbesonnen und zwecklos: Kokor Hekkus würde nicht lange auf
Bissoms Ende bleiben. Gersen musste irgendwie einen neuen
Kontakt herstellen.

Der Entschluss war leichter zu fassen als zu verwirklichen.
Haarsträubende Anekdoten zirkulierten zu Dutzenden in Bezug
auf Kokor Hekkus, spezifische Informationen jedoch waren rar.
Die Auskunft über Thamber war neu, doch Gersen schenkte ihr

nur wenig Überlegung: es konnte kaum mehr sein als die Fantasie eines einfallsreichen Jungen.

Die Zeit verging – eine Woche, zwei Wochen. Kokor Hekkus wurde in den Nachrichten als mutmaßlicher Entführer eines Kaufmannes von Copus, Pi Cassiopeia VIII, erwähnt. Gersen war gelinde überrascht; die Dämonenfürsten entführten nur selten des Lösegeldes wegen.

Zwei Tage später gab es Nachrichten über eine weitere Entführung, diesmal waren der Schauplatz des Geschehens die Hakluzberge auf Orpo, Pi Cassiopeia VII, das Opfer ein wohlhabender Konservenfabrikant in Sauersporen. Wieder war Kokor Hekkus angeblich darin verwickelt: Allein die mögliche Verbindung mit Kokor Hekkus machten diese an sich nicht ungewöhnlichen Verbrechen bemerkenswert.

Gersens dritte Begegnung mit Kokor Hekkus ergab sich unmittelbar, wenn auch auf Umwegen, als Resultat der Entführungen; und die Entführungen selbst folgten als eine kehrseitige oder unerwartete Konsequenz aus Gersens Erfolg auf Skouse.

Die Kette der Ereignisse wurde durch Zufall beschleunigt. Eines Mittmorgens saß Gersen auf einer Bank auf halber Höhe der Esplanade; ein älterer Mann mit der hellblauen Hauttönung, der schwarzen Jacke und der beigen Hose des vornehmen Mittelstandes nahm am anderen Ende der Bank Platz. Einige Minuten später murmelte er einen Kraftausdruck, warf seine Zeitung beiseite und äußerte, Gersen anschauend, seine Entrüstung in Bezug auf die Gesetzlosigkeit der Zeiten. »Wieder eine Entführung, wieder eine unschuldige Person zur Intertausch gebracht! Weshalb können diese Verbrechen nicht gestoppt werden? Wozu gibt es die Polizei? Sie warnen bemittelte Personen zur Vorsicht! Was für traurige Zustände!«

Gersen bekundete von ganzem Herzen seine Zustimmung, sagte aber, dass er keine andere effektive Lösung für das Problem wüsste, als die private Eignerschaft von Raumfahrzeugen rechtswidrig zu machen.

»Weshalb nicht?« verlangte der alte Mann zu wissen. »Ich

besitze kein Raumschiff noch verspüre ich Bedarf danach. Bestenfalls sind es Instrumente der Frivolität und Protzerei; schlimmstenfalls vereinfachen sie das Begehen von Verbrechen, speziell Entführungen. »Sehen Sie …«, er tippte auf die Zeitung, »… zehn Entführungen, alle ermöglicht durch ein Raumschiff!«

»Zehn?« fragte Gersen überrascht. »So viele?«

»Zehn in den beiden letzten Wochen, alles Personen von äußerstem Wohlstand und Wert. Das Lösegeld geht ins Jenseits, um Schurken zu bereichern. Es ist Geld, was sich im Raum auflöst, ein Verlust für uns alle!« Er fuhr fort anzumerken, dass die moralischen Werte seit seiner Jugend verfallen seien, dass der Respekt vor Gesetz und Ordnung den tiefsten Stand aller Zeiten erreicht hätte, dass lediglich die ungeschicktesten oder unglücklichsten Verbrecher für ihre Taten büßen würden. Um seine Überzeugungen zu veranschaulichen, zitierte er einen Mann, den er erst am gestrigen Tag gesehen hatte, einen Mann, den er als einen Verbündeten des berüchtigten Kokor Hekkus erkannt habe, der mit an Sicherheit grenzender Wahrscheinlichkeit zumindest für eine der Entführungen verantwortlich sei.

Gersen bekundete Betroffenheit und Überraschung. War sich der alte Mann der Fakten sicher?

»Ja, allerdings! Es gibt überhaupt keinen Zweifel! Ich vergesse nie ein Gesicht, selbst wenn es, wie in diesem Fall, achtzehn Jahre her ist.«

Gersens Interesse begann zu schwinden. Der alte Mann fuhr unbekümmert fort. Gewiss, dachte Gersen – oder nahezu gewiss – konnte dieser Mann keine Falle von Kokor Hekkus sein.

»… in Pontefract auf Aloysius, wo ich als Obernotator der Inquisition gedient habe. Er erschien vor der Guldounerie und stellte, wie ich mich entsinne, anbetrachts der Schwere der Beschuldigungen, eine bemerkenswert unverschämte Haltung zur Schau.«

»Und welches waren diese Anschuldigungen?« erkundigte sich Gersen.

»Auszahlung mit der Absicht zur Anstiftung zum Raub,

unerlaubter Besitz von Antiquitäten und Verunglimpfung. Seine Arroganz war gerechtfertigt, denn er entging, bis auf eine Ermahnung, jeglicher Bestrafung. Es war offensichtlich, dass Kokor Hekkus die Geschworenen eingeschüchtert hatte.«

»Und Sie haben diesen Mann gestern gesehen?«

»Ohne jeden Zweifel. Er passierte mich auf dem Route-Gleitweg und fuhr nach Norden in Richtung Segelmacherstrand. Wenn ich durch puren Zufall diesen einen Unredlichen bemerke, berechnen Sie erst die Anzahl jener, die ich übersehe!«

»Eine ernste Situation«, erklärte Gersen. »Dieser Mann sollte unter Beobachtung gestellt werden. Erinnern Sie sich an seinen Namen?«

»Nein. Was, wenn ich es könnte? Aller Wahrscheinlichkeit nach war es damals nicht der Name, den er benutzt hat, noch der Name, den er jetzt verwendet.«

»Besaß er eine besondere Erscheinung?«

Der alte Mann runzelte die Stirn. »Nichts Hervorstechendes. Seine Ohren sind recht groß, genau wie die Nase. Seine Augen sind rund und dicht beisammen. Er ist nicht so alt wie ich. Ich habe jedoch gehört, dass das Volk von Fomalhaut Planet spät reift, der Natur ihrer Nahrung wegen, welche einem die Galle gerinnen lässt.«

»Ah! Er ist ein Sandusker.«

»Das hat er versichert, in einer extraordinären Art und Weise, die ich nur als Prahlerei beschreiben kann.«

Gersen lachte höflich. »Sie haben ein bemerkenswertes Gedächtnis. Dann glauben Sie, dass dieser Sandusk-Verbrecher auf dem Segelmacherstrand lebt?«

»Warum nicht? Unorthodoxes Volk neigt dazu, sich dort zu sammeln.«

»Wie wahr.« Nach einigen weiteren Bemerkungen stand Gersen auf und verabschiedete sich.

Der Route-Gleitweg führte nach Norden, verlief parallel zur Esplanade und krümmte sich anschließend durch den LoSasso-Tunnel, um am Marsihplatz auf den Segelmacherstrand zu münden. Gersen war einigermaßen gut bekannt mit dem Gebiet. Als er auf dem Platz stand und in Richtung der Melnoyhügel blickte, konnte er beinahe das Haus ausmachen, in dem einst Hildemar Dasce gewohnt hatte. Und für einen Augenblick bekamen Gersens Gedanken einen Anflug von Melancholie ... Er brachte sich selbst wieder dazu, an die Dinge des Augenblickes zu denken: einem namenlosen Sandusker nachzuspüren. Es war ein gänzlich anderes Problem als den Schönen Dasce ausfindig zu machen, den man, wenn man ihn einmal gesehen hatte, niemals wieder vergessen konnte.

Rings um den Platz gab es niedrige, dickwandige Gebäude aus weiß, lavendelfarben, hellblau und rosafarben getünchtem Coquinabeton. Im Rigellicht schimmerten sie wie strahlend und strömten Töne und Schattierungen von Farben aus. Die Fenster und Eingänge zeigten im Kontrast dazu höchst intensives und vollkommenes Schwarz. Entlang einer Seite des Platzes verlief eine Arkade, die Läden und Buden beherbergte, welche vorwiegend die Touristen versorgten. Der Segelmacherstrand mit seinen Enklaven von Außenweltvölkern, jedes mit seinen typischen Läden und Restaurants, war, mit der Ausnahme von vielleicht ein oder zwei Bezirken der Erde, wie kein anderer Ort in der Ökumene. An einem Kiosk kaufte Gersen einen *Führer durch den Segelmacherstrand*. Ein Sanduskerviertel wurde darin nicht erwähnt. Er kehrte zu dem Kiosk zurück. Die Besitzerin war eine kleine dicke, eigentlich schon kugelförmige, Frau mit kalkgrün gefärbter Haut: möglicherweise eine Krokinole-Koboldin.

Gersen fragte: »Wo quartieren sich die Sandusker ein?«

Die Frau dachte nach. »Nicht viele Sandusker, von denen ich weiß. Zum Fuß der Ardstraße hinunter werden Sie welche finden. Sind dorthin gebeten worden, weil der Wind den Geruch der Lebensmittel hinaus auf die See bläst.«

»Wo befindet sich der Lebensmittelladen?«

»Sie nennen es Lebensmittel. Ich nenne es Abfall. Sie sind kein Sandusker? Nein. Ich sehe, nicht. Er ist auf der Ardstraße. Wenden Sie sich dort hindurch – sehen Sie die zwei Kryptmenschen in den

schwarzen Umhängen? Genau dort entlang, wo sie stehen: Das ist
die Ardstraße. Halten Sie sich die Nase zu.«

Gersen gab den Führer durch den Segelmacherstrand zurück,
der gleich wieder auf Lager gelegt wurde. Gersen überquerte den
Platz, trat um die beiden blassen Menschen in langen schwarzen
Umhängen herum und erreichte die Ardstraße: eher eine Allee
denn eine Straße, die den gesamten Weg bis zum Wasser ein wenig
schräg hügelabwärts verlief. Im ersten Block befanden sich Tee-
häuser und verhängte Spielräume, die einen eher erfreulichen
Geruch nach Weihrauch ausströmten. Dann führte die Ardstraße
durch einen eintönigen Abschnitt, der von kleinen schlehenäugi-
gen Kindern überschwemmt war, die lange goldene Ohrketten,
rote und grüne Hemden bis zum Nabel trugen und ansonsten
nur sehr wenig. Dann öffnete sich die Ardstraße zum Ufergebiet
hin, um in einen kleinen Hof am Deich zu münden. Gersen verstand unvermittelt die Relevanz des Ratschlags, der ihm von der
dicken Frau im Kiosk gegeben worden war. Die Luft des Ardhofs,
über dem ein schwerer süß-saurer organischer Dunst hing, der die
Nase blähte, roch in der Tat ergiebig.

Gersen schnitt eine Grimasse und ging zu dem Laden, von dem
die Gerüche auszuströmen schienen. Er holte tief Luft, beugte
den Kopf vor und betrat ihn. Rechts und links standen hölzerne
Zuber, die Pasten, Flüssigkeiten und untergetauchte Festkörper
enthielten. An der Decke hingen Reihen ausgetrockneter blaugrü-
ner Objekte in der Größe einer Männerfaust. An der Rückseite,
hinter einer mit schlaffen rosa Würsten vollgestapelten Theke,
stand ein clowngesichtiger Jugendlicher von zwanzig Jahren, der
einen schwarzbraun gemusterten Kittel und ein schwarzes Kopf-
tuch aus Samt trug. Er lehnte ohne Temperament oder Vitalität an
der Theke und beobachtete Gersen ausdruckslos dabei, wie er mit
der Seite voran an den Zubern vorbeiging.

»Sind Sie ein Sandusker?« fragte Gersen.

»Was sonst?« Dies wurde in einem Ton gesprochen, den
Gersen nicht identifizieren konnte, ein komplexer Modus aus
vielen Missklängen: bekümmerter Stolz, wunderliche Bosheit,

unverschämte Demut. Der Jugendliche fragte: »Sie wünschen etwas zu essen?«

Gersen schüttelte den Kopf. »Ich bin nicht von Ihrer Religion.«

»Ha, ho!« entgegnete der Jugendliche. »Dann kennen Sie Sandusk?«

»Nur aus zweiter Hand.«

Der Jugendliche lächelte. »Sie müssen die alte törichte Geschichte keinen Glauben schenken, dass wir Sandusker religiöse Fanatiker sind, die es vorziehen, widerliche Nahrung zu essen, statt sich zu geißeln. Das ist völlig falsch. Kommen Sie. Sind Sie ein gerechter Mann?«

Gersen überlegte. »Ja, das bin ich.«

Der Jugendliche ging zu einem der Zuber, holte einen Bausch glitzernder schwarzüberkrusteter Paste heraus. »Kosten Sie! Urteilen Sie selbst! Gebrauchen Sie Ihren Mund satt Ihrer Nase!«

Gersen zuckte fatalistisch mit den Schultern und kostete. Das Innere seines Mundes schien zunächst zu kribbeln, dann sich auszudehnen. Seine Zunge rollte sich zu seiner Kehle zurück auf.

»Nun?« wollte der Jugendliche wissen.

»Wenn überhaupt«, meinte Gersen schließlich, »schmeckt es schlimmer als es riecht.«

Der Jugendliche seufzte. »Das ist die allgemeine Meinung.«

Gersen rieb sich den Mund mit dem Handrücken. »Kennen Sie alle Sandusker aus der Nachbarschaft?«

»Das tue ich.«

»Ich suche einen Mann mit leicht schielenden Augen, der einen Finger verloren hat, mit Haaren, welche ihm vom Hinterkopf abstehen wie ein Kometenschweif.«

Der Jugendliche lächelte mild. »Sein Name?«

»Den kenne ich nicht.«

»Das müsste Powel Darling sein. Er ist nach Sandusk zurückgekehrt.«

»Ich verstehe. Nun, wie dem auch sei. Das Geld wird an die Provinzbank zurückfallen.«

»Bedauerlich. Um welches Geld handelt es sich?«

»Ein Vermächtnis an zwei Sandusker, die einer exzentrischen alten Frau gefällig gewesen sind. Der andere ist praktisch nicht mehr verfügbar, wenigstens wurde es mir so gesagt.«

»Und wer ist der andere?«

»Mir wurde gesagt, dass er Alphanor letzten Monat verlassen hat.«

»Tatsächlich?« Der Jugendliche wirkte nachdenklich. »Wer könnte es sein?«

»Wieder weiß ich nicht seinen Namen. Ein Mann im fortge-schrittenen mittleren Alter mit großen Ohren, einer großen Nase und dicht beieinanderliegenden Augen.«

»Das mag Dolver Cound sein. Aber er ist immer noch hier.«

»Wie bitte! Sind Sie sicher?«

»O ja! Gehen Sie bis zum Deich, klopfen Sie an der zweiten Tür links.«

»Vielen Dank!«

»Es ist üblich, für die im Haus verzehrten Leckerbissen zu bezahlen.«

Gersen trennte sich von einer Münze und verließ den Laden. Die Luft auf dem Ardhof erschien nahezu frisch.

Der Deich verlief senkrecht zur Ardstraße; sechs Meter dar-unter wogte der Ozean auf und ab, durchscheinend und schillernd wie ein Sternensaphir im Rigellicht. Gersen wandte sich nach links und blieb an der zweiten Tür stehen: dem Eingang zu einer schmal-brüstigen Hütte aus dem üblichen klumpigen Coquinabeton.

Gersen schlug gegen die Tür. Von drinnen kam ein zaudern-der Schritt. Die Tür öffnete sich langsam. Dolver Cound blickte heraus: ein Mann, etwas älter und wuchtiger, als Gersen erwar-tet hatte, mit einem runden geröteten Gesicht und zyanotischen Lippen. »Ja?«

Gersen trat vor. »Ich trete ein, wenn ich darf.« Cound stieß ein klägliches Blöken des Protests aus, machte den Weg jedoch frei. Gersen blickte sich im Raum um. Sie waren allein. Die Einrich-tung war schäbig, ein abgetretener roter Teppich bedeckte den

Boden und auf dem Kocher dampfte Dolver Counds Mittagessen. Gersens Nase zuckte unvermeidlich zusammen.

Cound, der sich wieder fasste, holte tief Luft und warf sich in die Brust. »Was hat dieses Eindringen zu bedeuten? Wen oder was suchen Sie?«

Gersen warf ihm einen Blick äußerster Verachtung zu. »Dolver Cound – achtzehn Jahre lang sind Sie der Bestrafung ob Ihrer Verbrechen entgangen.«

»Was soll das?«

Gersen holte ein Identifikationstäfelchen, ähnlich einem IPCC-Funkler, hervor, mit seiner Fotografie unter einem durchscheinenden siebenzackigen Stern. Er berührte damit seine Stirn und der Stern leuchtete blitzartig auf. Dolver Cound schaute fasziniert mit offenem Mund zu.

»Ich bin ein Mitglied des Exekutivarms der Neuen Dispensation in Pontefract, Aloysius, Wega Drei. Vor achtzehn Jahren hatten Sie eine fehlerhafte Verhandlung vor der Guldounerie. Ich erkläre Sie nun für verhaftet. Sie müssen für eine neue Anhörung zurückkehren.«

Cound stammelte erregt und rief schließlich in hochtönender Stimme: »Sie sind hier nicht zuständig, besitzen keine Autorität! Außerdem bin ich nicht der Mann, den Sie suchen!«

»Nein? Wen muss ich festnehmen? Kokor Hekkus?«

Cound fuhr sich mit der Zunge über die violetten Lippen und schaute in Richtung Tür. »Gehen Sie! Kehren Sie niemals zurück. Ich will nichts mit Ihnen zu tun haben.«

»Was ist mit Kokor Hekkus?«

»Sprechen Sie nicht solche Namen in meinem Beisein aus!«

»Entweder Sie oder er muss die Zeche zahlen. Zurzeit ist er nicht verfügbar. Sie müssen mitkommen. Ich gebe Ihnen zehn Minuten zum Packen.«

»Lächerlich! Unsinn! Schierer Kokolores!«

Gersen bewegte den Projeck ins Blickfeld und fixierte Cound mit einem harten Blick. Dieser wurde plötzlich verbindlich und herzlich und sagte: »Kommen Sie schon! Lassen Sie uns einen

Augenblick überlegen, um zu erfahren, wo Sie einen Fehler gemacht haben. Setzen Sie sich! Das ist bei uns Sitte! Wollen Sie etwas zu trinken?«

»Sandusker-Gebräu? Vielen Dank, nein!«

»Ich kann weniger schmackhaften Stoff servieren: Seeprovinz-Arrak!«

Gersen nickte. »Na gut.«

Cound ging zu einem Regal, nahm eine Flasche, ein Tablett, zwei Gläser und schenkte ein. Gersen streckte sich und gähnte, als sei er unaufmerksam. Cound brachte das Tablett sehr langsam nach vorn und nahm sich eines der Gläser. Gersen nahm das andere, prüfte die klare Flüssigkeit, suchte nach der schwachen Trübung, die auf das Vorhandensein einer weiteren Flüssigkeit hindeuten würde, oder Körnern unaufgelösten Pulvers. Cound beobachtete es schlau. Er würde Argwohn für selbstverständlich halten, dachte Gersen, und einen Austausch der Gläser erwarten.

»Trinken Sie!« forderte Cound ihn auf und hob sein Glas. Gersen sah ihm interessiert zu. Cound stellte das Glas unberührt ab.

»Haben Sie keine Lust zu trinken?« Gersen nahm sein Glas, vermengte die beiden Getränke und gab Cound sein Glas zurück. »Trinken Sie zuerst.«

»Niemals vor einem Gast. Ich müsste mich sonst schämen.«

»Ich kann nicht vor meinem Gastgeber trinken. Aber gleichwohl: Wir werden beide gemeinsam auf unserer Reise nach Pontefract trinken. Da Sie keine Lust haben zu packen, brechen wir sofort auf.«

Counds Gesicht furchte sich und wurde vor Elend lang. »Ich werde nirgends mit Ihnen hingehen. Sie können mich nicht zwingen. Ich bin ein alter Mann, nicht von bester Gesundheit. Haben Sie kein Mitleid?«

»Entweder Sie oder Kokor Hekkus: das sind meine Instruktionen.«

Cound blickte zur Tür. »Sprechen Sie diesen Namen nicht aus!« sagte er mit einem gequälten Krächzen.

»Erzählen Sie mir, was Sie über ihn wissen.«

»Niemals.«

»Dann kommen Sie. Entbieten Sie Rigel Lebewohl, Ihre Sonne wird fortan Wega sein.«

»Ich habe nichts getan! Kennen Sie keine Vernunft?«

»Erzählen Sie mir, was Sie über Kokor Hekkus wissen. Wir würden ihn Ihnen vorziehen.«

Cound holte tief Luft und schloss die Augen. »So sei es«, beschied er schließlich. »Wenn ich Ihnen alles sage, was ich weiß, muss ich dann immer noch nach Aloysius zurück?«

»Ich verspreche nichts.«

Cound seufzte. »Was ich weiß, ist wenig genug ...« Zwei Stunden lang versicherte er die Zufälligkeit seiner Verbindung zu Kokor Hekkus: »Ich wurde fälschlich beschuldigt. Selbst die Guldounerie-Geschworenen haben das erkannt!«

»Alle noch lebenden Geschworenen sind in Strafhaft: Wir nehmen kumulative Rache. Kommen Sie: die Wahrheit! Ich bin weit davon entfernt, mich zufrieden zu geben.«

Cound fiel schließlich auf einen Stuhl und erklärte sich bereit zu reden. Zunächst jedoch tat er den Bedarf nach gewissen Notizen und Vermerken kund. Er ging, um Papiere aus einer Schublade zu holen, zog jedoch eine Waffe heraus. Gersen, der mit entsichertem Projeck wartete, schoss sie ihm aus der Hand. Cound drehte sich langsam um, die Augen rund und feucht. Er schwang den tauben Arm, wankte zu einer Sitzgelegenheit und sprach nun ohne weiteres Ausweichen. Tatsächlich wurde er wortreich, explodierte nahezu vor Informationen, so als hätten sich alle Hemmungen vollständig aufgelöst. Ja, vor achtzehn Jahren hatte er Kokor Hekkus bei verschiedenen Operationen auf Aloysius und andernorts geholfen. Kokor Hekkus war begierig gewesen, gewisse Antiquitäten zu bekommen. Auf Aloysius waren sie in die Burg Creary, die Abtei Bodelsey und das Houl Museum eingebrochen. Während der letzten Operation war Cound von den Söhnen des Gesetzes ergriffen worden, doch Kokor Hekkus hatte gewisse Arrangements getroffen, sodass die Guldounerie-Geschworenen Cound mit einer Ermahnung entließen. Daraufhin wurde seine

Verbindung zu Kokor Hekkus weniger aktiv und schwand vor zehn Jahren gänzlich.

Gersen drängte auf Einzelheiten. Cound schwang hilflos die Arme. »Wie ist sein Äußeres? Er ist ein Mensch, wie wir alle. Es gibt nichts an ihm zu beschreiben. Er ist von durchschnittlicher Größe, gutem Körperbau, von unbestimmtem Alter. Seine Stimme ist sanft, obwohl sie, wenn er wütend ist, klingt, als rede er durch eine Röhre von einer anderen Welt aus. Er ist ein seltsamer Mann: höflich, wenn es ihm beliebt, häufiger gleichgültig. Er ist fasziniert von schönen Objekten, von Antiquitäten und von komplizierten Maschinen. Sie wissen, woher er seinen Namen hat?«

»Das ist eine Geschichte, die ich noch nie gehört habe.«

»In der Sprache einer verborgenen Welt im weit draußen liegenden Jenseits bedeutet er ›Mordmaschine‹. Diese Welt wurde in uralten Tagen besiedelt, danach ging sie verloren und man vergaß sie, bis Kokor Hekkus sie wiederentdeckte. Um das Volk einer feindlichen Stadt zu bestrafen, baute er einen gigantischen metallenen Scharfrichter, der mit einer Axt Körper spaltete. Genauso schrecklich wie die Axt war der Schrei, den der Metalloger bei jedem Schlag ausstieß. Anschließend wurde Kokor Hekkus unter diesem Namen bekannt … Das ist alles, was ich weiß.«

»Schade, dass Sie mir nicht sagen können, wie man ihn findet«, sagte Gersen. »Entweder Sie oder er müssen der Vorladung der Behörden in Pontefract Folge leisten.«

Cound lehnte sich zurück, schlaff wie eine zerrissene Blase. »Ich habe alles gesagt«, murmelte er. »Was kann es nützen, Vergeltung an mir zu üben? Erhalten Sie dadurch die alten Kunstgegenstände wieder zurück?«

»Der Gerechtigkeit muss Genüge getan werden. Wenn Sie mir Kokor Hekkus nicht ausliefern, müssen Sie für Ihre gemeinsamen Missetaten bezahlen.«

»Wie kann ich Ihnen Kokor Hekkus ausliefern?« fragte Cound in düsterstem Ton. »Ich zögere, auch nur seinen Namen auszusprechen.«

»Wer sind seine Verbündeten?«

»Ich weiß es nicht. Es ist Jahre her, seit ich ihn zuletzt gesehen habe. In diesen Tagen ...« Cound hielt inne.

»Nun?«

Cound fuhr sich mit der Zunge über die blauen Lippen. »Es kann von keinem Interesse für die Behörden in Pontefract sein.«

»Darüber werde ich der Richter sein.«

Sein Gegenüber seufzte tief. »Ich kann es Ihnen nicht sagen.«

»Weshalb nicht?«

Cound vollführte eine geringfügige, hoffnungslose Gebärde. »Ich will nicht auf irgendeine schreckliche Art und Weise getötet werden.«

»Was, glauben Sie, erwartet Sie in Pontefract?«

»Nein! Ich kann nicht weiterreden.«

»Sie waren in der Lage, diese Auffassung in den letzten beiden Stunden zu überwinden.«

»Alles, was ich Ihnen gesagt habe, sind Angelegenheiten des allgemeinen Wissens«, entgegnete Cound unbefangen.

Gersen lächelte und erhob sich. »Kommen Sie.«

Cound bewegte sich nicht. Schließlich sagte er leisen Tons: »Ich kenne drei Männer, die mit Kokor Hekkus zusammengearbeitet haben. Ermin Strank, Rob Castilligan und ein Mann namens Hombaro. Strank stammt aus dem Concourse, von welchem Planeten, weiß ich nicht. Castilligan ist von Wegas Boniface. Über Hombaro weiß ich nichts.«

»Haben Sie sie kürzlich gesehen?«

»Gewiss nicht.«

»Haben Sie Fotografien?«

Cound wollte nichts zugeben und schaute in schlaffem Unwillen zu, wie Gersen sich im Raum hier- und dorthin bewegte und nach offensichtlichen Stellen suchte, an denen er Andenken verwahren mochte. Nach ein oder zwei Augenblicken sagte Cound boshaft: »Wenn Sie irgendetwas über Sandusk wüssten, würden Sie keine Fotografien vermuten. Wir richten uns nach der Zukunft, nicht nach der Vergangenheit.«

Gersen ließ von seiner Suche ab. Cound blinzelte ihn nachdenklich an. Während Gersens Suche hatte er Zeit gehabt zu
überlegen. »Darf ich fragen, welchen Rang Sie einnehmen?«

»Spezialagent.«

»Sie sind kein Aloysianer. Wo ist Ihr Kehlloch?«

»Einerlei.«

»Wenn Sie hergehen und Fragen über Kokor Hekkus stellen,
wird er es schließlich herausfinden.«

»Sagen Sie es ihm selbst, wenn Ihnen der Sinn danach steht.«

Cound stieß das kurze Bellen eines Lachens aus. »Nein,
nein, mein Junge. Selbst wenn ich wüsste, wo ich mich beschwe-
ren müsste, würde ich es nicht tun. Ich wünsche keine weitere
Bekanntschaft mit dem Schrecken.«

Gersen sagte nachdenklich. »Nun sollte ich all Ihr Geld nehmen und Ihre widerwärtigen Lebensmittel ins Meer werfen.«

»Wie bitte?« Counds Gesicht wurde einmal mehr weinerlich.

Gersen ging zur Tür. »Sie sind ein erbärmlicher Klumpen des
absoluten Nichts: nicht einmal der Mühe der Bestrafung wert. Ich
gehe jetzt. Betrachten Sie sich als Glückspilz.«

Gersen verließ das Haus, kehrte die Ardstraße hinauf zum Marish-
platz zurück und fuhr mit dem Gleitweg nach Avente im Süden. Er
war keineswegs glücklich mit den Ergebnissen seines Tagewerks.
Dolver Cound besaß mehr Kenntnisse, hätte er nur genügend
Raffinesse oder Grausamkeit besessen, um Sie zu erlangen. Was
hatte er erfahren?

Kokor Hekkus war von einem Volk eines verborgenen
Planeten so genannt worden.

Vor zehn Jahren hatten drei Männer namens Ermin Strank,
Hombaro und Rob Castilligan Kokor Hekkus gedient.

Kokor Hekkus war fasziniert von komplizierten Maschinen.
Er schätzte Schönheit. Er achtete die Werke des Altertums.

Gersen hatte eine Unterkunft in einem hohen Geschoss des
Hotels *Credenze*. An dem Tag, welcher der Befragung von Dolver

Cound folgte, stand er auf, bevor Rigel die Catilinehügel über-
stiegen hatte, färbte sich die Haut im gegenwärtig modernen
gräulichen Gelbbraun, kleidete sich in finsterem Dunkelgrün und
verließ das Hotel durch einen Seitenausgang. Im Untergrund-
system machte er jegliche Möglichkeit von Nachspürern und
Anklebern, ihm zu folgen, zunichte, anschließend begab er sich
zur Station Cortturm. Ein Aufzug brachte ihn in das Foyer, wo
er in eine kleine Ein-Mann-Kapsel umstieg. Als die Tür zuglitt,
erkundigte sich eine Stimme nach seinem Namen und seinem
Ziel. Gersen gab die Informationen und fügte seinen IPCC-
Bestätigungscode hinzu. Es gab keine weiteren Fragen, der Wagen
hob ihn dreißig Geschosse empor, bewegte ihn seitlich und ließ
ihn in das Büro von Ben Zaum aussteigen. Es war eine Zwei-
zimmerflucht neben der durchsichtigen Westwand des Turmes,
mit einem allumfassenden Ausblick nach Süden über die Stadt
und die Küste hinunter nach Remo. Regale entlang einer anderen Wand beherbergten eine Vielfalt von Trophäen, Kuriosa,
Waffen und Weltgloben. Das Büro bezeugte, dass Zaum ein hochrangiger Mann innerhalb der Organisation der IPCC war, wie
hochstehend, wusste Gersen nicht genau: Der Titel »Mandator,
Umbrienabteilung« mochte viel bedeuten oder wenig.

Zaum begrüßte Gersen mit behutsamer Höflichkeit. »Sie sind
hier, um nach Arbeit zu fragen, nehme ich an. Wie geben Sie all Ihr
Geld aus? Frauen? Vor kaum einem Monat wurden Ihnen fünf-
zehntausend SVE ausgezahlt ...«

»Ich brauche kein Geld. Um ehrlich zu sein, ich möchte Informationen.«

»Frei? Oder wollen Sie uns beauftragen?«

»Was sind Informationen bezüglich Kokor Hekkus wert?«

Zaums hellwache blaue Augen verengten sich um eine Winzig-
keit. »Für uns oder von uns?«

»In beiden Richtungen.«

Zaum dachte nach. »Gegenwärtig ist er auf der roten Liste ...
Offiziell wissen wir nicht einmal, ob er tot ist oder lebendig, es sei
denn, jemand gibt uns einen Auftrag.«

Wieder eine Standardschrulle, die Gersen mit einem höflichen Lächeln zur Kenntnis nahm. »Gestern habe ich die Herkunft seines Namens erfahren.«

Zaum nickte ungezwungen. »Ich habe die Geschichte gehört. Ziemlich grässlich. Könnte gut und gern Tatsache sein. Nebenbei bemerkt, um Sie davon abzuhalten in Routine zu verfallen ...«, er öffnete eine Schublade, »... die Entwieseler haben einen Mann auf Palo bei einem Fehler ertappt und ihn an Kokor Hekkus übergeben. Er wurde uns in einem Zustand zurückgegeben, den ich nicht beschreiben will. Kokor Hekkus hat außerdem eine Botschaft geschickt.« Zaum las von einem Zettel ab. »›Ein Wiesel hat eine nicht zu entschuldigende Tat in Skouse begangen. Das Wesen, das Sie anbei erhalten, kann sich im Gegensatz zum Wiesel von Skouse glücklich schätzen. Wenn er ein grübelnder Mann ist, lassen Sie ihn Jenseits kommen und sich vorstellig machen. Ich schwöre, dass die nächsten zwanzig gefangenen Wiesel daraufhin freigelassen werden.‹«

Gersen grinste unbehaglich. »Er ist wütend.«

»Äußerst wütend, äußerst nachtragend.« Zaum zögerte einen Augenblick. »Ich frage mich – nun, wenn er sein Versprechen halten würde?«

Gersen hob die Augenbrauen. »Sie deuten an, dass ich mich Kokor Hekkus ausliefern soll?«

»Nicht genau, nicht eigentlich – nun, denken Sie wie folgt davon: es wäre das Leben eines Mannes für zwanzig, und Wiesel sind schwierig zu bekommen ...«

»Nur die Unfähigen werden entwieselt«, entgegnete Gersen. »Durch ihren Verlust ist die Organisation umso gesünder.« Er dachte einen Moment nach. »Aber Ihr Vorschlag hat einen gewissen Wert. Weshalb identifizieren Sie sich nicht als der Mann, welcher die Operation geplant hat und fragen ihn, ob er nicht fünfzig Mann für uns beide verschonen will?«

Zaum zuckte zusammen. »Das können Sie nicht ernst meinen. Was ist Ihr Interesse an Kokor Hekkus?«

»Das eines altruistischen Bürgers.«

Zaum ordnete verschiedene alte, gestreifte Bronzestücke auf seinem Schreibtisch an und änderte ihre Lage danach erneut. »Ich bin auch einer. Welches sind Ihre Informationen?«

Durch Ausweichen, was Zaum gewiss spüren würde, gab es nichts zu gewinnen. »Gestern hörte ich drei Namen – von Männern, die vor zehn Jahren für Kokor Hekkus gearbeitet haben. Möglicherweise stehen sie in Ihren Dateien.«

»Wie lauten die Namen?«

»Ermin Strank. Rob Castilligan. Hombaro.«

»Rasse? Welt? Nationalität?«

»Das weiß ich nicht.«

Zaum gähnte, streckte sich, blickte hinaus über Avente. Der Tag war sonnig, aber es blies ein starker Wind. Weit draußen über dem Thaumaturgischen Ozean hingen große Anhäufungen von Kumuluswolken. Nach einem Augenblick ruhiger Überlegung schwang sich Zaum wieder zurück an seinen Schreibtisch. »Ich habe im Augenblick nichts Besseres zu tun.«

Er berührte verschiedene Einlagen an der Konsole hinter dem Schreibtisch. Die Wand gegenüber vibrierte vor einer Million Zuckungen weißen Lichts, dann blitzte sie auf, um eine Nachricht zu vermitteln:

ERMIN STRANK
Nummer 1 von 5 Einträgen

mit einem codierten Satz körperlicher Charakteristika darunter. Zur Linken erschien eine Fotografie mit einer Liste von Aliassen. Zur Rechten befand sich ein Resümee über Ermin Stranks (Nummer 1) Leben und Wirken. Ein Eingeborener von Quantique, dem sechsten Planeten von Alphard dem Einsamen, ein Spezialist im Schmuggeln von Konterbande-Drogen zu den Wakwanainseln, Ermin Strank (Nummer 1) hat seinen Heimatplaneten nie verlassen. »Der falsche Strank«, sagte Gersen.

Ermin Strank (Nummer 2) erschien. In dunklem Rosa war die Information *Verstorben* und das Datum 10. *März 1515* darübergelegt.

Ermin Strank (Nummer 3) hatte seinen Wohnort weit weg auf der anderen Seite der Ökumene, auf Vadilov, einziger Planet von Sabik oder Eta Ophiuchi. Gegenwärtig war er als Empfänger gestohlener Güter tätig. Wie Ermin Strank (Nummer 1) war er niemals weit von seiner Heimatwelt fortgereist, ausgenommen zweier Jahre in Durban auf der Erde in der offenbar legitimen Eigenschaft als Lagerist.

Ermin Strank (Nummer 4) war ein kleiner, spindeldürrer, knaufköpfiger Mann im beginnenden mittleren Alter, rothaarig, mit wilder Miene, eingekerkert auf Killarney, dem Strafsatelliten des Wegasystems, wo er die letzten sechs Jahre verbracht hatte.

»Das ist der Mann«, meinte Gersen.

Zaum nickte lebhaft. »Ein Verbündeter von Kokor Hekkus, sagen Sie?«

»Das nehme ich an.«

Zaum berührte Einlagen auf der Konsole. Ermin Stranks (Nummer 4) Resümee wurde durch die Anmerkung ergänzt: *Gerüchten zufolge mit Kokor Hekkus verbündet.*

Zaum blickte Gersen fragend an. »Noch irgendetwas über Strank?«

»Ich glaube nicht.«

Als nächstes erschien auf dem Schirm eine Abfolge von Hombaros, von denen der wahrscheinlichste acht Jahre zuvor von der Bildfläche verschwunden und vermutlich tot war.

Die Datei hatte acht Rob Castilligans aufzuweisen. Der Rob Castilligan, welcher neben anderen Anwesen auch Burg Creary, die Abtei Bodelsey und das Houl Museum ausgeraubt hatte, war eindeutig Nummer 2. Es gab eine jüngere Anmerkung im Resümee, die Gersen aufmerken ließ: vor fünf Tagen war er in der Garreuprovinz von Scythien, halb auf der anderen Seite von Alphanor, wegen Komplizenschaft bei einer Entführung festgenommen worden.

»Ein vielseitiger Kumpan, dieser Castilligan«, bemerkte Zaum. »Sind Sie an der Entführung interessiert?«

Gersen bestätigte dies. Zaum holte Details auf den Schirm.

Entführt worden waren zwei Kinder von Duschane Audmar, einem Mitglied des Instituts im vierundneunzigsten Grad, von angeblich großem Wohlstand. Sie waren mit ihrem Tutor auf dem See segeln gewesen. Ein Oberflächengleiter war über das Wasser gefegt und hatte neben dem Boot angehalten. Die Kinder waren mitgenommen worden, der Tutor entkommen, indem er vom Boot gesprungen und unter Wasser schwimmend fortgetaucht war. Er hatte die Polizei gerufen, die mit großer Effizienz gearbeitet hatte. Rob Castilligan war nahezu unmittelbar darauf festgenommen worden, doch zwei andere Männer hatten sich mit den beiden Kindern befreien können. Der Vater, Duschane Audmar, hatte sich ferngehalten, keinen Anteil an der Angelegenheit genommen. Die Kinder würden vermutlich zur Intertausch gebracht werden, wo sie gegen »Einlösung« der »Gebühren«, (um den speziellen Jargon der Intertausch zu verwenden), wieder abgeholt werden konnten.

Zaums Interesse war nun vollständig geweckt. Er lehnte sich zurück und musterte Gersen mit offener Neugier. »Ich nehme an, Sie sind für Audmar tätig?«

Gersen schüttelte den Kopf. »Ein Mitglied des Instituts? Das sollten Sie besser wissen.«

Zaum hob die Schultern. »Er ist nur im vierundneunzigsten Grad. Er mag noch einige wenige Grade abwarten, bevor er ein Vergeistigter wird.«

»Wenn er im sechzigsten oder siebzigsten wäre, vielleicht. Vierundneunzig ist sehr hoch.«

Zaum vermeinte ein Ausweichen bei Gersen festgestellt zu haben. »Dann sind Sie an dieser Entführung nicht interessiert?«

»Ich bin interessiert. Aber dies ist das erste Mal, dass ich davon höre.«

Zaums Lippen stülpten sich flink ein und aus. »Natürlich kommt die Frage auf ... «

Er spekulierte, wurde Gersen bewusst, über die mögliche Verwicklung von Kokor Hekkus in dieser Angelegenheit. Er wandte sich den Konsoleinlagen zu. »Lassen Sie uns sehen, was Castilligan zu sagen hat.«

Es gab eine Verzögerung von fünf Minuten, während Zaum mit
verschiedenen Mitgliedern der Garreuprovinz-Polizei sprach, weitere zwei Minuten, während Castilligan vorgebracht und vor dem
Bildschirm platziert wurde. Er war ein gepflegter, ansehnlicher
Mann mit einem sanften, gelassenen Gesicht, glattem schwarzen
Haar, das wie lackiert auf seiner Kopfhaut lag. Seine Hauttönung
war abgewaschen worden, die Haut war von marmornem Weiß.
Seine Manieren waren höflich, sogar herzlich, als sei er ein geehr-
ter Gast, statt ein Gefangener im Garreau-Karzer. Zaum stellte
sich vor, Gersen blieb an der Seite, jenseits der Reichweite der
Linsen. Castilligan schien über die Aufmerksamkeit, welche ihm
zuteilwurde, amüsiert zu sein. »Zaum von den Ipsies. Alles wegen
meiner armen kleinen Wenigkeit.« Er sprach mit dem einneh-
menden Schwung eines Moortreters von Boniface. »Nun denn,
was kann ich für Sie tun, außer Ihnen meine Lebensgeheimnisse
offenzulegen?«

»Das wird schon reichen«, entgegnete Zaum trocken. »Wie ist
es dazu gekommen, dass Sie gefasst wurden?«

»Torheit. Ich hätte Alphanor zusammen mit den anderen verlassen sollen. Aber ich habe es vorgezogen zu bleiben. Das Jenseits
langweilt mich. Ich bin ein Mann mit einem Geschmack für Fein-
heiten.«

»Um Sie wird man sich schon fein kümmern.«

Mit losgelöstem und unpersönlichem Bedauern schüttelte Castilligan den Kopf. »Ja, es ist eine Schande. Ich könnte mich um
eine Veränderung bewerben, nur dass ich mir so gefalle wie ich
bin, mit Lastern und allem. Verändert wäre ich ein langweiliger
Geselle.«

»Das ist natürlich Ihre Wahl«, erwiderte Zaum. »Dennoch, es
wäre nicht allzu übel, wenn Sie an die frische Luft kämen.«

»Nein«, meinte Castilligan ernst. »Ich habe gründlich darüber nachgedacht und es ist viel zu sehr wie der Tod. Der teure
einnehmende Rob Castilligan verschwindet und mit ihm jegliche
joie de vivre, alles Licht der Welt; danach stapft der langweilige
Robert Meachum Castilligan hinein, trüb wie Spülwasser, der

nicht einmal Fleisch für seine hungernde Großmutter stehlen würde. Mit ein wenig Glück werde ich in fünf Jahren oder weniger vom Satelliten zurück sein.«

»Offenbar haben Sie vor, mit den Behörden zusammenzuarbeiten?«

Castilligan zuckte schamlos. »So wenig wie ich anständigerweise kann und doch meinen Goldstern erhalte.«

»Wer waren Ihre Bundesgenossen bei der Audmar-Entführung?«

»Kommen Sie, mein Herr. Sie können von einem Mann nicht erwarten, dass er über seine Kumpane tratscht. Haben Sie noch nie etwas von Ehre unter den Dieben gehört?«

»Reden Sie nicht von Ehre«, entgegnete Zaum. »Sie sind nicht besser als wir alle.«

Soviel gab Castilligan zu. »In der Tat habe ich meine Seele vor der Polizei bereits entblößt.«

»Die Namen Ihrer Bundesgenossen?«

»August Wey, Pyger Symzy.«

»Kokor Hekkus war nicht unmittelbar beteiligt?«

Castilligans Mund kerbte sich mit einem Mal in den Winkeln ein. Wieder versuchte er es mit einer Schrulle. »Nun denn – weshalb auch immer sollten Sie einen solchen Namen erwähnen? Wir reden über die Wirklichkeit.«

»Ich dachte, ich hätte Sie Goldsterne für Ihre Akte erwähnen hören.«

»Das habe ich in der Tat!« erklärte Castilligan. »Aber kein Goldgebinde für meinen Grabstein.«

»Angenommen«, bemerkte Zaum beiläufig, »wir könnten durch Ihre Mithilfe Hand an Kokor Hekkus legen. Können Sie sich diesen entzückenden Goldstern vorstellen? Sie würden zum Ehrendirektor der IPCC gewählt.«

Castilligan blinzelte versteckt und kaute nachdenklich auf seiner Zunge. »Sie haben einen Auftrag gegen Kokor Hekkus?«

»Selbst wenn wir keinen hätten, könnten wir ihn für den Höchstbietenden festhalten und ein Vermögen verdienen. Es gibt fünfundfünfzig Planeten, welche die Farbe von Kokor Hekkus Innereien sehen wollen.«

Castilligan entblößte in einem unvermittelt blendenden Grinsen seine weißen Zähne. »Nun, um die Wahrheit zu sagen, ich habe nichts zu verbergen, weil nichts, was ich weiß, Kokor Hekkus beleidigen könnte. Er ist so, wie Sie ihn kennen, und ich kann das Bild nicht ändern.«

»Wo ist er jetzt?«

»Im Jenseits, wenigstens nehme ich das an.«

»Er hat bei der Audmar-Entführung mit Ihnen zusammengearbeitet?«

»Das hat er nicht, es sei denn unter einem anderen Namen. In Wahrheit habe ich Kokor Hekkus als Mensch noch nie gesehen. Durch die ein oder andere verstohlene Methode hieß es stets ›Rob, tu dies‹ und ›Rob, tu das‹. Er hat ein verschlossenes Wesen, dieser Kokor Hekkus.«

»In den alten Tagen haben Sie Museen und dergleichen geplündert. Weshalb?«

»Weil ich dafür bezahlt wurde. Er wollte Antiquitäten, und nichts war passender, als dass der verwegene Rob die entsprechenden Quellen ausraubte. Das war vor langer Zeit, natürlich. Meine Jugendtage, sozusagen.«

»Was ist mit diesen anderen Entführungen? Bei wie vielen haben Sie mitgewirkt?«

Castilligan zog ein heikles Gesicht. »Ich habe keine Lust, es zu sagen. Es mag zu Lasten meiner Akte gehen.«

»Nun gut. Wie viele sind Ihnen bekannt?«

»In jüngster Zeit etwa vierzehn. Mit jüngster Zeit meine ich den letzten Monat.«

»*Vierzehn!*«

Castilligan lächelte sein heiteres Lächeln. »Ja, es ist ein laufendes Geschäft. Ich habe mich selbst gefragt, weshalb und wofür, aber …«, er zuckte mit den Schultern, » … wer bin ich, den Verstand von Kokor Hekkus lesen zu wollen? Ohne Zweifel braucht er Geld, wie jeder auch.«

Zaum wandte Gersen einen Seitenblick zu, hielt die Audioabnahme auf. Gersen sagte: »Was weiß er sonst noch in Bezug auf Kokor Hekkus?«

Zaum leitete die Frage weiter. Der Gefangene setzte ein verdrießliches Gesicht auf. »Sie spielen verdammenswert locker und leichtfertig mit meiner Gesundheit. Angenommen, ich erzählte Ihnen genug, sodass Kokor Hekkus belästigt würde – seien Sie sicher, ich weiß nichts dergleichen, aber nehmen Sie es an – glauben Sie, Seine Schrecklichkeit würde freundlich von mir denken? Er würde die dunkle Seite meiner Seele erfahren, er würde mir mit Ängsten und Schrecken und allen Übeln zusetzen, die ich am meisten fürchte. Ein Mensch muss schon einiges an Achtung für seine eigene Haut haben; wenn er sie nicht hat, wer sonst?«

»Unnötig zu sagen, dass das, was Sie uns erzählen, nicht an Kokor Hekkus übermittelt wird«, entgegnete Zaum glatt.

»Pah! Das sagen Sie. In genau diesem Augenblick sitzt ein Mann neben Ihnen. Ich habe gesehen, wie Sie zu ihm hingesehen haben. Nach allem, was einer von uns sagen kann, ist es Kokor Hekkus persönlich, der sich mit Ihnen das Büro teilt.

»Das glauben Sie doch nicht wirklich.«

Wieder änderte sich Castilligans Stimmung. »Nein. Das tue ich nicht; Kokor Hekkus ist im Jenseits, glaube ich zumindest, und gibt die großen Summen aus, welche er in den letzten ein, zwei Monaten verdient hat.«

»Wie gibt er sie aus? Für was?«

»Was das angeht, kann ich nichts sagen. Kokor Hekkus ist alt – einige sagen dreihundert Jahre, manche vierhundert – aber er bewahrt sich die Energie eines jungen Mannes. Der Mann verliert nichts von seinem Enthusiasmus.«

Nach einer kurzen Pause fragte Zaum: »Wenn Sie mit Kokor Hekkus nicht bekannt sind – wie können Sie das wissen?«

»Ich habe ihn sprechen hören. Ich habe ihn planen hören. Ich habe ihn fluchen hören. Er ist wechselhaft, unbeständig, ausweichend wie eine Flammenmaid von Bernal. Er ist vollkommen großzügig, vollkommen grausam – in beiden Fällen, weil er keine

anderen Gedanken kennt, als seine eigenen. Er ist ein schreckli-
cher Feind, aber kein schlechter Meister. Ich rede so von ihm, weil
ich ihm nicht schaden kann und mir so zu helfen vermag. Aber
ich würde es nie riskieren, ihn zu beleidigen. Er erfindet neue und
spezielle Schrecken für gerade diesen Fall. Und doch, sollte ich
ihm gut dienen, wird er mir eine Burg bauen und mich zu Robert,
Baron Castilligan, machen.«

»Und wo wird er dieses romantische Hirngespinst vollbrin-
gen?« spöttelte Zaum.

»Im Jenseits.«

»Im Jenseits«, brummte Zaum. »Immer im Jenseits. Eines
Tages werden wir über die Grenze hinausschießen und dem
Jenseits ein Ende bereiten.«

»Sie werden niemals gewinnen. Es wird immer ein Jenseits
geben.«

»Wie dem auch sei. Was wissen Sie sonst von Kokor Hekkus?«

»Ich weiß, dass er weitere Söhne und Töchter reicher Männer entführen wird. Soviel hat er gesagt: er bedarf einer großen
Summe Geldes, und er benötigt es sofort.«

KAPITEL III

Aus Kapitel I, ›Der astrophysikalische Hintergrund‹,
in *Menschen des Concourses* von Strick und Chernitz:

Es ist Rigel, jener prächtige Stern unter Sternen, dessen
ungeheure Leuchtkraft und weiträumige Zone der Bewohn-
barkeit die Existenz des Concourses gewährleistet. Es ist
unmöglich, sich dem Wunder der schieren Grandeur des
Systems zu entziehen! Denken Sie nur! Sechsundzwanzig
ersprießliche Welten schwingen sich in erhabenen, Jahrtau-
sende währenden Umlaufbahnen um die blendendweiße
Sonne, mit einem mittleren Radius von etwa 8 Milliarden
Kilometern, nicht zu erwähnen die sechs oft nicht beachteten Planeten des weißglühenden Inneren Gürtels und der
Blaue Begleiter, ein Vierzigstel eines Lichtjahres an der Seite!
Aber für genau jene Umstände, die den Concourse zu
dem machen, was er ist, sorgt eines der quälendsten Myste-
rien der Galaxis. Rigel wird von den meisten Fachleuten für
einen jungen Stern gehalten, vom Alter her zwischen einigen Millionen und einer Milliarde Jahre. Wie ist dann der
Concourse zu erklären, der, als Sir Julian Hove kam, bereits
sechsundzwanzig reife biologische Gefüge aufwies? Auf der
Zeitskala der irdischen Evolution ist das Leben des Concourses einige Milliarden Jahre alt – vorausgesetzt solches
Leben wäre autochthon.
Aber ist eine solche Voraussetzung berechtigt? Während die Flora und Fauna eines jeden der Planeten deut-
liche Unterschiede an den Tag legt, gibt es gleichzeitig eine
Anzahl vielsagender Ähnlichkeiten – beinahe so, als hätte

das Leben des Concourses eine lange, lange zurückliegende
gemeinsame Herkunft.

In dieser Situation gibt es ebenso viele Theorien wie The-
oretiker. Der Dekan der modernen Kosmologen, A. N. der
Poulson, hat scharfsinnig eine Situation postuliert, in der
sich Rigel, Blauer Begleiter und Planeten aus einem Gas ver-
dichteten, das bereits mit Hydrokarbon angereichert war
und dem Leben sozusagen dadurch einen Vorsprung verlieh. Andere haben sich, fantastischen Höhenflügen nach-
gehend, gefragt, ob die Planeten des Concourses nicht
hierher verbracht und in diese optimalen Umlaufbahnen
gesetzt wurden, von einer nun toten Rasse mit großartigen
wissenschaftlichen Errungenschaften. Die Regularität und
Raumaufteilung der Umlaufbahnen, die nahezu einheitli-
che Größe der Concourse-Planeten im Gegensatz zu den
Ungleichheiten der Inneren Welten geben den Spekulationen ein Maß an Plausibilität. Weshalb? Wann? Wie? Wer?
Die Hexadelten? Wer schnitt das Monumentalkliff auf Xi
Puppis X? Wer hinterließ den unverständlichen Mechanismus in der Geheimnisvollen Grotte auf dem Erdenmond?
Faszinierende Rätsel, die es noch zu lösen gilt ...

—

Xaviar Skolcamp, Über-Zentenar-Mitglied des Instituts, diskutiert
in einer weitschweifigen Stimmung die Haltungen des Instituts
mit einem Journalisten:

Die Menschheit ist alt, die Zivilisation neu: Das Inein-
andergreifen der Zähne geschieht keinesfalls reibungslos
– und das ist, wie es sein sollte. Niemals sollte ein Mensch
ein Gebäude aus Glas oder Metall, ein Raumschiff oder ein
Unterseeboot betreten, ohne ein wenig von Staunen ange-
rührt zu werden. Niemals sollte er eine Tat der Leidenschaft
meiden, ohne ein wenig Gefühl der Mühe ... Wir vom Institut empfangen eine intensive historische Einimpfung; wir
kennen den Menschen der Vergangenheit und wir haben

Dutzende von möglichen Zukunftsvarianten projiziert, die
– ausnahmslos – widerwärtig sind. Der Mensch, wie er jetzt
existiert, mit all seinen Fehlern und Lastern, einem tausend
herrlich irrationaler Kompromisse zwischen zweitausend
sterilen Absoluten – ist optimal. Wenigstens erscheint es uns
so, die wir Menschen sind.

⁓

Farmer, der nach einem Angriff auf die Person von Bose Cog-
gindell, Mitglied des Instituts, 54ter Grad, vor das Polizeigericht
gestellt wurde, zu seiner Rechtfertigung.

Diese Burschen haben es leicht. Sie lehnen sich in Ihren
Sesseln zurück und sagen: »Leidet, ihr werdet es mögen. Geht
den schweren Weg. Schwitzt.« Sie würden es mögen, wenn
ich meine Frau vor den Pflug spannte, so wie es gewöhnlich
gemacht wurde. Also habe ich ihm gezeigt, was ich von dem
halte, was er »indifferent« nennt.

Der Richter (nachdem er den Farmer zu 75 SVE Geldstrafe
verurteilt hat):

Eine indifferente Haltung gegenüber den Problemen
anderer ist nicht rechtswidrig.

⁓

Von den sieben Kontinenten Alphanors war Scythien der
größte, der am wenigsten bevölkerte und, nach Meinung der
Völker Umbriens, Lusitaniens und Lysiens, der bukolischste. Die
Garreuprovinz, eingerahmt zwischen Mystischem Ozean und den
Morganbergen, war die abgeschiedenste Region von Scythien.

Gersen kam mit dem zweiwöchentlich fahrenden Luftschiff
aus der Provinzhauptstadt Marquari nach Taube, einem schläf-
rigen sonnenbeschienenen Dorf an den Ufern der Jerminbucht.
Im gesamten Städtchen fand er nur ein einziges Fahrzeug, das zu
mieten war: einen uralten Gleitwagen mit rasselnden Lagern und
einer Neigung, hangabwärts zur Seite hin auszubrechen. Gersen
erkundigte sich nach der Richtung, kletterte an Bord des Wagens
und machte sich auf den Weg über die landeinwärtige Straße. Er

fuhr einen langen Hang hinauf, während das schimmernde Rigellicht die Landschaft in einen strahlenden Glanz tauchte.

Für eine Weile wand sich die Straße durch Weinberge, durch
Gärten aus knorrigen Obstbäumen, Ländereien mit blaugrünem
Kohl und Artischocken sowie Dickichten von einheimischen
Beeren. Hier und da gab es Farmhütten, jede mit einem Sonnen-
schirmdach zur Aufnahme der Rigelenergie. Der Weg schwang
sich über einen niedrigen Kamm. Gersen hielt an, um sich zu
orientieren. Im Süden erstreckte sich der Ozean, das Vorland stieg
schräg von der Bucht aus an – die Ansammlung fahlbrauner, rosa-
farbener und weißer Flecken war Taube. Im hellen Schein des
Lichtes waren alle Farben der Landschaft unwirkliche, schimmernde und tanzende Pastelltöne. Voraus krümmte sich der Weg
über eine ebene Fläche, auf der Gersen die Villa von Duschane
Audmar erkannte, Mitglied des Instituts im vierundneunzigsten
Grad. Es war ein weitläufiges Gebäude aus Stein und sonnenge-
bleichtem Holz im Schatten von zwei riesigen Eichen und einem
einheimischen Ginkgo.

Gersen ging die Einfahrt hinauf, lupfte einen großen Bronze-
klopfer in Form einer Löwentatze und ließ ihn fallen. Nach einer
langen Wartezeit wurde die Tür von einer hübschen jungen Frau
in einem Bauernkittel geöffnet.

»Ich bin gekommen, um mit Duschane Audmar zu sprechen«,
sagte Gersen.

Die Frau musterte ihn nachdenklich. »Darf ich nach Ihren
Geschäften fragen?«

»Das muss ich mit Herrn Audmar selbst besprechen.«

Sie schüttelte langsam den Kopf. »Ich glaube nicht, dass er
Sie sehen will. Es hat häusliche Schwierigkeiten gegeben und
Duschane Audmar empfängt niemanden.«

»Mein Besuch betrifft diese Schwierigkeiten.«

Der Gesichtsausdruck der Frau änderte sich unvermittelt zu
wilder Hoffnung. »Die Kinder? Sind sie zurückgekehrt? Oh,
sagen Sie es mir!«

»Es tut mir leid – aber meines Wissens nach nicht.« Gersen

holte einen Notizblock aus der Tasche, riss ein Blatt heraus, schrieb: *Kirth Gersen, 11ter Grad, um Kokor Hekkus zu erörtern.* »Bringen Sie ihm dies.«

Die Frau las die Notiz und ging wortlos hinein.

Kurz darauf kehrte sie zurück. »Kommen Sie.« Gersen folgte ihr durch eine dunkle Halle zu einem gewölbten Raum mit kahlen weißen Putzwänden. Hier saß Audmar mit einem Block weißen Papiers, einem Federkiel und einer geschliffenen Flasche mit maulbeerfarbener Tinte. Das Papier war leer, bis auf eine einzige Zeile in der schnörkeligen, stark schattierten Kursivschrift, die von den Hochmitgliedern des Instituts bevorzugt wurde. Audmar war ein recht kleiner Mann, mit eckigen Schultern und straffer Haut. Er besaß klare wohlgeformte Gesichtszüge: eine kleine gerade Nase, schmale, wie Öl glitzernde, schwarze Augen sowie einen zusammengepressten Mund über einem gespaltenen Kinn. Er grüßte Gersen gelassen, legte Papier, Kiel und Tinte beiseite. »Wo sind Sie in den Elften gelangt?«

»In Amsterdam, auf der Erde.«

»Das wird unter Carmands Aufsicht gewesen sein.«

»Nein. Es war von Bleek, kurz vor Carmand.«

»Hm! Sie sind jung. Weshalb haben Sie nicht weitergemacht? Nach dem Elften gibt es keine große Schwierigkeit bis zum Siebenundzwanzigsten.«

»Ich konnte meine persönlichen Ziele gegenüber denen des Institutes nicht hintanstellen.«

»Und diese Ziele wären?«

Gersen zuckte mit den Achseln. »Sie sind unkompliziert, wohl zu primitiv, um einen Zentenar zufriedenzustellen, aber zentripetal*. Audmars Augenbrauen hoben sich zu skeptischen Bögen, aber er ließ das Thema fallen. »Weshalb wünschen Sie Kokor Hekkus zu erörtern?«

»Es ist ein Thema, an dem wir beide interessiert sind.«

---

* Zentripetal: zur Zentralisation oder Kodifizierung neigend, in Erweiterung – zu einer Art pingeliger Beflissenheit tendierend: Institutsjargon.

Audmar nickte knapp. »Ein interessanter Mann, das stimmt.«

»Letzte Woche hat er Ihre Kinder entführt.«

Audmar blieb für dreißig Sekunden still sitzen. Es war klar, dass er die Identität des Entführers nicht gekannt hatte. »Was ist die Grundlage für diese Behauptung?«

»Ich habe ein Geständnis von dem Mann, der gefangengenommen wurde: Rob Castilligan, der nun im Karzer sitzt.«

»Ihr Status ist offiziell?«

»Nein. Ich habe keinen Status.«

»Fahren Sie fort.«

»Vermutlich wünschen Sie die sichere Rückkehr Ihrer Kinder.«

Audmar lächelte dünn. »Vermutlich.«

Gersen ignorierte die Zweideutigkeit. »Haben Sie eine Notiz erhalten, wie ihre sichere Rückkehr zu bewerkstelligen ist?«

»Durch Lösegeld. Die Botschaft kam vor zwei Tagen.«

»Werden Sie es bezahlen?«

»Nein.« Audmars Stimme war mild und ungezwungen.

Gersen hatte nichts anderes erwartet. Zentenare und Beinahe-Zentenare waren gezwungen, teilnahmslos gegenüber jeglichen und allen äußeren Zwängen zu bleiben. Sollte Duschane Audmar seine Kinder auslösen, würde er dadurch Nachgiebigkeit bekunden; er würde sich selbst und das Institut der Beeinflussung von außen öffnen. Die Politik war wohlbekannt. Zum zehnten Mal fragte sich Gersen, weshalb Duschane Audmar belästigt worden war. Hatte er bei einer früheren Begebenheit Nachgiebigkeit gezeigt? Waren die Entführer lediglich über ihn gestolpert?

Gersen fragte: »Wussten Sie, dass Kokor Hekkus darin verwickelt ist?«

»Nein.«

»Nun, da Sie es wissen, werden Sie Schritte gegen ihn einleiten?«

Audmar hob etwas verdrossen die Schultern, als solle Gersen gewahr werden, dass eine Strafmaßnahme eine genauso offenkundige Unausgewogenheit sei, wie Lösegeld zu bezahlen.

»Um vollkommen aufrichtig zu sein«, erläuterte Gersen, »ich

habe Grund dazu, Kokor Hekkus als einen Feind zu betrachten. Ich bin nicht so eingeschränkt wie Sie. Ich kann meine Gefühle in die Tat umsetzen.«

In Audmars Augen erschien ein rasches Schimmern von etwas wie Neid, doch er neigte lediglich ein wenig den Kopf.

»Ich komme um Informationen zu Ihnen«, sagte Gersen, »und hoffe auf eine Zusammenarbeit in dem Maße, zu dem Sie sich in der Lage sehen.«

»Das wird nur sehr wenig sein oder keine«, erwiderte Audmar.

»Dennoch, Sie sind ein Mensch und müssen Ihre Kinder lieben. Gewiss möchten Sie nicht, dass sie in die Sklaverei verkauft werden, wie es bestimmt geschehen wird.«

Audmar lächelte ein bitteres bebendes Lächeln. »Ich bin ein Mensch, Kirth Gersen, wahrscheinlich wilder und primitiver in meiner Menschlichkeit als Sie selbst. Aber ich bin ein Vierundneunziger, ich besitze zu viel Stärke, ich muss vorsichtig sein, wie ich damit umgehe. Daher ...«, er vollführte eine Gebärde, die einen ganzen Komplex von Vorstellungen andeutete.

»Stasis?« legte Gersen nahe.

Audmar enthielt sich einer Antwort auf die Stichelei. Gelassen erwiderte er: »In Bezug auf Kokor Hekkus weiß ich nichts – wenigstens nicht mehr als es allgemein der Fall ist.«

»Gegenwärtig«, sagte Gersen, »scheint er der aktivste der Dämonenfürsten zu sein. Er verursacht großes Leid.«

»Er ist ein niederträchtiges Wesen.«

»Wissen Sie, weshalb Kokor Hekkus Ihre Kinder geholt hat?«

»Ich vermute, um Geld zu bekommen.«

»Wie viel Lösegeld hat er gefordert?«

»Hundert Millionen SVE.«

Gersen, der aufgeschreckt war, hatte nichts zu entgegnen. Audmar lächelte grimmig. »Nicht, dass meine kleinen, Daro und Wix, nicht so viel und bei Weitem mehr wert wären.«

»Sie könnten so viel zahlen?«

»Wenn ich es wollte. Geld ist kein Problem.« Audmar wandte sich wieder dem Schreibblock und dem Federkiel zu. Gersen spürte, dass seine Geduld nachließ. »In diesem letzten Monat«, erklärte Gersen, »hat Kokor Hekkus zumindest zwanzig Personen entführt, vielleicht mehr. Das war die letzte Schätzung, welche die IPCC hatte, bevor ich Avente verließ. Die Opfer sind alles Leute von großem Wohlstand und großer Macht.«

»Kokor Hekkus wird unbesonnen«, versetzte Audmar gleichmütig.

»Genau. Was sind seine Absichten? Nun, mit einem Mal, benötigt er solch große Summen Geldes?«

Audmars Interesse war geweckt. Dann warf er Gersen, als er die Richtung der Argumentation ahnte, einen unvermittelt scharfen Blick zu.

Gersen sagte: »Kokor Hekkus scheint irgendetwas Großes im Sinn zu haben. Ich glaube nicht, dass er vorhat, sich zur Ruhe zu setzen.«

»Nicht nach zweihundertzweiundachtzig Jahren.«

Gersen hatte den Eindruck, dass Audmar etliches mehr über Kokor Hekkus wusste, als er vorgab. »Es scheint, als hätte Kokor Hekkus Ausgaben von zwei Milliarden SVE – vorausgesetzt, dass sich alle Lösegelder so hoch belaufen wie das für Sie festgesetzte. Wozu braucht er das Geld? Baut er eine Flotte von Kriegsschiffen? Rekonstruiert er einen Planeten? Gründet er eine Universität?«

Audmar stieß einen tiefen, wehmütigen Seufzer aus. »Sie glauben, er hat einen großen und möglicherweise dystrophischen Zweck im Blick?«

»Weshalb sonst würde er mit einem Mal so viel Geld brauchen?«

Audmar runzelte die Stirn und schüttelte verdrießlich den Kopf. »Es wäre eine Schande, Kokor Hekkus entgegenzuhandeln. Doch von meinem Standpunkt aus und aus Sicht der Institutspolitik gesehen ...« Seine Stimme schwand.

»Sie sind bei der Intertausch?«

»Ja.«

»Möglicherweise sind Sie mit dem Verfahren bei der Intertausch nicht vertraut. Zunächst wird die Reisezeit berechnet, dazu werden fünfzehn Tage addiert. Während dieses Zeitraums darf lediglich die sogenannte Partei primären Interesses die Gebühr einlösen. Nach dem Verstreichen dieser Zeit darf dies jeder, der es zu tun wünscht. Wenn ich hundert Millionen SVE hätte, könnte ich sie einlösen.«

Audmar musterte ihn einen Augenblick. »Weshalb sollten Sie das wollen?«

»Ich möchte wissen, weshalb Kokor Hekkus so viel Geld braucht. Ich möchte viele Dinge über Kokor Hekkus in Erfahrung bringen.«

»Ihre Beweggründe, nehme ich an, bestehen nicht nur in leidenschaftsloser Neugierde?«

»Meine Beweggründe tun nichts zur Sache. Was ich tun kann, ist dies: Wenn ich in den Besitz von hundert Millionen SVE käme, zuzüglich meiner Ausgaben, würde ich als freier Agent zur Intertausch gehen und Ihre Kinder in meine Obhut nehmen. Nebenbei gefragt, wie alt sind sie?«

»Daro ist neun. Wix ist sieben.«

»Währenddessen würde ich versuchen, Kokor Hekkus' Beweggründe herauszufinden, seine Ziele und seinen gegenwärtigen Aufenthaltsort.«

»Und dann?«

»Nachdem ich so viel erfahren hätte wie möglich, würde ich Ihnen Ihre Kinder bringen und Ihnen, falls Sie interessiert sind, berichten, was ich erfahren habe.«

Audmars Gesicht war völlig ausdruckslos. »Welches ist Ihre gegenwärtige Adresse?«

»Ich wohne im Hotel *Credenze*, in Avente.«

Audmar erhob sich. »Nun gut. Sie sind ein Elfer. Sie wissen, was getan werden muss. Herauszufinden, weshalb Kokor Hekkus diese große Summe Geldes braucht. Er ist ein einfallsreicher und fantasievoller Mann – eine stete Quelle der Verwunderung. Das Institut findet ihn bemerkenswert und betrachtet gewisse Nebenprodukte seiner Bosheit als einträglich. Mehr kann ich nicht sagen.«

Gersen verließ den Raum ohne weiteres Aufheben. In der

ruhigen Haupthalle sah er die Frau, welche ihn eingelassen hatte.
Sie wandte ihm einen Blick forschender Erkundigung zu. Gersen
fragte: »Sie sind die Mutter der Kinder?«

Sie gab keine direkte Antwort. »Sind Sie – geht es Ihnen gut?«
»Das nehme ich an. Wollen Sie mir Fotografien geben?«

Sie ging zu einem Regal. Der Junge lächelte, das Mädchen war
ernst. Die Frau traute sich nicht, laut zu sprechen und redete deshalb in einem Halbflüstern. »Was wird mit ihnen geschehen?«

Gersen wurde sich unvermittelt bewusst, dass sie ihn für einen
Repräsentanten der Entführer hielt. Wie leugnete man eine solche
Beschuldigung, bevor sie überhaupt ausgesprochen worden war?
Umständlich entgegnete er: »Ich weiß sehr wenig von der Ange-
legenheit, das heißt, ich bin nicht persönlich darin verwickelt.
Aber ich hoffe, dass irgendwie ...« Die einzigen Worte, an die er
denken konnte, waren entweder bedeutungslos oder übermäßig
deutlich.

Sie fuhr fort: »Ich weiß, wie es ist, dass wir uns loslassen müssen ... Doch für die Kleinen scheint es kaum gerecht zu sein.
Wenn es nur etwas gäbe, was ich tun könnte ...«

»Ich will Ihre Hoffnungen nicht wecken«, meinte Gersen, »aber
möglicherweise bekommen Sie Ihre Kinder wieder zurück.«

Sie sagte einfach: »Ich wäre dankbar dafür.«

Gersen ging aus dem kühlen, dunklen Haus hinaus in den
unvermittelten Glanz des Gartens. Der Nachmittag war ruhig: Als
er den alten Gleitwagen startete, erschien das Rasseln des Motors
aufdringlich laut. Gersen war froh, das Haus von Duschane Audmar hinter sich zu lassen. Trotz seines prächtigen Ausblicks, trotz
allem Charme seiner Einrichtung – es war ein Haus der Stille und
der strengen Unterdrückung der Gefühle, wo Wut und Kummer
im Verborgenen ertragen werden mussten. »Weshalb ich nie in
den Zwölften gegangen bin«, sagte sich Gersen.

Drei Tage später wurde Gersen ein Paket ins Hotel Credenze
geliefert. Als er es öffnete fand Gersen darin achtzehn Pakete
frischer Geldnoten von der Rigelbank, insgesamt in Höhe von

einhundertundeiner Million SVE. Gersen prüfte sie mit dem Falschmeter: alle waren echt.

Gersen beglich sofort die Hotelrechnung und fuhr per Untergrundbahn zum Raumhafen, wo sein verbeultes altes Modell 9B Lokator auf ihn wartete. Eine Stunde später hatte er Alphanor verlassen und war im Raum.

KAPITEL IV

Aus *Die moralische Essenz der Zivilisation* von Calvin V. Calvert:

In gewissem Sinne muss die explosionsartige Ausbreitung des Menschen über die Galaxis als ein Rückschritt der Zivilisation betrachtet werden. Auf der Erde hatten die Menschen nach vielen Tausend Jahren der Bemühungen einen Konsens entwickelt, wie das Gute und Böse zu bestimmen ist. Als die Menschen die Erde verließen, ließen sie auch diesen Konsens zurück ...

~

Aus *Menschliche Institutionen* von Prade
(Lehrbuch, Zehnter und Elfter Grad):

Die Intertausch ist eine weitere der seltsamen Anpassungen, die notwendig sind für das Funktionieren dessen, was wir »den totalen Mechanismus« bezeichnet haben. Es ist eine Tatsache, dass Entführung für Lösegeld, dank der Leichtigkeit des Entkommens per Raumschiff, ein alltägliches Verbrechen ist. In der Vergangenheit brach das System zur Lösegeldzahlung dank des unvermeidlichen Hasses und Argwohns zusammen und viele Jungen und Mädchen kamen nicht wieder nach Hause zurück. Daher die Notwendigkeit der Intertausch, die man auf Sasani, einem Planeten im nahen Jenseits, finden kann und die als Makler zwischen Entführern und jenen fungiert, welche Lösegeld zahlen. Die Intertausch garantiert die Redlichkeit der Transaktion. Die Entführer erhalten ihr Geld abzüglich der Intertauschgebühr; das Opfer wird sicher an sein Zuhause zurückgegeben ... Die Intertausch wird offiziell angeprangert, praktisch jedoch toleriert, da man davon ausgeht, dass die Zustände ohne sie weit schlimmer wären. Gelegentlich diskutieren gewisse Gruppierungen die Durchführbarkeit, die IPCC zu beauftragen, einen Angriff auf die Intertausch zu inszenieren; irgendwie wird nie etwas daraus.

≈

Die Intertausch bestand aus einer Ansammlung von Gebäuden am Fuß einer felsigen Anhöhe in der Da'ar-Rizm, einer Wüste auf dem Planeten Sasani, Aquila 1201, IV, um die geozentrische Nomenklatur zu verwenden, die noch immer vom Sternenverzeichnis bevorzugt wird. Einst, in ferner Vergangenheit, hatte eine intelligente Rasse zumindest einen der beiden Nordkontinente von Sasani bevölkert, denn hier konnte man die Überreste monumentaler Burgen und Bergfriede finden.

Private Raumfahrzeuge waren in der Da'ar-Rizm verboten, und ein Ring von Artilleriegeschützständen schützte den Gebäudekomplex. Personen, welche die Einrichtungen der Intertausch in Anspruch nehmen wollten, waren gehalten, in Nichae am Ufer der flachen Calopsidsee zu landen, an Bord eines Luftschiffes nach Sul Arsam – nicht mehr als einer Station in der Wüste – zu gehen und anschließend einen holprigen Oberflächenwagen durch fünfundzwanzig Kilometer Wüste zur Intertausch zu nehmen.

Als Gersen in Sul Arsam eintraf, befeuchtete ein kalter Sprühregen die Wüstenerde, und gerade, während er vom Landestreifen zur Station ging, erschienen bunte Flecken von Flechten. Auf halber Strecke auf dem Pfad traf ein summendes Objekt seine Wange und begann sogleich damit, an seiner Haut zu reißen. Gersen fluchte, schlug danach und wischte es fort. Er bemerkte, dass seine Mitpassagiere in ähnlicher Weise beschäftigt waren und nahm ein schlaues Lächeln auf dem Gesicht des Stationsaufsehers wahr, der etwas trug, was eine Ultraschall-Insektenabwehr zu sein schien.

Mit fünf anderen Passagieren wartete Gersen in der Station, die aus nicht mehr als einem langen Schuppen mit abgeschirmten Seiten bestand. Der Sprühregen wurde zu einem kurzen, durchnässenden Regenguss, hörte dann auf und plötzlich traf Sonnenlicht auf die Wüste, was Strähnen von Dunst hervorrief. Aus den Flechten brachen Sporen in kleinen rosa Strahlen.

Der Pendelbus fuhr vor, ein polterndes primitives Gefährt auf vier großen Rädern. Er parkte in beinahe vorsätzlich lästigen fünfzig Metern Entfernung von der Station. Um sich schlagend und rennend, um die Insekten abzuhalten, begaben sich Gersen und die anderen fünf an Bord.

Eine halbe Stunde lang holperte und ruckelte der Bus über die Ödlande, dann tauchte in der Ferne die Intertausch auf: niedrige Betongebäude rund um einen Wirrwarr bröckligen roten Sandsteins. Ein Wäldchen aus fedrigen gelben, braunen und roten Bäumen bedeckte die Hügelkuppe, auf der drei oder vier Hütten sichtbar waren.

Der Bus rumpelte auf ein eingezäuntes Gelände, hielt an; die Passagiere stiegen aus und wurden mittels gelber Pfeile zu einem Empfangsraum geleitet. Hinter einem Schalter saß ein kleiner blasser Schreiber mit weißem Haar, das sorgfältig um eine graue Schädelkappe herum gewachst war und nahm Einträge in ein Handbuch vor. Die Frontseite der Kappe stellte das Intertausch-Emblem zur Schau: ein Paar einander umfassender Hände. Er fuhr mit seiner Arbeit fort und winkte die Gruppe zu Sitzen. Schließlich schlug er das Handbuch mit einem Knall zu, blickte auf und deutete mit einem Finger.

»Sie, mein Herr. Sie werde ich bedienen, wenn Sie vortreten wollen.«

Die gewählte Person war ein melancholischer schwarzhaariger Mann, der die enge schwarze Jacke und die weiße Kniehose von Bernal trug. Der Schreiber holte ein Formular hervor: »Ihr Name?«

»Rank Olguin 92, File Mettier 6.«

»Sie wünschen wen auszulösen?«

»Rank Sett 44, File Mettier 7.«

»Die Gebühr, welche einzulösen ist?«

»Zwölftausendfünfhundert SVE.«

»Sie sind Agent, Klient oder Unbeteiligter?«

»Ich bin Agent.«

»Nun gut. Geben Sie mir die Gebühr, wenn ich bitten darf.«

Das Geld wurde hervorgeholt; der Schreiber zählte es mit großer Sorgfalt, ließ es durch den Schlitz eines Falschmeters laufen
und überzeugte sich so seiner Authentizität. Er stellte eine Quittung aus und bat seinerseits um eine Empfangsbestätigung, die
sich der Bernalese weigerte zu geben, bis nicht die ausgelösten
Personen vor ihn gebracht würden. Der Schreiber lehnte sich ob
dieser Zurschaustellung von Eigensinn zurück und musterte den
Bernalesen mit zusammengekniffenen Augen. »Ihnen mangelt es
an Verständnis, mein Herr. Die Parole bei der Intertausch ist Integ-
rität. Die Tatsache, dass ich Ihnen erlaube, Ihr Geld zu übergeben,
ist Garantie genug, dass die Gäste, deren Gebühr Sie einlösen, bei
der Hand und in gutem Zustand sind. Sowohl durch Ihr Zögern
als auch durch Ihren Argwohn schaden Sie nicht nur unserem
Ruf, sondern trüben auch den Glanz Ihres eigenen Standes.«

Der Bernalese zuckte mit den Achseln, unbeeindruckt vom
Resümee des Schreibers. Nichtsdestotrotz unterschrieb er die
Quittung. Der Schreiber nickte steif, berührte einen Knopf und
ein Aufseher in einer roten Jacke kam, um den Bernalesen zu
einem Warteraum zu führen.

Der Schreiber schüttelte verächtlich den Kopf und deutete will-
kürlich auf einen weiteren Besucher: dieses Mal einen stämmigen,
finster blickenden Mann mit dunkel-lederfarbener Hauttönung, der
mehr oder weniger die Kluft eines Raummannes, so wie Gersens
eigene, trug, die keinen Hinweis auf seinen Herkunftsort gab.

Der Schreiber war von seiner wilden Miene nicht beeindruckt.
»Name?«

»Das ist keine Ihrer Angelegenheiten.«

Der Schreiber lehnte sich wieder auf seinem Stuhl zurück.
»Wie jetzt? Was soll das? Ich brauche Ihren Namen, mein Herr.«

»Nennen Sie mich Herr Inconnu.«

Der Schreiber starrte. »Diese Organisation arbeitet ohne Arg-
list und Ausweichen und schätzt eine ähnliche Haltung bei seinen

Geschäftspartnern. Nun gut, dann Herr ›Inconnu‹.« Mit einem Schnörkel trug der Schreiber den Namen ein. »Wer sind die Gäste, deren Gebühren Sie einlösen wollen?«

»Ich löse einen Gefangenen aus!« brüllte der stämmige Mann. »Hier ist Ihre verfluchte Beute. Geben Sie mir meinen Neffen!«

Der Schreiber schürzte die Lippen in steifer Missbilligung. »Ich werde diese Angelegenheit beschleunigen, da dies unsere Politik ist. Ihr Neffe ist wer?«

»Cader, Lord Satterbus. Holen Sie ihn her und beeilen Sie sich damit.«

Der Schreiber schloss halb die Augenlider und rief einen Aufseher herbei. »Lord Satterbus, Flucht 14, für diesen Herrn, bitte.« Er vollführte einen lebhaften Schwung, als entferne er einen schlechten Geruch und deutete. »Sie, mein Herr. Mit Ihnen werde ich mich als nächstes befassen«

Der dritte Mann war schlank und schüchtern. Er trug die satingrüne Hautfärbung, die bestickte Jacke und die gerüschten Gamaschen, die gegenwärtig in der Bergwildnis auf Image, einem der Concourse-Planeten, modern waren. Er wollte sein Geschäft auf vertrauliche Weise abwickeln, denn er beugte sich über den Schreiber und sprach in tiefem Murmeln – eine Eigenheit, von welcher der Schreiber nichts wissen wollte. Er wich zurück und rief: »Wollen Sie nicht lauter sprechen, mein Herr, ich kann kaum verstehen, was Sie sagen.«

Die Schüchternheit des Mannes war von keiner langen Dauer; er verlor seinen Gleichmut. »Es gibt keinen Grund, weshalb dieses schimpfliche Verfahren derart öffentlich gemacht werden muss! Sie sollten Buden bereitstellen für diejenigen von uns mit Zartgefühl!«

»Also gut, mein Herr«, erklärte der Schreiber, »Sie missverstehen uns. Sie müssen sich nicht hierherstehlen, als besuchten Sie ein Bordell. Unser Dienst ist von höchster Ehrbarkeit. Wir handeln als Anderinstitution, vollkommen unabhängig und repräsentieren in Treu und Glauben die Interessen aller. Nun denn, mein Herr, besprechen wir offen Ihr Geschäft.«

Der Mann errötete, seine Hauttönung wurde zu einem schmutzigen Grau. »In diesen Fall, da Sie so offen und aufrichtig sind, sagen Sie mir dies: Wer besitzt dieses Geschäft? Wer erhält die Profite?«

»Dieses Thema ist keinesfalls relevant für unser gegenwärtiges Geschäft«, erwiderte der Schreiber.

»Und auch nicht mein Name noch meine Adresse. Kommen Sie, sprechen Sie, da Sie ja mit so viel Aufrichtigkeit ausgestattet sind!«

»Es reicht zu wissen, dass dies eine juristische Person ist, im Besitz und geführt von verschiedenen Gruppierungen.«

»Pah!«

Schließlich bezahlte der Mann das Geld und wurde fortgeführt. Gersen kam als Nächster an die Reihe. Er nannte seinen Namen und erklärte sich als unbeteiligt: mit anderen Worten als ein unabhängiger Unternehmer, der es vorziehen mochte, »die Gebühr« für einen Gast, der den Fünfzehn-Tage-Zeitraum der primären Auslösung überschritten hatte, »einzulösen« – der Sprachgebrauch schien ein besonderer Euphemismus der Intertausch zu sein – vermutlich um ein hohes Lösegeld zu fordern und somit einen großen Ertrag zu erzielen. Der Schreiber nickte knapp. »Dieses sind unsere gegenwärtig ›Verfügbaren‹.«

Er gab Gersen ein Blatt, welches einige Dutzend Namen mit den entsprechenden Einlösegebühren auflistete. Gersen ließ seine Augen über die Liste gleiten. Nahe dem oberen Ende sah er:

AUDMAR, DARO;	9, MÄNNLICH
WIX;	7, WEIBLICH
EINLÖSUNG:.	SVE 100.000.000

Einige Zeilen darunter fand er:

CROMARTY, BELLA;	15, WEIBLICH
EINLÖSUNG:.	SVE 100.000.000

und darunter:

DARBASSIN, OLEG;   4, MÄNNLICH
EINLÖSUNG:. . . . . SVE: 100.000.000

und danach:

EPERJE-TOKAY, ALUSZ IPHIGENIA;   20, WEIBLICH
EINLÖSUNG:. . . . . SVE: 10.000.000.000

Gersen las die Ziffern und blinzelte. Ein Druckfehler? Zehn
Milliarden SVE? Ein unerhörtes Lösegeld, eine unmögliche
Summe! Hundert Millionen waren noch nie dagewesen, doch
hier auf der Liste – er blickte hinunter – waren sieben oder acht
Gäste mit einer auf SVE 100.000.000 festgesetzten Gebühr. Eine
enorme Summe Geldes, aber immer noch ein Hundertstel von
zehn Milliarden. Etwas war daran seltsam. Von wem konnte man
erwarten, dass er zehn Milliarden SVE zahlte? Es war eine Ziffer
jenseits des Budgets der meisten Planeten, geschweige denn von
Einzelpersonen. Gersen inspizierte die Liste weiter. Nach den
acht Gästen, die mit SVE 100.000.000 aufgeführt waren, gab es
nur einen weiteren, der mit mehr als SVE 100.000 aufgeführt war.
Dies war:

PATCH, MYRON;   56, MÄNNLICH
EINLÖSUNG: . . . . SVE 427.685

Der Schreiber, der sich, während Gersen die Liste konsultiert
hatte, mit einem weiteren Kunden beschäftigt hatte, kam nun
zurück. »Entspricht jemand unserer ›Verfügbaren‹ Ihren unmittelbaren Bedürfnissen?«

»Natürlich möchte ich eine persönliche Musterung vornehmen«, sagte Gersen, »aber aus purer Neugierde, ist die Ziffer
SVE 10.000.000.000 richtig oder handelt es sich um einen Druckfehler?«

»Sie ist richtig, mein Herr. Bei der Intertausch wagen wir es nicht, Fehler zu machen.«

»Wer, wenn ich fragen darf, bürgt für diese junge Dame? In wessen Namen handeln Sie?«

Der Schreiber hielt sich zurück. »Sie werden Verständnis dafür haben, dass wir uns ohne spezielle Autorisierung mit Informationen zurückhalten müssen.«

»Ich verstehe. Nun, was ist mit den Einträgen der Audmars für hundert Millionen und denen von Cromarty, Darbassin, Floy, Helariope und den anderen? Wer bürgt für sie?«

»Wir sind nicht ermächtigt, diese Informationen herauszugeben.«

Gersen nickte. »Nun gut. Ich werde mich umsehen.«

»Noch etwas, mein Herr. Im Zusammenhang mit dem Eperje-Tokay-Eintrag können wir keine bloße Befriedigung der Neugierde gewähren. Noch bevor Sie diese ›Verfügbare‹ auch nur mustern dürfen, müssen Sie zehntausend SVE hinterlegen; besagte Summe würde auf die Einlösegebühr angerechnet.«

»In dem Maß bin ich nicht interessiert«, versetzte Gersen.

»Wie Sie wünschen.« Der Schreiber rief den Aufseher herbei, der Gersen aus dem Empfangsraum führte und einen Korridor hindurch, der kurz darauf in einen Hof mündete. Hier blieb der Aufseher stehen. »Welche Einträge im Einzelnen würden Sie gern begutachten?«

Gersen betrachtete den Mann. Der flachen Intonation zufolge, war er ein Erdenmensch oder möglicherweise ein Einwohner einer der Welten im Jenseits. Er war etwa in Gersens Alter oder möglicherweise etwas jünger und besaß klobige gebeugte Schultern sowie ein leutseliges grobzügiges Gesicht in hellgelber Färbung. Eine Kappe mit dem Intertauschemblem saß oben auf einem üppigen Haarschopf aus welligem gelbem Haar, das sich in einem Drachenschwanz bis hinter die Ohren und noch weiter nach hinten erstreckte.

Gersen sagte in nachdenklichem Ton: »Wie Sie wissen, bin ich ein Unbeteiligter.«

»Ja, mein Herr.«

»Ich habe einige wenige SVE zu investieren, wo sie am sinn-
vollsten sind. Sie wissen schon, was ich meine.«

Der Aufseher war nicht ganz sicher, dennoch nickte er klug.

»Sie können mir überaus behilflich sein«, meinte Gersen. »Ich
bin sicher, Sie wissen mehr bezüglich der einzelnen Einträge, als
Sie dem gewöhnlichen Kunden erzählen. Wenn Sie mich auf den
Weg des Profits führen, dann ist es nur gerecht, dass ich ihn mit
Ihnen teile.«

Der Aufseher war deutlich interessiert an der Richtung von
Gersens Gedanken. »Dies alles scheint eminent vernünftig zu
sein – vorausgesetzt, natürlich, dass die Regeln der Gesellschaft
eingehalten werden. Diese sind strikt, und die Strafen sind entsprechend rigoros.«

»Irgendetwas nicht vollkommen Ehrliches kommt nicht
infrage.« Gersen holte zwei Hundert-SVE-Noten hervor. »Es
wird einige mehr geben, in Abhängigkeit davon, wie viele Informationen Sie geben können.«

»Ich kann stundenlang reden. Viele seltsame Begebenheiten
haben sich bei der Intertausch ereignet. Aber lassen Sie uns fortfahren. Wenn ich Sie recht verstehe, wünschen Sie alle Gäste zu
sehen, die gegenwärtig ›verfügbar‹ sind?«

»Richtig.«

»Nun gut. In dieser Richtung liegen die Klasse-E-Schlafkammern für Gäste, deren Freunde and Lieben es nicht möglich ist,
sie einzulösen und die nun – um es frei heraus zu sagen – lediglich
auf ein Angebot eines Sklavenhändlers warten. Die Unterbringun-
gen reichen hinauf bis zum sogenannten Imperialen Garten auf
der Hügelkuppe. Die Gäste müssen während der morgendlichen
Musterungsstunden in ihren Quartieren bleiben, während des
Nachmittags aber wird ihnen die Erholung ihrer Wahl zugestanden und am Abend gibt es eine Geselligkeitsstunde. Einige der
Gäste finden die Erfahrung entspannend und hegen gegenüber
ihren Bürgen ein Gefühl der Dankbarkeit.«

Geleitet von dem nun wortreichen Aufseher untersuchte

Gersen die unglücklichen Exemplare in den Klasse-E-Schlafkammern, dann jene in Klasse D und C. Vor jeder Kammer hing ein Plakat mit Informationen hinsichtlich des Namens, des Status' und der Einlösegebühr des Insassen. Der Wächter, der Armand Koshiel genannt wurde, wies auf verschiedene Geschäfte, mögliche Profitmacher und langfristige Spekulationen hin: »... ganz unglaublich. Schauen Sie ihn sich an, ältester Sohn von Tywald Fitzbittick, dem reichsten Steinhauer von Boniface. Was sind vierzigtausend SVE für ihn? Er würde ohne Widersprüche Hunderttausend ausgeben. Wenn ich die Summe besäße, würde ich den Kameraden selbst kaufen. Das ist eine absolute Gewissheit!«

»Weshalb hat Tywald Fitzbittick den Jugendlichen nicht für Vierzigtausend eingelöst?«

Koshiel schüttelte verblüfft den Kopf. »Er ist ein beschäftigter Mann. Möglicherweise hat der Druck der Geschäfte ihn abgelenkt. Aber früher oder später wird er hier sein und Geld wird fließen wie Wasser, merken Sie sich meine Worte.«

»Sehr wahrscheinlich.«

Koshiel deutete auf verschiedene andere Gäste in ähnlichen Umständen hin und brachte seine Verwirrung zum Ausdruck, als Gersen losgelöst und unbeteiligt blieb. »Ich sage Ihnen, zu viel Überlegung führt manches Mal zur Enttäuschung. Dort, zum Beispiel, in genau dieser Kammer hauste eine hübsche junge Frau, deren Vater säumig war. Der Bürge senkte die Einlösegebühr auf neuntausend SVE, und gestern arrangierte ein unbeteiligter Käufer – ich glaube ein Sardanipolitaner – die Auslösung. Und – würden Sie es glauben – gerade als die Papiere unterzeichnet waren, traf ihr Vater ein, der aber notgedrungen enttäuscht wurde, da sich der Käufer zufrieden erklärte. Es folgte eine unerfreuliche Szene.«

Gersen stimmte zu, dass Zaudern mitunter zu Unannehmlichkeiten führen konnte.

»Meiner Ansicht nach«, erklärte Koshiel, »sollte die Ökumenische Konferenz eine ausreichende Summe zuteilen, um sämtliche Auslösungskosten zu decken. Weshalb nicht? Der Großteil der Gäste sind Bewohner der Ökumene. Ein solches

Arrangement würde das gesamte Programm vereinfachen und es gäbe beträchtlich weniger Unstimmigkeiten und Missgunst.«

Gersen brachte vor, dass Entführer dadurch ermutigt sein mochten, und Koshiel gestand diese Möglichkeit zu. »Auf der anderen Seite hat die nun existierende Situation Aspekte, die mich verwirren.«

»Tatsächlich?«

»Sind Sie vertraut mit der Transgalaktischen Versicherungs- und Garantiegesellschaft? Sie haben Büros in vielen großen Städten.«

»Ich habe den Namen gehört.«

»Sie sind auf Entführungsversicherungen spezialisiert; in der Tat glaube ich, dass sie 60 oder 70 Prozent aller derartigen Versicherungen verkaufen, hauptsächlich, weil ihre Sätze niedrig sind. Weshalb sind ihre Sätze niedrig? Weil ihre Kunden selten entführt werden, während die Kunden ihrer Wettbewerber unvermeidlich ihren Weg zur Intertausch finden. Ich habe häufig darüber spekuliert, dass entweder Transgalaktik die Intertausch besitzt oder die Intertausch Transgalaktik. Ein indiskreter Gedanke, vielleicht, aber er lässt sich nicht leugnen.«

»Indiskret, vielleicht, aber interessant ... Und weshalb nicht? Die zwei Unternehmungen passen offenbar genau zueinander.«

»Genau, was ich denke ... Ja, viele seltsame Begebenheiten gibt es bei der Intertausch.«

Sie kamen zu einem Klasse-B-Apartment, welches Daro und Wix Audmar beherbergte. »Hier haben wir nun ein fröhliches kleines Paar«, sagte Armand Koshiel. »Die Einlösung ist natürlich viel zu hoch: diese zwei sind, je nach Geschmack, vielleicht zwanzig oder dreißigtausend SVE wert. Ihre Zeit der Primäreinlösung ist vorüber, sie sind ›verfügbar‹, aber natürlich würde niemand, der bei rechtem Verstand ist, eine solch horrende Gebühr bezahlen.«

Gersen beobachtete die beiden Kinder durch das Einwegfenster. Sie saßen teilnahmslos da; Daro las, Wix zog an einer Schlaufe Bindfaden. Sie waren sich recht ähnlich, schlank, dunkelhaarig, mit den leuchtenden grauen Augen ihres Vaters.

Gersen wandte sich ab. »Seltsam. Weshalb sollte jemand eine solch hohe Einlösegebühr festsetzen? Und ich bemerke verschiedene andere Gäste mit ähnlich hohen Auslösen. Was steckt dahinter?«

Koshiel fuhr sich mit der Zunge über die Lippen, blinzelte und blickte verstohlen über die Schulter. »Ich sollte diese Information nicht preisgeben, da sie die Identität eines Bürgen betrifft, aber ich bin sicher, diesem besonderen Bürgen ist es ziemlich gleich. Es ist der berüchtigte Kokor Hekkus.«

Gersen gab Überraschung vor. »Wie bitte? Kokor Hekkus, die Mordmaschine?«

»Derselbe. Er hat uns schon immer eine gewisse Menge an Geschäften zukommen lassen, aber im Augenblick scheint es, als dominiere er das gesamte Unternehmen. In den letzten beiden Monaten hat er sechsundzwanzig Posten zur Intertausch gebracht und alle – außer einem – auf hundert Millionen SVE beziffert. Und in den meisten Fällen kassiert er. Kokor Hekkus bürgt für diese Kinder.«

»Aber weshalb?« staunte Gersen. »Hat er irgendein Großprojekt im Sinn?«

Koshiel grinste ein rätselhaftes Grinsen. »Ja, in der Tat. Ja, ja, in der Tat. ›Und daran hängt eine Geschichte‹, wie der Affe sagte, während er das Hinterteil der Katze beschrieb.« Wieder blickte Koshiel verstohlen nach allen Seiten. »Sie dürften einiges von Kokor Hekkus wissen ...«

»Wer nicht?«

»... unter seinen Kennzeichen findet sich die Hingabe an ästhetische Ideale. Es scheint, dass Kokor Hekkus sich närrisch in ein Mädchen verliebt hat, das – ich versichere es Ihnen – die lieblichste Erscheinung des Universums ist. Sie ist das Nonplusultra!«

»Woher wissen Sie das?«

»Geduld. Das Mädchen, weit entfernt davon, die Zuneigung von Kokor Hekkus zu erwidern, ist von dem Gedanken an ihn entsetzt und angewidert. Wohin kann sie fliehen? Wie kann

sie sich verbergen? Kokor Hekkus ist unermüdlich; er wird sie
suchen, einerlei, wohin sie sich begibt. Es gibt keinen Zufluchts-
ort für dieses reizende Wesen – außer einem. Intertausch! Nicht
einmal Kokor Hekkus wagt es, die Regeln der Intertausch zu
brechen. Erstens, ihm würde nie mehr erlaubt werden, ihre Einrichtungen zu nutzen. Zweitens, die Intertausch-Führung würde
keine Mühe scheuen, ihn zu bestrafen. Kokor Hekkus verachtet
Gefahr, aber er ist nicht unbesonnen. Also agiert dieses Mädchen als ihre eigene Bürgin. Sie hat ihre Einlösegebühr auf zehn
Milliarden SVE festgesetzt; eigentlich wollte sie sie noch höher
haben, auf tausend Milliarden, aber das wurde nicht erlaubt. Also
nun! Wir haben diese lächerliche Situation: das Mädchen ruhig
und sicher im Imperialen Garten der Intertausch, während Kokor
Hekkus schwitzt und vor äußerster Leidenschaft kocht. Und in
der Tat wird er nicht abgewiesen werden. Ihm fehlt nur das Geld;
irgendwo muss er zehn Milliarden SVE auftreiben.«

»Ich fange an zu verstehen«, sagte Gersen.

»Kokor Hekkus ist keinesfalls verblüfft«, erklärte Koshiel mit
Verve. »Er bekämpft Feuer mit Feuer. Das Mädchen hat die Einrichtung der Intertausch genutzt, um ihm einen Strich durch die
Rechnung zu machen. Er wird sie ebenso nutzen, um seinen Willen durchzusetzen. Zehn Milliarden ist eine große Zahl, aber es
ist lediglich hundert mal hundert Millionen. Nun also durchquert
Kokor Hekkus die Ökumene und entführt die Lieben der hundert
wohlhabendsten Leute, die es gibt! An dem Tag, an dem der Hun-
dertste die hundert Millionen bezahlt, wird Kokor Hekkus die
Person von Alusz Iphigenia Eperje-Tokay für sich beanspruchen,
denn sie ist ›verfügbar‹.«

»Eine höchst romantische Person, dieser Kokor Hekkus – im
wahrsten Sinne des Wortes«, meinte Gersen.

Koshiel bemerkte die sikkante Qualität in Gersens Bemerkung nicht. »In der Tat! Denken Sie nur! Sie muss warten, Tag
für Tag, sehen, wie die Zahl zehn Milliarden kleiner und kleiner wird. Schon hat er den Gegenwert von zwanzig Gästen,
für die er gebürgt hat, kassiert. Jeden Tag kommen mehr. Und

währenddessen kann das Mädchen nichts tun. Sie ist in ihrer eigenen Falle gefangen.«

»Hmpf! Eine traurige Situation – wenigstens vom Standpunkt der jungen Dame aus gesehen. Wo ist ihr Zuhause?«

Koshiel schüttelte den Kopf. »Was das anbelangt, habe ich nur Gerüchte gehört: eigentlich die Quelle all meiner Informationen. In diesem Falle ist das Gerücht jenseits allen guten Glaubens vernünftiger Menschen wie uns selbst. Man sagt, sie habe sich als Einheimische der Fantasiewelt erklärt: des Planeten Thamber!«

»Thamber?« Gersen war tatsächlich überrascht: Thamber, die Welt der Mythen, der Hexen und Seeschlangen, der galanten Ritter und magischen Wälder, war der Ort kindlicher Märchengeschichten. Und gleichfalls, erinnerte er sich mit einem unvermittelten Prickeln, die Heimat von Hormagaunten!

»Thamber, wirklich!« rief Koshiel mit einem Lachen und einer ausdrucksvollen Gebärde. »Jetzt kommt mir in den Sinn, dass, wenn Sie zehn Milliarden SVE hätten und dazu große Courage, hier die Möglichkeit zu einer vorzüglichen Spekulationsanlage wäre! Kokor Hekkus würde, auch wenn er die Sprösslinge von noch weiteren hundert wohlhabenden Leuten entführen müsste, sicher Ihren Preis zahlen!«

»Es wäre gerade mein Glück, dieses Nonplusultra einzulösen, und anschließend wird sie krank und stirbt mir unter den Händen weg. Dann wären Kokor Hekkus und ich beide beraubt!«

Während sie sprachen, waren sie an der Reihe von Klasse-B- und Klasse-A-Apartments vorübergegangen. Koshiel hielt inne und deutete auf einen Mann mittleren Alters, der offenbar ein Diagramm in ein Notizbuch zeichnete. »Hier«, sagte Koshiel, »ist Myron Patch, ein weiterer Gast mit Kokor Hekkus als Bürgen. Für eine Einlösung von 427.685 SVE, was bei Weitem überhöht ist, wenn Sie mich fragen. Im Gegensatz zum Mädchen von Thamber!« Er zwinkerte Gersen lüstern zu und stieß ihn mit dem Ellbogen in die Seite.

Gersen blickte stirnrunzelnd zu Myron Patch hinein – einem gewöhnlichen Kerl von durchschnittlicher Statur, pausbäckig,

mit einer offenen, gutartigen Miene. Die Einlösegebühr weckte
sein Interesse. Weshalb genau 427.685? Hinter der Zahl, hinter
dem erzwungenen Besuch von Myron Patch bei der Intertausch
steckte eine Geschichte. Er fragte Koshiel: »Darf ich mit dem
Mann reden?«

»Gewiss. Er ist ›verfügbar‹. Wenn Sie glauben, Sie können
Kokor Hekkus mit einer Summe in Höhe von – wie war sie noch
gleich? 427.685 SVE, eine lächerliche Zahl – austricksen, dann, bei
allem was recht ist, bitte sehr.«

»Die Apartments sind natürlich mit Spionzellen und Mikro-
fonen ausgestattet?«

»Nein«, erwiderte Koshiel, »und das aus gutem Grunde: Es
gibt nichts, was durch Abhören gewonnen wäre.«

»Nichtsdestotrotz«, versetzte Gersen, »werden wir Vorkeh-
rungen treffen. Lassen Sie mich mit dem Mann sprechen.«

Koshiel berührte den Knopf, der, vermittels Klingeln eines
kleinen Läutwerks, den infrage kommenden Gast davon in
Kenntnis setzte, dass seine Aufmerksamkeit beansprucht wurde.
Myron Patch blickte auf und kam langsam zur Vorderseite des
Apartments. Koshiel steckte einen Schlüssel in das Schloss. Eine
Täfelung schnellte zur Seite. Myron Patch blickte hinaus zu Ger-
sen, zuerst mit Hoffnung und dann Verblüffung. Gersen packte
Koshiel bei den Schultern, rückte ihn nahe an die Täfelung heran
und drehte ihn so, dass er in das Apartment blickte. »Nun singen
Sie: laut.«

Koshiel grinste töricht. »Ich kenne nur Schlaflieder aus meiner
Jugend.«

»Dann singen Sie Schlaflieder, aber laut und mit Legato.«

Koshiel jaulte ein misstönendes Lied. Gersen winkte dem noch
verblüffteren Patch zu. »Treten Sie näher.«

Patch presste das Gesicht dicht gegen die Täfelung. Gersen
fragte: »Weshalb sind Sie hier?«

Patchs Mundwinkel sanken herab. »Das ist eine lange
Geschichte.«

»Erzählen Sie sie mir mit so wenigen Worten wie möglich.«

Patch seufzte bekümmert. »Ich bin Ingenieur und Fabrikant. Ich übernahm einen komplizierten Auftrag für einen gewissen Mann – einen Verbrecher, wie ich jetzt weiß. Wir waren uneins; er ergriff mich und brachte mich hierher. Das Lösegeld repräsentiert den Streitwert.«

Koshiel begann ein neues Lied. Gersen fragte: »Der Verbrecher ist Kokor Hekkus?«

Myron Patch nickte trübselig.

»Kennen Sie ihn persönlich?«

Patch sagte etwas, was Gersen wegen der Inbrunst von Koshiels Schlaflied nicht verstehen konnte. Patch wiederholte: »Ich habe gesagt, ich kenne seinen Mittelsmann, der oft nach Krokinole gekommen ist.«

»Können Sie Kontakt mit diesem Mittelsmann herstellen?«

»Auf Krokinole, ja. Hier nicht.«

»Nun gut. Ich werde Ihre Gebühr einlösen.« Gersen tippte auf Koshiels Schulter. »Sie können aufhören. Wir gehen zurück zum Büro.«

»Sie sind fertig? Es sind noch andere zu begutachten: Gelegenheiten, richtige Gelegenheiten!«

Gersen zögerte. »Kann ich die Frau sehen, der Kokor Hekkus' Bestrebungen gelten?«

Koshiel schüttelte den Kopf. »Nein, es sei denn, Sie zahlen zehntausend SVE für das Privileg. Im Wesentlichen weigert sie sich, überhaupt jemanden zu empfangen: selbst Angestellte wie mich, die glücklich wären, ihre Langeweile zu lindern und verständliche Spannungen zu lösen.«

»Nun denn.« Gersen holte weitere dreihundert SVE hervor, die Koshiel, geblendet und verträumt nach so viel Gerede über Millionen und Milliarden, mit einem nur wenig begeistert gemurmelten Dank einsteckte. »Wir kehren zum Büro zurück.«

KAPITEL V

Aus *Populäres Handbuch der Planeten,* 303. Auflage,
veröffentlicht 1292.

Krokinole:
    Drittgrößter Planet des Rigel-Concourses, vierzehnter in
der orbitalen Reihenfolge.
    Planetarische Konstanten:

Durchmesser:..... 15.208 Kilometer
          Masse:..... 1,23
Mittlerer Tag:..... 22 Stunden, 16 Minuten, 48,9 Sekunden
          etc.

    Allgemeine Anmerkungen: Zuweilen als der schönste
aller Concourse-Planeten betrachtet, mag Krokinole mit
Recht für sich in Anspruch nehmen, der mannigfaltigste zu
sein, in geografischer als auch in ethnologischer Hinsicht. Es
gibt zwei große Kontinente: Borkland und Sankland sowie
sechs kleinere Kontinente: Cumberland, Layland, Gardena,
Mergenthaler, Hopland und Skakerland.
    Jeder von ihnen rühmt sich Dutzender von Natur-
wundern. Aufs Geratewohl seien die Kristallzinnen der
Bize-Gemeinde und die Card-Wasserfälle der Diker-
Gemeinde erwähnt, beide auf Cumberland; das Loch durch
die Welt in Nordstaat, Sankland; der Unterseewald vor der
Küste von Iksemand, Skakerland; Berg Jovah in den Hochlanden von Gardena, der höchste Berg (12.833 Meter über
dem Meeresspiegel) des gesamten Concourses.
    Die Flora und Fauna ist komplex und hoch entwickelt.

Die nahezu ausgestorbenen Supertiere, einst Herrscher über den Planeten, weisen mehr als nur rudimentäre Intelligenz auf, wie ihr einzigartiges Signal-Kommunikationssystem (es eine »Sprache« zu nennen, hieße semantische Körperverletzung zu begehen), ihre Boote, Körbe, ornamentalen Knoten und ihre Komitee-Organisation beweisen.

Die menschliche Bevölkerung von Krokinole ist so verschieden wie die Topografie. Wieder kann die Mannigfaltigkeit nur angedeutet werden. Skakerland wurde zunächst von einem schismatischen Kult der Skaker besiedelt, der nach Olliphane ging. In den Hochlanden von Gardena wohnen die bemerkenswerten Kobolde. Cumberland ist die Heimat der talentierten und fleißigen Weißlocken, während die Druiden-Banquer die Tundren von Nord-Hopland durchwandern. Andere Rassen sind die Arkadianer, die Batthalesen, die Singhelen, die Oportosischen Fischer, die Jansenisten, die Uralten Alaner, und es gibt viele andere mehr ...

≈

Auf dem Rückweg von Sasani an Bord von Gersens Modell 9B Lokator erklärte Myron Patch seine Geschäfte mit Kokor Hekkus in größeren Einzelheiten und breitete im Grunde genommen seinen gesamten Lebenslauf sorgfältig aus. Ursprünglich ein Einwohner der Erde, war Patch ein Opfer der Texahoma-Aufstände geworden und konnte sich glücklich schätzen, mit dem Leben davongekommen zu sein. Mittellos kam er auf Krokinole an, nahm eine Arbeit als Entenmuschelkratzer für die Cardmündung-Hafengesellschaft an und eröffnete nicht lange danach eine kleine Maschinenwerkstatt in Patris, der Weißlockenhauptstadt. Sie blühte auf und wurde größer und so wurde Patch im Verlauf von achtzehn Jahren zum Eigner und Leiter der Firma Patch Ingenieurarbeiten, dem größten derartigen Unternehmen von Cumberland. Außerdem hatte er einen Ruf für Vielseitigkeit und Einfallsreichtum erlangt und zwar in einem solchen Maße, dass

Patch, als Seuman Otwal ihm eine Reihe bizarrer Spezifikationen überbrachte, interessiert, nicht aber überrascht war.

Seuman Otwal, so beschrieb ihn Patch, war ein Mann etwas jünger als er selbst, mit einem auffallend hässlichen Gesicht, ausgezeichnet durch eine lange, abwärts gebogene Nase, die sich beinahe mit einem scharfen, aufwärts gewölbten Kinn zu treffen schien.

Seuman Otwal versuchte es nicht mit Täuschung. Er identifizierte sich als Mittelsmann von Kokor Hekkus und wirkte zufrieden, als Patch sich bereit erklärte, für den Teufel selbst zu arbeiten, vorausgesetzt, sein Geld passiere schweigend das Falschmeter.

Nachdem sie für die Beziehung eine realistische Grundlage gefunden hatten, legte Otwal seine Pläne vor. Er wollte, dass Patch ein gehendes Fort mit dem Aussehen eines Monstertausendfüßlers entwarf und konstruierte, dreiundzwanzig Meter lang, dreieinhalb Meter hoch. Der Mechanismus sollte aus achtzehn Segmenten bestehen, jedes ausgestattet mit einem Paar Beinen. Das Fort, wie Seuman Otwal es nannte, musste in der Lage sein, sich mit wenigstens fünfundsechzig Kilometern pro Stunde auf synchronisierten, fließend ausschreitenden Beinen fortzubewegen. Es musste in der Lage sein, mit der Zunge flüssiges Feuer zu speien, schädliches Gas auszuströmen und Energiestrahlen aus Luken am Kopf abzufeuern. Patch erklärte sich für imstande, den Mechanismus zu ersinnen und erkundigte sich mit natürlichem Interesse nach seinem Zweck. Seuman Otwal schien zunächst ungehalten, doch dann erklärte er Kokor Hekkus' Faszination für komplizierte und makabere Maschinen. Kokor Hekkus, fuhr Otwal fort, war vor Kurzem erst von einer Gruppe ungebärdiger Wilder hereingelegt worden und das Fort »würde in einer Sprache zu ihnen sprechen, die sie verstünden.«

Otwal erwärmte sich für das Thema und bedachte Patch mit einer ausgedehnten Erörterung über das Thema Schrecken. Ihm zufolge gab es den Schrecken in zwei Gestalten: der instinktiven und der bedingten. Um den größtmöglichen Effekt zu erzielen, sollten beide Arten gleichzeitig erzeugt werden; jede für sich allein könne in Schach gehalten werden. Kokor Hekkus' Methode sei es, die Faktoren zu identifizieren und zu analysieren. Dann, in seiner Anwendung, suche er diese Faktoren heraus und verstärke sie zur größtmöglichen Wirkung.

»Man kann einen Fisch nicht in Schrecken versetzen, indem man von Ertränken spricht!« erklärte Seuman Otwal.

Die Auslegung dauerte eine halbe Stunde, und Patch wurde immer unbehaglicher zumute. Nachdem Otwal gegangen war, rang er lange und hart mit seinem Gewissen über die Moralität, den mechanischen Schrecken zu bauen.

Hier erkundigte sich Gersen: »Haben Sie je vermutet, dass Seuman Otwal Kokor Hekkus selbst sein könnte?«

»Oh, in der Tat, bis eines Tages Kokor Hekkus selbst in die Werkstatt trat. Er sah Seuman Otwal nicht einmal ähnlich.«

»Beschreiben Sie ihn, wenn ich bitten darf.«

Patch runzelte die Stirn. »Das ist schwierig. Er besitzt keine bemerkenswerten Charakteristika. Er hat in etwa Ihre Statur, ist agil und nervös, sein Kopf ist weder groß noch klein, seine Gesichtszüge sind regelmäßig und wohlproportioniert. Er trägt eine dunkle Hauttönung und Kleidung im Stil der Weißlocken-Ältesten. Seine Manieren sind kultiviert, beinahe überhöflich, aber sie sind nicht überzeugend noch liegt es in seiner Absicht, überzeugend zu sein. Die ganze Zeit über sprach er leise und hörte aufmerksam zu; seine Augen schimmerten und man wusste, er denkt an die seltsamen Anblicke, welche er gesehen und die eigenartigen Taten, welche er begangen hat.«

Nun kam es zu einer Unterbrechung durch die beiden Kinder, die wollten, dass ihnen Rigel gezeigt würde. Gersen deutete auf den weißen Schein direkt voraus, danach kehrte er zu Patch zurück, welcher mit der Schilderung seines mentalen Aufruhrs fortfuhr. Er hatte, so erklärte er, die gesamte Skala der Bedenken, Befürchtungen und Besorgnisse durchlitten, doch schlussendlich entschieden, sich von zwei Betrachtungen leiten zu lassen: erstens, er hatte sich bereits kompromittiert, besonders da er bereits eine Vorauszahlung von 427.685 SVE erhalten hatte. Und zweitens, wenn er die Maschine nicht baute, gäbe es ein Dutzend anderer Werkstätten, die es tun würden. Also ging die Arbeit weiter, obwohl Patch sich auf unbehagliche Weise bewusst war, dass er bei der Erschaffung einer bösen Vorrichtung half.

Gersen hörte kommentarlos zu und verspürte keine große Missbilligung. Patch war offenbar eine gutartige Person, die das Pech hatte, dass ihr eine unwillkürliche Moralität fehlte.

Die Konstruktion schritt voran; das Fort näherte sich der Fertigstellung. Kokor Hekkus trat, zum Zweck der Inspektion, in Erscheinung. Sehr zu Patchs Missfallen erklärte er sich zutiefst unzufrieden. Er verspottete das Beinspiel, welches er als unbeholfen und offensichtlich nichtorganisch charakterisierte. Seiner Meinung nach »würde das Fort kein Kind täuschen!« Patch, zunächst erschreckt, erlangte allmählich wieder einen klaren Kopf. Er holte die Spezifikationen hervor und demonstrierte, dass er die Arbeit nach den Buchstaben der Instruktionen ausgeführt hatte. Nirgends und zu keiner Zeit waren ihm unzweideutige Informationen hinsichtlich der Beinbewegungen geliefert worden. Kokor Hekkus war ungerührt. Er erklärte das Objekt für vollkommen unakzeptabel und verlangte, dass Patch angemessene Änderungen vornähme. Patch leugnete verärgert die Verantwortung: er würde mit Freuden Änderungen vornehmen, jedoch müsse er um mehr Geld dafür bitten. Kokor Hekkus zuckte empört zurück. Er vollführte eine harsche, schneidende Gebärde mit der Hand, um anzudeuten, dass Patch zu weit gegangen sei. Patch, erklärte er, habe seinen Vertrag nicht erfüllt, der damit null und nichtig sei; er forderte die Rückzahlung aller vorausgezahlten Gelder: nämlich 427.685 SVE. Patch weigerte sich, woraufhin sich Kokor Hekkus verbeugte und verschwand.

Patch bewaffnete sich, doch es half nichts; vier Tage später wurde er von drei Männern überfallen, die ihn gründlich, aber gleichgültig verprügelten, in ein Raumboot stießen und zur Intertausch brachten, wo sein Lösegeld auf 427.685 SVE festgesetzt wurde. Er besaß weder Freunde oder Verwandte noch Geschäftspartner. Wegen gewisser Schulden, die er im Zuge der Expansion

aufgenommen hatte, würde ein Zwangsverkauf seiner Ingenieurs-
werkstatt nicht mehr als 200.000 SVE einbringen. Er hatte die
Hoffnung auf Auslösung aufgegeben und sich mit der Sklaverei
abgefunden. Dann war Gersen aufgetaucht. Patch erkundigte sich
zögerlich nach dessen Beweggründen. Er verspürte unbändige
Dankbarkeit, er würdigte Gersens Großzügigkeit, aber sicherlich
stecke noch mehr hinter der Situation.

Gersen verspürte nicht den Impuls, sich Patch anzuvertrauen.
»Angenommen«, sagte er, »mir ist die Patch Ingenieur- und
Konstruktionsgesellschaft bekannt und ich betrachte das Lösegeld als konstituierende Zahlung für einen 51prozentigen Anteil
an der Organisation.«

Eher hilflos erklärte sich Patch mit dem Arrangement zufrieden.
»Wünschen Sie die formelle Anerkennung der Partnerschaft?«

»Sie könnten ein Memorandum in diesem Sinne aufsetzen.
Im Grunde genommen möchte ich die Kontrolle über die Gesellschaft nur für einen unbestimmten Zeitraum, der fünf Jahre nicht
überschreiten soll. Was Profite anbelangt, so habe ich keinen
unmittelbaren Bedarf an Geld, und Sie können alles darauf verwenden, die vorausgezahlte Summe zurückzuzahlen.«

Patch war nicht allzu erfreut über das Vorhaben, hatte allerdings
keine Grundlage für weitere Erörterungen. Mit einem Mal kam
ihm ein Gedanke und er rieb sich nervös über das Gesicht. »Sie
haben nicht zufällig vor, weiteren Umgang mit Kokor Hekkus zu
pflegen?«

»Wenn Sie schon fragen – ja.«

Patch fuhr sich mit der Zunge über die Lippen. »Erlauben Sie
mir, ein 49 prozentiges Negativ-Votum vorzubringen. Wenn es
in Ihrem Verstand auch nur eine zweiprozentige Befürchtung
gibt, werden die negativen Voten diese kühne Ambition zu Fall
bringen.«

Gersen grinste. »Alle 51 Prozent schreien danach, das Geld,
welches Kokor Hekkus der Gesellschaft unrechtmäßig abgenötigt
hat, wiederzuerlangen.«

Patch neigte den Kopf. »So sei es.«

Rigel bauschte sich durch den Himmel. Gersen lokalisierte Alphanor. Daro und Wix sprudelten über vor Aufregung. Gersen beobachtete sie wehmütig. Sobald sie in das dunkle alte Haus in den sonnenüberfluteten Hügeln über Taube zurückkämen, würden sie in die Arme ihres Vaters und ihrer Mutter stürmen. Die Entführung, die Gefangenschaft, die Reise nach Hause würde vage, Gersen vergessen werden … Er sann über die Launen des Schicksals nach, welche ihn zu einem – melancholisch formulierte er das Wort – Monomanen geformt hatten. Was falls er, mittels einer fantastischen Serie von Umständen, Erfolg hätte und die Mount-Pleasant-Katastrophe an allen fünf Dämonenfürsten vergolten hätte – was dann? Würde er sich zurückziehen können, um Land zu kaufen, zu werben und zu heiraten und Kinder aufzuziehen? Oder wäre ihm die Rolle der Nemesis so in Fleisch und Blut übergegangen, dass es kein Zurück gäbe, er nie um böse Menschen wissen könnte, ohne ihnen nach dem Leben zu trachten? Es war nur allzu möglich. Und der Anstoß käme traurigerweise nicht durch Entrüstung oder moralische Empörung, sondern aus einem Reflex heraus, aufgrund einer leidenschaftslosen Reaktion. Und die einzige Befriedigung daraus wäre die Stillung eines geringfügigen körperlichen Bedürfnisses, so wie ein Rülpsen oder das Kratzen eines Juckreizes.

Wie stets trieben solche Überlegungen Gersen in einen Anfall von Melancholie, und während der verbleibenden Zeit der Reise war er noch kürzer angebunden und schroffer denn je. Die Kinder musterten ihn verwundert, aber ohne Furcht, denn zumindest hatten sie gelernt, ihm zu vertrauen.

Hinunter nach Alphanor, hinunter zum Kontinent Scythien, hinunter zum vertrauten Garreuprovinz-Raumhafen in Marquari. Hier kommunizierte Gersen per Visifon mit Duschane Audmar, dessen Gesicht leicht ausgezehrt war; Gersen vermutete, dass er Gersens Mission eine große Menge Introspektion gewidmet hatte. Er erkundigte sich kurz nach der Gesundheit seiner Kinder und akzeptierte Gersens Versicherungen mit einem knappen Nicken.

Es gab keine Luftverbindung zwischen Marquari und Taube,

und Raumschiffe waren außerhalb der Raumhäfen verboten. Gersen trieb die gespannten Kinder an Bord des Küsten-Eilbootes, einem breitbrüstigen Schiff mit Fracht unter und Passagieren auf Deck, das einen Tag und eine Nacht brauchte, um die Achthundert-Kilometer-Fahrt die Küste hinunter nach Taube hinter sich zu bringen. Hier mietete er den uralten Gleitwagen und rumpelte die lange Anhöhe zum Landhaus von Duschane Audmar hinauf. Die Kinder sprangen aus dem Wagen und rannten wild durcheinander, ohne einen Blick zurück auf Gersen, in die Arme ihrer Mutter, die wartend im offenen Eingang stand. Ihr Gesicht arbeitete in der Bemühung, die Tränen zurückzuhalten, und Gersen war sich einer inneren Leere bewusst, denn er hatte eine Zuneigung für die Kinder entwickelt. Er betrat das Haus, und nun, sicher in ihrem Zuhause, rannten Daro und Wix vor, umarmten und küssten ihn.

Audmar trat vor und führte ihn in den strengen Raum, wo sie zuerst miteinander gesprochen hatten. Gersen erstattete Bericht.

»Kokor Hekkus braucht zehn Milliarden SVE. Er hofft, diese Summe anzuhäufen, indem er hundert der wohlhabendsten Leute der Ökumene jeweils hundert Millionen abnötigt. Er hat vielleicht ein Drittel seines Zieles erreicht, und das Geld kommt schnell herein. Er wünscht sich diese Summe, damit er eine junge Frau auslösen kann, die, um ihm zu entkommen, Zuflucht bei der Intertausch gesucht hat, mit einer Einlösegebühr von zehn Milliarden SVE.«

»Hmpf!«, sagte Audmar. »Diese Frau muss außergewöhnlich attraktiv sein, wenn Kokor Hekkus sie so hoch einschätzt.«

»So scheint es – obwohl jedes Objekt an sich für diesen Preis wünschenswert sein muss«, entgegnete Gersen. »Ich hätte mir die Frau angesehen, aber sie berechnet, als ihre eigene Bürgin fungierend, zehntausend SVE für einen Blick, vermutlich um die Neugierde von solchen wie mir zu entmutigen.«

Duschane Audmar nickte. »Die Information mag dem Institut, von der das Geld natürlich stammt, hundert Millionen SVE wert sein oder nicht. Meine Kinder sind wieder bei mir. Ich bin selbstverständlich dankbar dafür, doch ich fürchte, ich habe meinen Gefühlen gestattet, meine Vernunft zu sehr zu beeinflussen. Ich fürchte, ich habe mich kompromittiert.«

Gersen gab keinen Kommentar dazu ab. Seine private Meinung war ähnlich. Dennoch, das Institut musste sich selbst dafür die Schuld geben. Wenn sie es wollten, könnten sie Kokor Hekkus zweifelsohne vernichten. »Noch eine zweite Angelegenheit ist von Interesse. Der Name der jungen Frau ist Alusz Iphigenia Eperje-Tokay. Sie ist Einwohnerin des Planeten Thamber, wenigstens behauptet sie das.«

»Thamber!« Audmar war letztendlich doch interessiert. »Ist das eine ernsthafte Erklärung oder Witzelei?«

»Ich glaube, dass sie dies ernsthaft für sich beansprucht.«

»Interessant. Selbst falls alles andere Kokolores wäre.« Er blickte Gersen von der Seite an. »Sie haben mir noch etwas zu sagen?«

»Sie haben mir eine gewisse Summe Auslagegeld gegeben. Einen Teil habe ich auf eine Weise ausgegeben, die ich für angebracht halte: was heißt, ich habe einen Kontrollanteil an der Patch Ingenieur- und Konstruktionsgesellschaft in Patris auf Krokinole gekauft.«

Audmar nickte huldvoll. »Offensichtlich mussten Sie das.«

»Die Möglichkeit ergab sich bei der Intertausch. Kokor Hekkus bürgte für Myron Patch, mit einer Einlösung von 427.685 SVE. Die Zahl interessierte mich. Ich erkundigte mich, und als Patch behauptete, er sei in der Lage, Kontakt mit Kokor Hekkus herzustellen, löste ich ihn aus, wobei die Partnerschaft als Sicherheit fungiert.«

Audmar erhob sich, ging zur Tür und kehrte mit einem Tablett mit Likören zurück.

»Ich habe herausgefunden«, berichtete Gersen, »dass Myron Patch ein mechanisches Monstrum für Kokor Hekkus gebaut hat: ein wandelndes Fort in der Gestalt eines Tausendfüßlers mit achtzehn Segmenten.«

Audmar nippte am Likör, hielt das Glas hoch und beäugte das

rote und violette Glitzern. »Sie müssen keine Rechenschaft für
das Geld ablegen«, beschied er. »Es hat sich für einige Stücke
interessanter Informationen bezahlt gemacht und hat, als zufällige
Begleiterscheinung, zwei vergnügliche Kinder zurück zu ihrem
Zuhause geführt.« Er trank den Likör aus und setzte das Glas mit
einem Klicken ab. Mehr im Gespür für das Ungesagte denn das
Gesagte, stand Gersen auf und verabschiedete sich.

Patris, Hauptstadt der Vereinigten Gemeinden von Cumberland,
dehnte und erstreckte sich kilometerweit entlang der Cardfluss-
mündung; ihre herrschaftlichen Vororte befanden sich an den
Ufern des Ocksees. Es gab viele tausendjährige Gebäude im Alten
Viertel: drei- und viergeschossige Häuser aus grobem schwarzem Backstein, schmalbrüstig, mit hohen schmalen Fenstern und
hohen steilen Giebeln. Flussaufwärts, in der siebenhundert Jahre
alten Neustadt, standen die berühmten Flussbögen: elf monu-
mentale flussübergreifende Bauwerke eines Typs, der anderswo
im menschlichen Universum unbekannt war. Zweihundertvierzig
Meter hoch waren sie: abgestumpfte Dreiecke mit, aus den Basen
geschnittenen, sechzig Meter hohen Bögen. Alle waren bis auf
die Farbe gleich; jeder beherbergte in seinen Schenkeln Läden,
Studios und Dienstleister, darüber befanden sich Zimmer für
die städtische Elite. Zwischen den Bögen der Neustadt und den
schwarzen Backsteingebäuden des Alten Viertels lag ein schmutzi-
ges Industriegebiet, und hier befand sich Myron Patchs Werkstatt.
In einer Mischung aus Eifer, Unentschlossenheit, Stolz, Besorgnis
und verletzter Würde begleitete dieser Gersen zum Hauptein-
gang. Der Betrieb war eindrucksvoller als Gersen erwartet hatte
und beanspruchte eine Fläche von sechzig Metern Länge und
dreißig Metern Breite, mit Teile- und Materiallager darüber. Patch
war niedergeschlagen darüber, die Werkstatt abgeschlossen und
still vorzufinden. »Man sollte meinen, dass in einer Zeit des Stres-
ses die Angestellten sich ins Zeug legen würden und die Räder am
Rollen halten, sozusagen, oder zumindest einen Versuch unternehmen, die Gebühren für ihren Arbeitgeber einzulösen. Über

hundert Männer und Frauen haben ihren Lebensunterhalt durch mich bezogen und nicht einer hat sich bei dem Repräsentanten der Intertausch nach mir erkundigt!«

»Vermutlich waren sie alle damit beschäftigt, eine neue Anstellung zu finden«, führte Gersen an.

»Sei dem wie es sei, ich bin nicht erfreut.« Patch schwang die Tür weit auf, führte Gersen in das höhlenartige Innere und deutete auf einen Abschnitt, der vom Hauptwerk abgetrennt war. »Seuman Otwal beharrte auf absoluter Geheimhaltung«, erläuterte Patch. »Ich habe nur vertrauenswürdige Angestellte eingestellt und unterzog sie anschließend, auf Otwals Beharren hin, einem hypnotischen Prozess, in dem ich ihnen befahl, alles, was sie in der Werkstatt B sähen, zu vergessen, nachdem sie die Tür passiert hatten. Als sie im Zustand der Hypnose waren«, sagte er nachsinnend, »fügte ich außerdem die Eingebung hinzu, dass sie mit großer Beflissenheit und Akkuratesse arbeiteten, dass sie weder Durst, Hunger, Schwatzhaftigkeit noch Müdigkeit während der Arbeitsstunden verspürten; und ich muss sagen, dass ich noch nie bewundernswertere Arbeiter gesehen habe, als in diesem Zeitraum. Ich war im Begriff, das Vorgehen auf die gesamte Belegschaft auszudehnen, als ich entführt wurde. In der Tat war mein erster Gedanke, dass ich auf Bravos von der Fabrikantenschutzgilde getroffen sei.« Er führte Gersen durch die Werkstatt, vorüber an verschiedenen Schmieden, Schneidemaschinen, Gussformen, Schweißvorrichtungen und Drehbänken zu einer Tür, die mit dem universellen Symbol ZUTRITT VERBOTEN plakatiert war: einer rot gedruckten Handfläche. Patch ließ die Finger über die Codeknöpfe am Schloss gleiten. »Da Sie ein Partner sind, gibt es keine Geheimnisse vor Ihnen.«

»Genau«, sagte Gersen.

Die Tür glitt beiseite, die zwei passierten einen Vorraum und betraten Werkstatt B. Dort stand das wandelnde Fort. Patchs Gewohnheit der milden Untertreibung hatte Gersen nicht auf die grimmigen Aspekte der Vorrichtung vorbereitet. Der Kopf war mit sechs sensengleichen Mandibeln und einem Kragen aus langen, stacheligen Zinken ausgerüstet. Das Auge war ein einziges facettiertes Band, die Öffnung zur Nahrungsaufnahme bestand aus einem konischen Maul auf der Oberseite des Kopfes mit einem Paar aneinandergepasster Arme an beiden Seiten. Dahinter befanden sich die achtzehn Segmente, jedes gestützt von einem Paar hochreichender, gelenkiger Beine, die umhüllt waren von schrumpeliger gelber Haut. Hinten am Heck befand sich ein Knubbel wie ein zweiter Kopf, ausgerüstet mit einem Auge und einer weiteren Reihe von stacheligen Zinken. Der Torso war noch nicht fertiggestellt und wies ein metallisches Schillern auf.

»Was halten Sie davon?« erkundigte sich Patch gespannt, als warte er auf Bestätigung oder Rehabilitation.

»Höchst eindrucksvoll«, entgegnete Gersen, und Patch schien zufrieden. »Ich möchte wissen, wozu er es braucht.«

»Sehen Sie.« Patch stieg auf den Kopf des Dings, indem er die Zinken als Leiter benutzte. Er trat in das Maul und verschwand. Gersen war mit der Dreiundzwanzig-Meter-Maschine des Schreckens allein im Raum. Sie konnte Gift aus den Zinken speien, Feuer aus den Augen. Ein Schwenken der Mandibeln konnte durch einen Baumstamm schneiden. Gersen blickte nach links und rechts, dann zog er sich in den Vorraum zurück. Patch schien ein guter Kerl zu sein, aufrichtig dankbar, aber weshalb ihn in Versuchung führen?

Er postierte sich im Vorraum so, dass er vom Kopf aus nicht gesehen werden konnte und beobachtete. Patch hatte das Energiesystem gestartet; unmerklich erwachte das Ding zum Leben. Der Kopf schüttelte sich, die Zinken ratterten, die Mandibeln klickten. Aus Öffnungen an den Seiten des Kopfes kam ein wilder, klagender Schrei. Gersen stand zitternd da. Der Schrei erstarb. Nun bewegte sich das Ding, die Beine alternierender Segmente hoben sich und schwangen vor, während die anderen zurückstießen.

Die Vorrichtung bewegte sich zurück und vorwärts, die gegliederten Beine arbeiteten fließend, wenn auch etwas steif. Nun hielt der Metalltausendfüßler an, tänzelte seitwärts: einen Schritt, zwei Schritte, drei Schritte. Dann schienen die Beine auf der nahe gelegenen Seite einzuknicken; das Ding stolperte, fiel mit einem hallenden Rumms gegen die Wand. Gersen wäre zerschmettert worden, wäre er in der Werkstatt geblieben. Zwangsläufig, zweifelsohne – ein Defekt in der Maschinerie, eine Unbeholfenheit seitens des Anwenders … Von der Oberseite des Mauls kletterte Patch, das runde Gesicht aschfahl und klamm, die Augen groß vor Bestürzung. Gersen, der vom Vorraum aus zuschaute, hätte geschworen, seine Besorgnis war echt, dass Patch entsetzt war von dem Gedanken, was er sehen mochte. Patch sprang auf den Boden, spähte unter dem Rumpf hin und her. »Gersen! Gersen!«

»Hinter Ihnen«, sagte Gersen. Patch sprang herum, und wenn die Erleichterung auf seinem Gesicht nicht echt war, dachte Gersen, hatten die Pantomimenbuden einen großen Künstler verloren.

Patch keuchte vor Dankbarkeit, dass Gersen wohlauf war. Der Phasenmechanismus der Beine an der Steuerbordseite hatte versagt; es war eine Unzulänglichkeit, die er vorher nicht bemerkt hatte. Nicht, dass es einen großen Unterschied gemacht hätte, da das Ding nun verschrottet werden musste.

Er ging den Weg zurück zur Hauptwerkstatt voran und schloss die Tür hinter ihnen. »Morgen«, meinte er, »heißt es zurück an die Arbeit. Ich weiß nicht, was mit meinen alten Kunden geschehen ist, aber ich habe sie in der Vergangenheit stets zufriedengestellt, und vielleicht tragen sie ihre Geschäfte wieder an uns heran.«

Gersen blieb stehen und blickte durch die Werkstatt B. »Welche Fehler genau fand Kokor Hekkus unannehmbar?«

Patch verzog das Gesicht. »Das Beinspiel. Er hat gesagt, es bringe nicht den Effekt hervor, den er wünsche. Die Bewegungen seien zu starr und zu steif. Nur eine sanfte, geschmeidig schlängelnde Bewegung käme infrage. Ich deutete auf die Schwierigkeiten und die Kosten eines solchen Systems hin. Tatsächlich bezweifele ich, dass ein dauerhafter Mechanismus ausgearbeitet werden kann, wenn man die Masse des Forts und das Terrain bedenkt, welches durchquert werden soll und was, wenn ich recht verstanden habe, extrem zerklüftet ist.«

»Meine Vorstellung ist folgende«, sagte Gersen. »Kokor Hekkus hat nahezu eine halbe Million SVE aus uns herausgelockt. Ich möchte das Geld zurückhaben.«

Patch lächelte ein bekümmertes, bebendes Lächeln. »Wir wären besser beraten, ihn zu ignorieren. Wir brauchen seine Art Geschäfte nicht. Lassen Sie die Vergangenheit ruhen, das ist der klügste Weg. Kommen Sie! Ins Büro. Wir gehen die Bücher durch.«

»Nein«, erwiderte Gersen. »Ich habe vor, diese Angelegenheiten gänzlich in Ihren Händen zu lassen. Was allerdings die Sache mit dem wandelnden Fort anbelangt, so denke ich, dass wir unser Geld wiederbekommen müssen. Und das können wir in einer sicheren, legitimen Art und Weise erreichen.«

»Wie?« fragte Patch zweifelnd.

»Wir müssen das Fort so verändern, dass es funktioniert, wie es Kokor Hekkus gefällt. Dann verkaufen wir es ihm für den vollen ursprünglichen Preis.«

»Möglicherweise. Aber es gibt Schwierigkeiten. Er mag das Fort jetzt nicht mehr brauchen. Oder er mag das Geld nicht haben. Oder – was sogar noch wahrscheinlicher ist – wir mögen nicht in der Lage sein, die Vorrichtung zu seinem Gefallen zu verändern.«

Gersen dachte nach. »Irgendwo habe ich ein Mittel gesehen, die Schwierigkeit zu überwinden … Auf der anderen Seite der Ökumene ist Vanello, etwas wie eine Zufluchtswelt für die Region hinter Scorpio. Auf einem der religiösen Festspiele hob eine Plattform, die von einem langen biegsamen Stiel gestützt wurde, eine in Blütenblätter gekleidete Priesterin in die Höhe. Eine weitere Plattform hob einen Tisch an, auf dem gewisse symbolische Objekte standen – ein Buch, ein Becher und ein menschlicher Schädel, wenn ich mich recht entsinne. Einerlei. Die Priesterin vollführte Riten, während sich die Stiele ineinander verschlangen. Ich habe erfahren, dass die Stiele aus einigen Dutzend kleinerer Röhren gebildet werden, von denen jede einen magnetischen Brei enthält: Eisenpulver in einer zähen Flüssigkeit. Auf Felder von inneren Windungen reagierend, ziehen sich die Röhren selektiv mit großer Kraft zusammen. Bei richtiger Verwindung ist jede Verdrehung der Röhren möglich. Mir scheint, dass dieses System auf die Beine des wandelnden Forts angewandt werden könnte.«

Patch kratzte sich das kleine, runde Kinn. »Wenn das, was Sie sagen, richtig ist, bin ich geneigt zuzustimmen.«

»Zunächst wollen wir Seuman Otwal zurate ziehen, um uns zu versichern, dass Kokor Hekkus das Fort immer noch braucht.«

Patch seufzte tief, hob die Arme und ließ sie gegen die Schenkel klatschen. »So sei es – obwohl ich lieber mit einer Natter handeln würde.«

Aber als Patch das Hotel anrief, welches Seuman Otwal gewöhnlich nutzte, erfuhr er, dass Herr Otwal gegenwärtig nicht dort wohnhaft und der Zeitpunkt seiner Rückkehr unbestimmt war.

Patch hörte die Neuigkeit mit großer Erleichterung. Nur auf Gersens Veranlassung hin hinterließ er seinen Namen und die Bitte, dass Herr Otwal so bald als möglich zurückrufen solle.

Das Gesicht des Hotelangestellten verschwand. Patch wurde wieder heiter. »Letzten Endes haben wir keinen Bedarf an seinem schmutzigen Geld, das aus den verwerflichsten Verbrechen stammt, die man sich nur vorstellen kann! Vielleicht können wir das Monstrum als Kuriosität verkaufen oder sogar Sitze auf dem Rücken montieren und es als exzentrischen Gesellschaftswagen ausschreiben. Haben Sie keine Angst, Kirth Gersen! Ihr Geld ist sicher!«

»Ich bin nicht an dem Geld interessiert«, meinte Gersen. »Ich will Kokor Hekkus.«

Patch betrachtete dies offensichtlich als seltsame oder gar perverse Neigung. »Zu welchem Zweck?«

»Ich will ihn töten«, entgegnete Gersen, dann bedauerte er den Lapsus gegenüber seiner sich selbst auferlegten Verschwiegenheit

KAPITEL VI

Aus »Kokor Hekkus die Mordmaschine«,
Kapitel IV von *Die Dämonenfürsten* von Caril Carphen
(Elucidarian-Verlag, Neu Wexford, Aloysius, Wega):

Wenn Malagate der Weh durch das Wort »grimmig«
und Howard Alan Treesong durch »unbegreiflich« cha-
rakterisiert werden kann, dann können Lens Larque, Viole
Falushe und Kokor Hekkus das Wort »fantastisch« für sich
beanspruchen. Welcher überflügelt den anderen in »Fantasie«? Es ist eine amüsante, wenn auch nutzlose Spekulation.
Betrachten Sie Viole Falushes Palast der Liebe, Lens Larques
Monument, die gewaltigen und unglaublichen Gewalttaten,
mit denen Kokor Hekkus die Menschheit heimsucht: solche Extravaganzen sind unmöglich zu verstehen, geschweige
denn zu vergleichen. Allerdings ist es recht und billig
zu sagen, dass Kokor Hekkus mit seinem grotesken und
unheimlichen Humor die allgemeine Vorstellungskraft in
Bann hält. Lassen Sie uns dem lauschen, was er zu sagen hat
– einem Auszug aus der berühmten telefonischen Ansprache
Theorie und Praxis des Schreckens an die Studenten der
Universität Cervantes:

»... um den größtmöglichen Effekt hervorzurufen, muss
man jene grundlegenden Ängste, die bereits in dem Subjekt
vorhanden sind, identifizieren und verstärken. Es ist ein Fehler, die Furcht vor dem Tod als extremste Furcht zu betrachten. Ich halte ein Dutzend anderer Typen für eindringlicher
– welche sind:

– die Furcht, nicht in der Lage zu sein, geschätzte Angehörige zu schützen.

– die Furcht vor Schande.

– die Furcht vor gesundheitsschädlichem Kontakt.

- der Furcht davor, in Furcht versetzt zu werden.

Mein Ziel ist es, eine ›Albtraum‹-Qualität des Schreckens hervorzubringen und sie über eine beträchtliche Dauer aufrechtzuerhalten. Ein Albtraum ist das Resultat der Erforschung der empfindlichsten Stellen durch das Unterbewusstsein und dient somit als Anzeiger für den Anwender. Ist erst eine offensichtlich empfindliche Stelle gefunden, setzt der Anwender mit all seiner Findigkeit Mittel ein, um der Furcht Nachdruck zu verleihen, sie auf die Spitze zu treiben, sie anschließend durch Abfolgen von Größenordnungen zu verstärken. Wenn das Subjekt Höhen fürchtet, führt der Anwender ihn zum Fuße eines hohen Kliffs, befestigt es an einer dünnen, offensichtlich zarten Kordel und hebt es langsam an der Steilwand des Kliffs hoch, nicht zu nah und nicht zu fern von der Steilwand entfernt. Die Abstufung muss betont werden, zusammen mit der quälenden, aber undurchführbaren Möglichkeit, sich an der vertikalen Oberfläche festzuhalten.

Der Hebemechanismus sollte so arrangiert werden, dass er stockt und ruckt. Um die klaustrophobische Furcht zu intensivieren, wird das Subjekt in eine Vertiefung oder Auskerbung hineinbefördert, mit dem Kopf voran in einen engen und schmalen Tunnel gesteckt, der schräg nach unten verläuft und gelegentlich, mit scharfen und engen Winkeln, die Richtung ändert. Woraufhin die Vertiefung oder Auskerbung ausgefüllt ist und das Subjekt nach vorn weiter muss, den Großteil in nach unten geneigter Richtung«.

≈

S euman Otwal wurde weder während des ersten noch während des zweiten Monats vorstellig. In dieser Zeit rief Patch seine Angestellten zur Arbeit zurück, bat um Geschäfte, und bald darauf war die Patch Ingenieur- und Konstruktionsgesellschaft wieder in vollem klangvollem Schwung.

Gersen übernahm die Modifizierung des wandelnden Forts. Er setzte sich mit dem örtlichen Büro des UTBD* in Verbindung, erwähnte den alljährlichen Blütenritus in Vanello, schilderte die geschmeidigen Stützen der fünfundvierzig Kelchblatt-Plattformen und erhielt Minuten später ein Portfolio von Tabellen, Grafiken, Schemata und Materialspezifikationen. Diese legte er Patch vor, der sie prüfte, weise nickte und sagte: »Ah, ja ... Ah, ja ...« Woraufhin er grämlich seufzte. »Und mit riesigen Kosten perfektionieren wir dieses lächerliche Hurlothrumbo, nur um herauszufinden, dass weder Seuman Otwal noch Kokor Hekkus noch irgendjemand anderes dafür bezahlen wird – was dann?«

»Dann werden wir klagen«, versetzte Gersen.

Patch schnaubte und wandte sich wieder dem Studium der Daten zu, die Gersen ihm gegeben hatte. Schließlich stellte er unwillig fest: »Das System ist klar durchführbar und wird entschieden flexibler sein, als die gegliederten Beine. Allerdings liegen das Design der alternierenden Knoten, die Kopplung der Modulatoren und die Modulatoren an sich weit jenseits meiner Fähigkeiten ... Es gibt eine hochkompetente Gruppe von kybernetischen Ingenieuren – wie ich es verstehe, ist dies ein grundsätzlich kybernetisches Problem – hundert Meter weiter die Straße hinauf und ich schlage vor, dass wir die gesamte Angelegenheit auf Vertragsbasis an sie übergeben.«

»Wie Sie wünschen.«

Zwei Monate später war Seuman Otwal immer noch nicht erschienen. Nach vehementen Protesten kommunizierte Patch noch einmal mit dem Hotel *Halkshire*, doch Seuman Otwal war nicht gesichtet worden. Gersen begann, Anfälle von Unbehagen

---

* Universeller Technischer Beratungs-Dienst.

zu verspüren und dachte über andere Mittel nach, mit Kokor Hekkus in Kontakt zu treten. Das Fort selbst – so schloss er – sollte
durch seine bloße Natur Informationen liefern. Er ging zu den
Akten und holte sämtliche Pläne, Spezifikationen und Korrespon-
denzen hervor und breitete alles vor sich aus.

Nirgends erschien irgendeine kategorische Identifikation des
Planeten, auf dem das metallene Monstrum funktionieren sollte.

Gersen fing noch einmal von vorn an und suchte dieses Mal
nach einem indirekten Hinweis auf Planet X, nach Informationen,
die sich aus anderen Daten ergaben.

Eine Klimaanlage war nicht erwähnt; offensichtlich war die
Atmosphäre Standard oder nahezu Standard.

Ein Abschnitt in den Spezifikationen lautete:

> Das Vehikel muss unter voller Last fähig sein, Hänge bis zu
> 40° (adäquaten Fußhalt vorausgesetzt) mit einer Geschwin-
> digkeit von nicht weniger als 16 Stundenkilometern zu über-
> queren; zerklüfteten Grund, wie ein Feld unregelmäßig
> geformter Felsbrocken bis zu einem Meter achtzig Durch-
> messer, leicht und sicher zu bewältigen; Spalten, Klüfte oder
> Gruben bis zu einer Breite von sechs Metern zu passieren.

Anderswo besagte eine Notiz:

> Energievoraussetzungen sind auf Basis von 75 Prozent
> thermodynamischer Effektivität berechnet worden, mit
> einem Überlastungsfaktor von 100 Prozent.

Gersen machte sich mit Rechenschieber, Berechner und
Integraf an die Arbeit. Er kannte die Masse des Forts, ebenso
die Energie, welche gebraucht wurde, um das Vehikel mit einer
Geschwindigkeit von sechzehn Stundenkilometern einen 40°-
Hang hinauf anzutreiben. Aus diesen Informationen und dem
Überlastungsfaktor konnte er die Oberflächengravitation von
Planet X berechnen – die sich auf einen Wert von 0,84 Standard

belief, was auf einen Durchmesser zwischen 11.000 und 13.000 Kilometer deutete.

So weit, so gut, aber kaum eine definitive Information. Wieder studierte Gersen die Spezifikationen. Sie waren extrem genau und gestatteten keinen Spielraum. Es gab vierzehn Farbskizzen, die das Fort von allen Seiten darstellten. Das Ding sollte in verschiedenen Schattierungen von Schwarz, Dunkelbraun, Rosa und Kreideblau emailliert werden. Sogar die Emaille und Pigmente waren mittels Grafiken, welche die Wellenlängen gegenüber dem reflektierten Anteil aufzeigten, spezifiziert. Eine Variable war nicht bezeichnet worden, sann Gersen: die Farbe des einfallenden Lichtes. Gedankenvoll rief er den Farbingenieur des Werks an und fragte in Bezug auf eine Reihe von Schuppen, die in Übereinstimmung mit der Grafik emailliert waren.

Während er wartete, prüfte Gersen eine weitere Idee. Die Spezifikationen waren so genau, dass sie eine Ähnlichkeit oder Übereinstimmung zu beziehungsweise mit einem wirklichen lebenden Wesen nahelegten. Das Wesen wäre in der Tat furchteinflößend, doch dies wäre in Übereinstimmung mit der Philosophie von Kokor Hekkus. Er bereitete eine Zusammenfassung vor, welche die Charakteristiken des Forts einzeln aufführte, und übermittelte diese an den UTBD. Zwölf Minuten später erhielt er einen Bericht des Inhalts, dass kein Lebewesen mit diesen taxonomischen Angaben innerhalb der Standardauskunftswerke, Bestiarien, Monografien oder Forschungsnotizen ausfindig gemacht werden könne. Viele Welten beherbergten Wesen mit ähnlichen Merkmalen: eine Angelegenheit allgemeinen Wissens. Der Planet Idora, Sadal Suud XI, beheimatete einen segmentierten Wasserwurm mit einer Länge von neun Metern. Auf der Erde gab es verschiedene Miniaturspezies. Das Hochland von Krokinole war Heimat des üblen Dachrenners. Es gab, so stellte der Bericht fest, eine merkwürdig genaue Auskunft in einem alten Band von Kindergeschichten Legenden des alten Thamber – hier beugte sich Gersen unvermittelt über das Blatt. Der Auszug lautete:

Fließend und sich drückend, gleitend und schiebend, gehend und schleichend: den Berg hinab kommt es auf sechsunddreißig geschmeidigen Hakenbeinen! Furchtbar und schrecklich ist das Wesen in seiner gelassenen Eile, so lang wie zwölf seiner Opfer zusammengenommen!

»Nun sind wir verloren«, schrie Prinzessin Sozanella. »Sollen wir dem Monster unterliegen oder uns den schrecklichen Taddo-Trollen ergeben?«

»Hoffnung! Haltet fest an der Hoffnung!« flüsterte Dantinet. »Denn dies ist der uralte Feind der Trolle! Es wendet sein schwarzes Antlitz ab, um auf die Taddo zu blicken! Es richtet sich auf, um seinen blauen Bauch zu zeigen, die Farbe der Fäulnis. Die Trolle wimmern und schreien, doch zu spät! Und das Monster wirft sie sich in das Maul. Nun hasten wir fort, durch die Dunkelheiten und Durchgänge; denn dieses eine Mal hat der Schrecken eine Wohltat begangen!«

Langsam legte Gersen den Bericht beiseite. Thamber! Wieder ein Bezug zu der Welt der Mythen! … Xavar Mankinello, der Farbingenieur, kam mit Karten, die nach Kokor Hekkus' Spezifikationen emailliert waren. Gersen, der ungeduldiger war, als er sich sonst zugestand, arrangierte sie neben der Darstellung des Forts. Es gab einen offensichtlichen Unterschied. Mankinello beugte sich besorgt über den Schreibtisch. »Das ist kein Fehler. Ich habe mir größte Mühe gegeben.«

Gersen studierte die Schuppen. »Vorausgesetzt, das stimmt, welche Lichtfarbe würde die Schuppen in der gleichen Farbe erscheinen lassen wie auf der Skizze?«

Mankinello überlegte. »Die Schuppen sind ohne Frage kühler als die Skizze. Gehen wir ins Labor.«

Im Laboratorium legte Mankinello die Schuppen unter eine Farblichtmaschine. »Vermutlich sind Sie am Standardlicht interessiert.«

»Standard Sternenlicht. Ich nehme an, das kommt dem nahe.«

»Etwas unterschiedlich, wegen der stellaren Atmosphären.

Aber ich kann leicht auf stellare Progression kodieren. Lassen Sie uns mit etwa 4.000° beginnen. Er drehte ein Rad, schnippte einen Schalter um, prüfte mit einem Komparator. »Nahe.« Er drehte das Rad. »Das ist es. 4.350.« Er blickte durch ein Luk. »Sehen Sie selbst.«

Gersen spähte durch die Öffnung. Die Schuppen stimmten mit den Farben auf der Skizze überein. »Farbtemperatur 4.350°: Klasse K?«

»Ich werde es Ihnen exakt sagen.« Mankinello konsultierte einen Hinweis. »Klasse G8«

Gersen nahm Skizze und Schuppen und kehrte in den Raum zurück, den er sich als Büro eingerichtet hatte. Die Fakten häuften sich an. Der infrage kommende Planet begleitete einen G8-Stern und war gekennzeichnet durch eine Gravitation von 0,84 g. Bezüge zur legendären Welt Thamber waren mit eigentümlicher Häufigkeit aufgetreten ... Gersen rief den UTBD an und bat um eine Suche nach Bezügen – hypothetisch, fiktional, mythisch, hysterisch oder sonstiges – auf die Position der Welt Thamber. Eine halbe Stunde später wurde ihm ein Faltblatt mit etlichen Dutzend Auszügen geliefert. Es gab nur wenige von Interesse. Die ausführlichste Information war in einem Stück traditionellem Schulhof-Knittelvers enthalten:

Setz den Kurs, vom Hundsstern aus fahr
einen Strich Nord von Achernar,
Lenk Dein Schiff zum Randsaum hin,
und gerade voraus siehst Du Thamber glühn.

Die Informationen in den ersten beiden Zeilen mochten brauchbar sein, aber die Richtungen danach waren bedeutungslos. Es gab keine weiteren Informationen, die man vom Studium des Forts ableiten konnte. Gersen stellte fest, dass er in einer Sackgasse angelangt war. Irgendwo im Raum hing eine Welt, auf die Kokor Hekkus ein metallenes Monstrum bringen wollte. Diese Welt mochte die Heimat von Alusz Iphigenia Eperje-Tokay sein,

die ihren Wert auf zehn Milliarden SVE festgesetzt hatte. Diese
Welt mochte das Thamber der Mythen sein. Doch es gab keine
Möglichkeit, es sicher in Erfahrung zu bringen.

Myron Patch erschien im Eingang. Sein rundes Gesicht war
angespannt und anklagend. Einen Moment blickte er Gersen an,
dann sagte er mit unheilvoller Stimme. »Seuman Otwal ist hier.«

KAPITEL VII

Aus der Einführung zu *Eine kurze Geschichte der Ökumene*
von Albert B. Hall:

Die menschliche Evolution ... hat sich niemals in einem
gleichmäßigen Fluss vollzogen, sondern stets in einem
zyklischen Pulsieren, das, wenn man sich die Geschichte
anschaut, beinahe konvulsivisch erscheint. Die Stämme ver-
mischen sich und verschmelzen, um eine Rasse zu bilden,
dann kommt eine Zeit der Vertreibung, der Migration, Isolation, Differenzierung zu neuen Stämmen.

Mehr als tausend Jahre lang war der letztgenannte Prozess
vorherrschend, da die menschliche Rasse durch den Raum
gestürmt ist. Isolation, spezielle Bedingungen, Inzucht haben
Dutzende neuer rassischer Subtypen hervorgebracht. Doch
nun herrscht Stillstand in der Ökumene, mit viel Kommen
und Gehen, und es scheint, dass das Pendel im Begriff ist
zurückzuschwingen.

Aber nur in der Ökumene! Die Leute gehen immer noch
Jenseits, immer noch nach draußen. Niemals war die Isolation einfacher, der persönliche Friede niemals billiger!

Die Möglichkeiten? Sie seien dahingestellt. Die Ökumene
mag gezwungen sein, sich auszubreiten. Andere Ökumenen
mögen sich bilden. Es ist durchaus denkbar, dass der Mensch
auf das Reich einer anderen Rasse stoßen mag, denn es gibt
genügend Beweise, dass andere raumfahrende Völker vor
uns da waren. Wie und weshalb sie verschwunden sind, kann
niemand sagen.

>> **W**o ist Seuman Otwal?« fragte Gersen. »In der Werkstatt?«

»Nein. Hier in Patris. Er fragt sich, weshalb ich die Nachricht hinterlassen habe.« Patchs Ausdruck wurde anklagender denn je. »Ich wusste nicht, was ich sagen sollte ... Demütigend höflich mit einem Mann umzugehen, der einem Unrecht getan hat ... Lieber schlucke ich Asche ...«

»Was haben Sie gesagt?«

Patch vollführte eine hilflose Gebärde. »Was konnte ich schon sagen? Außer der Wahrheit. Dass wir ein Mittel ausgearbeitet hätten, das Fort zu ändern.«

»›Wir?‹«

»Der Bezug war natürlich die Patch Ingenieur- und Konstruktionsgesellschaft.«

»Wirkte er interessiert?«

Patch nickte widerwillig. »Er behauptet, neue Anweisungen von seinen Vorgesetzten zu haben. Er wird in Kürze hier eintreffen.«

Gersen blieb nachdenklich sitzen. Seuman Otwal könnte eine von Kokor Hekkus' vielen Identitäten sein oder nicht; Kokor Hekkus mochte sich bewusst sein, dass das Wiesel auf Skouse Kirth Gersen gewesen war. Er stand auf. »Wenn Seuman Otwal kommt, empfangen Sie ihn in Ihrem Büro. Stellen Sie mich als – als Howard Wall vor, Werksleiter oder Chefingenieur, etwas in der Art. Seien Sie nicht überrascht über irgendetwas, was ich sage – oder«, fügte er als Nachgedanken hinzu, »durch irgendeine Veränderung in meinem Aussehen.«

Patch bekundete steif seine Zustimmung und wandte sich ab. Gersen ging zum Hauptwaschraum, wo ein Spender eine Auswahl an Hauttönungen zur Verfügung stellte. Er wählte einen exotischen Doppelton – lila-braun mit grünem Schimmer – veränderte damit seine Hautfarbe, teilte sich das Haar in der Mitte und kämmte es sich im Stil der Weißlocken-*Connoisseurs* über die Wangen hinunter. Er hatte keine Wechselkleidung, um die Veränderung zu vervollständigen und zog deshalb einen weißen Laboratoriumskittel an. Immer noch unzufrieden, klipste er sich ein Paar filigraner goldener Elfenmuscheln über die Ohren, zusammen mit einem goldenen Nasengrat, der von einem der geckenhafteren Ingenieure vergessen worden war. Derart herausgeputzt und modisch, erkannte sich Gersen im Spiegel selbst nicht mehr.

Er durchquerte den Korridor zu Patchs Zimmerflucht. Die Empfangsdame warf ihm einen fragenden Blick zu; Gersen ging an ihr vorbei in Patchs Büro. Dieser blickte erschreckt auf und verbarg hastig die Waffe, welche er inspiziert hatte. Er erhob sich, blies die Wangen auf. »Ja, mein Herr? Was wollen Sie?«

»Ich bin Howard Wall«, erwiderte Gersen.

»›Howard Wall?‹« Patch runzelte langsam die Stirn. »Kenne ich Sie? Der Name ist mir irgendwie vertraut.«

»Das sollte er«, sagte Gersen. »Ich habe ihn gerade vor zehn Minuten erwähnt.«

»Oh! Gersen. Ja, in der Tat.« Patch räusperte sich. »Sie haben mir einen Schrecken eingejagt.« Er setzte sich wieder. »Weshalb die kunstvolle Aufmachung?«

»Für Seuman Otwal. Er kennt mich nicht, und ich will, dass das so bleibt.«

Patchs Gesicht wurde streng. »Ich mag es nicht, Handel mit mutmaßlichen Verbrechern zu treiben; es fällt auf den guten Namen von Patch zurück, und das ist unser wertvollster Besitz.«

Gersen verwarf die offensichtliche Erwiderung. »Vergessen Sie nicht: Ich bin Howard Wall, Ihr Produktionsleiter.«

»Was immer Ihnen gefällt«, antwortete Patch mit Würde.

Fünf Minuten später kündigte die Empfangsdame Seuman Otwal an. Gersen ging zur Tür und ließ sie aufgleiten. Seuman Otwal trat forsch vor. Seine Haut war auffällig doppelgetönt, in Rostbraun und Schwarz. Er hatte eine gebogene Nase mit hohem Rücken, einen langen scharfen Kiefer und ein schnabelförmiges Kinn. Er trug große spitze Ohrmuscheln aus Gagat und Perlmutt, die seinem Kopf ein schmales vorstehendes knöchernes Aussehen verliehen. Gersen versuchte, ihm das Bild des Mannes

aufzuprojizieren, den er auf Bissoms Ende konfrontiert hatte.
Gab es eine Ähnlichkeit? Durchaus denkbar. Otwal schien von
allgemein ähnlichem Körperbau, aber die Charakteristiken der
beiden Gesichter waren verschieden. Gersen hatte Berichte von
verformbarem Fleisch gehört, doch hier ging es um mehr als wat-
tierte Wangen oder eine geweitete Nase ... Seuman Otwal blickte
Gersen neugierig an, dann Patch, der unsicher aufgestanden war.
»Mein Hauptgeschäftsführer«, sagte Patch. »Howard Wall.«

Otwal nickte höflich. »Ihre Kundschaft muss wachsen.«

»Ich war dazu gezwungen«, brummte Patch. »Irgendjemand
muss nach dem Geschäft sehen, wenn ich fort bin. Dafür habe ich
Ihnen zu danken.«

Otwal vollführte eine luftige Gebärde. »Eine Angelegenheit,
die man vergessen kann. Mein Arbeitgeber hat seine Schwä-
chen. Er ist keineswegs ungerecht, wenngleich er einen gerechten
Gegenwert für seine großzügige Entlohnung wünscht. Herr Wall
weiß, wen ich repräsentiere?«

»Gewiss. Er versteht die Notwendigkeit zur Diskretion.«

Gersen nickte mit dem angemessenen Grad an Ernst.

Seuman Otwal zuckte leicht mit den Schultern. »Nun gut,
Herr Patch. Ich akzeptiere das. Und nun?«

Patch ruckte, etwas weniger verbindlich, als Gersen lieb war,
mit dem Daumen in seine Richtung und sprach mit triefender
Ironie: »Herr Wall versteht die Natur unserer vorherigen Schwierigkeiten und hat einige neue Ideen.«

Otwal schien Patchs Mangel an Begeisterung nicht zu bemer-
ken. »Ich bin ganz Ohr.«

»Zunächst eine Frage«, sagte Gersen. »Ist die Partei, welche
Sie repräsentieren, immer noch an der Vorrichtung, wie sie im
ursprünglichen Vertrag spezifiziert ist, interessiert?«

»Das mag durchaus der Fall sein«, erwiderte Otwal, »sofern
unsere Anforderungen erfüllt werden. Mein Arbeitgeber war
erschreckt von den unbeholfenen Bewegungen der ersten Version.
Die Beine haben sich steif bewegt, mit einem eckigen, scherenhaf-
ten Effekt.«

»Das war die einzige Schwierigkeit?« erkundigte sich Gersen.

»Sicher war es die wichtigste. Vermutlich ist das Objekt nach den wohlbekannten Standards von Patch Ingenieursgesellschaft gebaut.«

»Das ist es in der Tat!« erklärte Patch.

»Dann besteht die Schwierigkeit nicht mehr länger«, meinte Gersen. »Herr Patch und ich haben ein System ersonnen, mit dem den Beinen jede erforderliche Bewegung einprogrammiert und aufgezwungen werden kann.«

»Wenn dem so ist und das System unsere Verlässlichkeitsstandards erfüllt, ist das wirklich eine gute Nachricht.«

»Am besten wir prüfen die Angelegenheit der Entschädigung«, sagte Gersen. »Hier spreche ich natürlich für Herrn Patch. Er wünscht die volle Summe des ursprünglichen Vertrages, plus die Kosten der Modifikation und die normalen Prozente an Profit.«

Otwal überlegte einen Augenblick. »Natürlich abzüglich jener Entwicklungsmittel, die bereits vorausgezahlt wurden. 427.685 SVE, glaube ich, war die Summe.«

Patch begann zu zischen. Otwal konnte sich eines schwachen Lächelns nicht enthalten.

»Es hat zusätzliche Ausgaben gegeben«, entgegnete Gersen. »Bis zu einer Gesamtsumme von 437.685 SVE. Das muss mit in die Gesamtrechnung eingehen.« Otwal begann zu protestieren, doch Gersen hob die Hand. »Wir möchten uns über diesen Punkt nicht streiten. Wir sind darauf vorbereitet, den Mechanismus auszuliefern, aber wir beharren auf der Bezahlung, die so ist, wie ich sie aufgestellt habe. Wenn Ihr Auftraggeber natürlich weitere Einsprüche zu erheben wünscht, werden wir froh sein, ihm persönlich zuzuhören.«

Otwal stieß ein kühles Lachen aus. »Einerlei: Ich bin einverstanden. Mein Auftraggeber ist begierig, die Lieferung in Empfang zu nehmen.«

»Dennoch – und ich beabsichtige damit keinerlei Verunglimpfung – würden wir es vorziehen, mit Ihrem Auftraggeber zu handeln, um jegliche Missverständnisse zu minimieren.«

»Unmöglich. Er ist anderweitig beschäftigt. Aber weshalb sich über Kleinigkeiten sorgen? Ich habe die volle Befugnis, in seinem Namen tätig zu werden.«

Patch begann damit, rastlose Bewegungen zu vollführen. Seine Vorrechte waren rücksichtslos von diesem sogenannten Partner beschnitten worden, dessen einziger Beitrag zur Patch Ingenieur- und Konstruktionsgesellschaft die Einlösung bei der Intertausch gewesen war. Gersen hielt ein Auge auf Patch und eines auf Otwal gerichtet; keiner von beiden war vorhersehbar.

»Wir akzeptieren«, sagte Gersen zu Otwal. »Jetzt benötigen wir eine weitere Abschlagszahlung von Entwicklungsgeld – annähernd eine halbe Million SVE.«

»Unmöglich!« schnappte Otwal. »Mein Auftraggeber ist mit einem Unternehmen beschäftigt, auf das er all seine Mittel konzentrieren muss.«

Patch begann, sich zu ärgern. »Erst bezahlen Sie mich, dann können Sie … «

Gersen warf hastig ein: »Angenommen, die Vorrichtung wäre fertiggestellt und zur Auslieferung bereit: Wie können wir sicher sein, unser Geld zu bekommen?«

»Sie haben meine persönliche Zusicherung«, erwiderte Otwal.

»Pah!« bellte Patch. »Das ist nicht genug! Sie haben mich schon einmal betrogen. Sie würden es wieder tun, wenn Sie die Möglichkeit dazu hätten.«

Otwal blickte schmerzerfüllt und wandte sich Gersen zu. »Wenn wir unsere Verpflichtungen nicht einhalten – eine lächerliche Annahme – müssen Sie nur die Auslieferung zurückhalten. So einfach ist das.«

»Was würden wir dann mit einem sechsunddreißigbeinigen Fort anstellen?« fragte Gersen. »Nein. Wir müssen auf einer Zahlung von einem Drittel jetzt, einem weiteren Drittel bei der Freigabe der Beintätigkeit und dem letzten Drittel bei Auslieferung bestehen.«

»Ich denke, sie sollten als Strafe Schadensersatz bezahlen«, murmelte Patch. »Zehntausend sind nicht genug. Es sollten hunderttausend sein. Zweihunderttausend. Mein Unbehagen, meine Sorgen, meine ...«

Das Feilschen ging weiter. Otwal verlangte Einzelheiten in Bezug auf das neue Beinspiel zu wissen. Gersen antwortete in diffusen Begriffen: »Wir benutzen biegsame Glieder, die präzise nach den Spezifikationen geformt sind. Sie werden angetrieben durch hydraulische Röhren einer speziellen Art, kontrolliert durch elektrische Modulation von stufenlosem Hub.«

Otwal gab schließlich nach. »Wir könnten unser Geschäft leicht einem anderen Konzern übertragen – aber die Zeit ist von Bedeutung. Für wann können Sie die Lieferung garantieren? Es muss eine Verzugsklausel im neuen Vertag geben: Wir sind schon viel zu nachsichtig gewesen.«

Wieder ergab sich ein Disput, und an einem Punkt stand Patch auf, beugte sich über dem Schreibtisch vor, um die Faust zu schütteln. Abschätzig zog Otwal sich geschwind zurück.

Schließlich war die Angelegenheit geklärt. Otwal beharrte darauf, das halb fertiggestellte Fort zu sehen, und Patch wies ihm brummend den Weg. Gersen bildete die Nachhut. Während er ging, studierte Letzterer Otwals Gestalt: ein Mann mit dem leichten, sicheren Schritt eines Panthers, breit in der Schulter, schmal in den Hüften – ganz wie Billy Windle, aber auch wie Millionen anderer aktiver und muskulärer Männer.

Otwal war überrascht, die Techniker bereits schwer bei der Arbeit vorzufinden. Er wandte sich mit einem ironischen Grinsen an Gersen. »Sie haben meine Zustimmung vorausgeahnt?«

»Gewiss – nach Führung des härtesten aller möglichen Handel.«

Otwal lachte. »Eine akkurate Einschätzung der Situation. Sie sind ein schlauer Mann, Herr Wall. Waren Sie jemals im Jenseits?«

»Noch nie. Ich bin konventionell und nicht abenteuerlich veranlagt.«

»Seltsam«, bemerkte Otwal. »Es gibt ein gewisses Flair, beinahe eine Ausstrahlung, die jenen anhaftet, die im Jenseits arbeiten. Ich habe gedacht, sie an Ihnen wahrzunehmen. Natürlich liege ich oft falsch mit meinen Vermutungen.« Er wandte sich wieder dem Fort zu. »Nun, alles scheint korrekt zu sein, außer natürlich der Vollendung der Oberfläche.«

»Nur um unsere Neugierde zu stillen«, sagte Gersen, »vielleicht können Sie uns den letztendlichen Zweck dafür schildern.«

»Sicher. Mein Auftraggeber verbringt einen Großteil der Zeit auf einem entfernten Planeten, der reich ist an Barbaren. Wenn er unterwegs ist, belästigen sie ihn heftig. Er wünscht Sicherheit, und diese wird das Fort ihm bieten.«

»Dann ist das Fort von der Natur her rein defensiv?«

»Natürlich. Mein Auftraggeber ist ein viel verleumdeter Mann. Ich halte ihn für vollkommen vernünftig. Er ist verwegen, unternehmungslustig, sogar sorglos und gewiss der einfallsreichste lebende Mensch – aber in allen Aspekten vernünftig.«

Gersen nickte gedankenvoll. »Ich habe gehört, er macht einfallsreichen Gebrauch von der Kraft des Schreckens.«

»Die Furcht vor einer Tat ist weitaus besser«, stellte Otwal fest, »als die brutale Tat selbst. Stimmen Sie da nicht zu?«

»Möglicherweise. Aber mir kommt es so vor, dass ein derart mit der abstrakten Vorstellung des Schreckens besessener Mann selbst zügellosen Schrecken erleiden muss.«

Otwal wirkte verwundert. »Darüber habe ich noch nicht nachgedacht«, meinte er. »Ich glaube, dem pflichte ich bei. Ein energischer Mensch lebt hundert Leben; er spürt Freuden, Kummer, Triumphe, Verzweiflungen und, ja, Schrecken jenseits des Erfahrungshorizontes eines gewöhnlichen Menschen. Er frohlockt großartig, er leidet großartig, er fürchtet großartig, doch niemals würde er die Dinge anders haben wollen.«

»Was würden Sie für seine größte Furcht halten?«

»Das ist kein Geheimnis: den Tod. Er fürchtet nichts anderes – und hat in der Tat außergewöhnliche Schritte unternommen, um ihm zu entgehen.«

»Sie sprechen mit großer Bestimmtheit«, sann Gersen. »Kennen Sie Kokor Hekkus gut?«

»So gut wie jeder andere. Und natürlich bin ich selbst ein einfallsreicher Mann.«

»Ich ebenso«, verkündete Patch, »dennoch übe ich meine Finanzgeschäfte nicht über die Intertausch aus.«

Seuman Otwal lachte leise. »Eine traurige Episode, die wir, schlage ich vor, der Vergangenheit überlassen und für immer vergessen.«

»Das ist leicht für Sie zu sagen«, beschwerte sich Patch. »Sie waren nicht zwei Monate von Ihren Geschäften abgeschnitten.«

Sie kehrten zum Büro zurück, in dem Otwal, recht düster, so erschien es, eine Bankbürgschaft in Höhe einer halben Million SVE auf ein Nummernkonto unterschrieb. Anschließend gab er sich wieder huldvoll und verschwand. Gersen brachte das Geld unverzüglich zur örtlichen Zweigstelle der Bank von Rigel, wo der Scheck verifiziert und das Geld auf das Konto der Patch Konstruktionsgesellschaft gutgeschrieben wurde.

Als er in die Werkstatt zurückkehrte, fand er Patch in kriegerischer Stimmung vor. Dieser wollte, dass Gersen die Vorauszahlung von Otwal nahm und die Partnerschaft aufgab, aber Gersen verweigerte seine Zustimmung. Patch murmelte finster etwas bezüglich Übereinkünften, die unter Zwang verhandelt worden seien und sprach über die Schließung der Werkstatt, bis das Gesetz die Angelegenheit geregelt hätte. Gersen lachte ihn aus. »Sie können die Werkstatt nicht schließen. Ich besitze einen Kontrollanteil.«

»Ich war mir nicht bewusst, dass ich es mit Verbrechern und Banditen zu tun habe«, platzte Patch heraus. »Ich war mir nicht bewusst, dass der gute Name der Patch Konstruktionsgesellschaft befleckt werden würde. Monstren! Mörder! Terror! Diebe! Räuber! Worauf habe ich mich da nur eingelassen?«

»Letztendlich werden Sie Ihre Werkstatt zurückbekommen«, tröstete Gersen ihn. »Und vergessen Sie nicht – es wird einen ansehnlichen Profit für die Konstruktionsgesellschaft geben.«

»Es sei denn, ich werde wieder zur Intertausch verschleppt«, versetzte Patch düster. »Ich erwarte nichts anderes.«

Gersen stieß einen leisen, milden Fluch aus und Patch blickte bei dieser Bekundung eines unverhohlenen Zeichens der Emotion fragend auf. »Was ist los?«

»Ich habe etwas versäumt, etwas, woran ich nie gedacht habe.«

»Und was ist das?«

»Ich hätte einen Ankleber an Seuman Otwal anbringen oder ihm folgen sollen.«

»Weshalb die Aufregung? Er hält sich im Hotel Halkshire auf. Suchen Sie ihn dort.«

»Ja, natürlich.« Gersen ging zum Visifon und wurde mit dem Halkshire-Empfangspult verbunden. Er wurde informiert, dass Herr Otwal im Augenblick nicht anwesend sei, dass eine Nachricht ihn aber schließlich erreichen würde. Gersen wandte sich wieder Patch zu. »Misstrauischer Schurke. Wahrscheinlich hätte er sich meinem Ankleber entzogen.«

Patch musterte Gersen nun mit einem neuen und aufmerksamen Ausdruck. »Ich wusste es die ganze Zeit.«

»Was?«

»Sie sind ein Ipsie-Agent.«

Gersen lachte und schüttelte den Kopf. »Ich bin lediglich der gewöhnliche Kirth Gersen.«

»Wie«, fragte Patch mit einem schlauen Grinsen, »können Sie eine Ankleber-Operation nutzen, wenn sie nicht von der Polizei oder den Ipsies sind?«

»Kein großes Problem, wenn man die richtigen Leute kennt. Lassen Sie uns mit unserem Monstrum fortfahren.«

Am folgenden Tag rief Seuman Otwal per Visifon an, um zu melden, dass er den Planeten verlasse. Er werde in vielleicht zwei Monaten zurückkehren, zu der Zeit hoffe er, grundlegende Fortschritte sehen zu können.

Am Tag danach gab es sensationelle Neuigkeiten. Im Verlauf der Nacht hatten fünf der wohlhabendsten Familien von Cumberland Entführungen von einem oder mehreren Mitgliedern zu beklagen. »Solcherart waren Seuman Otwals Geschäfte auf Krokinole«, sagte Gersen zu Patch.

Das Fort wurde mit zufriedenstellender Schnelligkeit fertig – eine Tatsache, die Patch erfreute, Gersen jedoch beunruhigte. Entweder

Seuman Otwal war Kokor Hekkus oder er war es nicht. Falls nicht, wie konnte er gezwungen werden, Kokor Hekkus' Aufenthaltsort preiszugeben? Gersens beste Hoffnung war, dass Kokor Hekkus in seiner eigenen Gestalt noch einmal die Werkstatt besuchen würde. Wenn nicht … Gersen spielte mit der Idee, sich als blinder Passagier in einer verborgenen Kapsel an Bord des Forts zu begeben, verwarf sie aber wieder: Das Fort war bei Weitem zu klein … Könnte er es arrangieren, das Fort als Instruktor oder Experte zu begleiten? Sofern das Fort wahrhaftig nach Thamber sollte, mochte es zu einem lebenslangen Exil oder zur Versklavung kommen.

Ihm kam eine Idee auf einer anderen Ebene, für deren Durchführung er während der nächsten Tage Schritte einleitete. Die Steuerimpulse für den Fahrmechanismus verliefen durch eine Dorsalröhre, welche nach links und rechts zu den Relais in jedem Segment abzweigte. Wo die Röhre durch den Kopf nach hinten führte, brachte Gersen einen Aus-Schalter an, der durch Zellen an beiden Seiten des Kopfes aktiviert wurde. Wenn das Gas in diesen Zellen ionisiert wurde – beispielsweise durch das Auftreffen eines schwachen Projeckstrahls – würde Elektrizität durch die Zellen fließen, den Schalter öffnen und das Fort für wenigstens zehn Minuten außer Gefecht setzen.

Mittlerweile war die Oberflächenemaille aufgetragen worden. Die Motoren und Schaltungen wurden geprüft und eingestellt, das Beinspiel in verschiedenen Arbeitsgängen getestet, anschließend konnte man das Fort als fertiggestellt betrachten. In den dämmrigen Stunden des frühen Morgens wurde es mit Leinwand umhüllt und wurde hinaus auf die Straße gebracht, um von einem Frachtkopter erfasst und zu Feldtests in ein wildes Gebiet im Süden der Bize-Gemeinde-Ödlande befördert zu werden. Patch saß stolz an der Steuerung, Gersen ritt neben ihm. Das Fort wanderte ruhig über holprigen Boden und Sträucher und erkletterte Hügel, ohne zu stocken. Gewisse Verhaltensstörungen gaben sich zu erkennen und wurden zur Kenntnis genommen. Einige Minuten vor Mittag kämpfte sich das Fort eine niedrige Anhöhe empor und krabbelte hinunter in ein Lager einer Gruppe des Verbandes

Natürliches Leben. Hundert Naturliebhaber blickten von ihrem Mittagsmahl auf, stießen gleichzeitig ein Keuchen des Schreckens aus und flohen schreiend über den Hügel. »Wieder ein Erfolg«, beschied Gersen. »Nun können wir Kokor Hekkus gegenüber die Schrecklichkeit aufrichtig garantieren.«

Patch hielt das Fort an, wendete es und bewegte es zurück über den Kamm. In der Dämmerung wurde es wieder in Leinwand gehüllt und zur Werkstatt zurückgebracht.

Beinahe als wäre er ein Hellseher rief Seuman Otwal am nächsten Tag an, um nach einem Fortschrittsbericht zu fragen. Patch versicherte ihm, dass alles gut verliefe, dass er, wenn er es wünsche, am folgenden Tag einen Test durchführen könne. Otwal stimmte zu, und einmal mehr wurde das Fort verhüllt, in der Stille der Morgendämmerung hinausgerollt und in die Ödlande hinter den Kristallspitzen befördert. Otwal folgte in einem kleinen, unauffälligen Luftwagen.

Gersen, der die kastanienbraune Zweifarbtönung und eine modische Rüstung trug, übernahm die Steuerung, und wieder bewegte sich das Fort rasch die Gebirgsausläufer hinauf und hinunter.

Eine Bewaffnung war, in Übereinstimmung mit den Vertragsbedingungen, nicht installiert worden. Die Gassäcke und Duftdrüsen allerdings waren mit Rauchgas und farbigem Wasser gefüllt, sie spien und spritzten mit Präzision und Genauigkeit. Otwal stieg aus und blieb stehen, während das Fort hin- und herkrabbelte, dann kehrte er zum Kopfteil zurück und übernahm die Steuerung. Er sagte sehr wenig, doch seine Haltung drückte Anerkennung aus. Patch, ebenso schweigsam, gratulierte sich offensichtlich selbst dafür, dass das gesamte abscheuliche Abenteuer bald ein Ende haben würde.

Bei Einbruch der Dunkelheit wurde das Fort wieder nach Patris zurückbefördert. Otwal, Patch und Gersen versammelten sich in Patchs Büro. Otwal ging auf und ab, als sei er tief in Gedanken. »Das Fort scheint recht gut zu funktionieren«, sagte er, »aber um vollkommen offen zu sein, ich halte den Preis für etwas zu hoch.

Ich werde meinem Auftraggeber empfehlen, dass er den Mechanismus erst inspiziert, wenn der Preis heruntergesetzt ist auf eine
vernünftige und rationale Summe.«

Patch wankte zurück und wurde rot im Gesicht. »Wie bitte!«,
brüllte er. »Sie wagen es, sich hierher zu stellen und das zu sagen?
Nach all unserem Leid, nach allem, was wir durchgemacht haben,
um dieses grässliche Ding herzustellen?«

Seuman Otwal musterte Patch kühl. »Mit Schimpfen ist nie-
mandem gedient. Ich habe erklärt, was ... «

»Die Antwort lautet nein! Hinaus! Kommen Sie nicht zurück,
bevor Sie nicht jede verfluchte Münze bezahlt haben, die uns
zusteht!« Patch marschierte vor. »Hinfort oder ich werfe Sie
hinaus! Nichts würde mir mehr Freude bereiten. In der Tat ... «
Er packte Otwal an den Schultern und bedrängte ihn. Otwal
schwankte, lächelte Gersen gelassen an, als amüsiere er sich über
die spielerische Wildheit eines Kätzchens. Patch zerrte noch einmal. Otwal bewegte sich etwas; Patch wurde durch den Raum
geschleudert, um mit dem Kopf gegen seinen Schreibtisch zu stoßen und blinzelnd liegen zu bleiben. Otwal wandte sich Gersen
zu. »Was ist mit Ihnen? Wollen Sie Ihr Glück versuchen?«

Gersen schüttelte den Kopf. »Ich möchte nur den Vertrag zum
Abschluss bringen. Holen Sie Ihren Auftraggeber für eine letzte
Inspektion hierher, wenn er danach zufrieden ist, nehmen Sie das
Fort in Empfang. Wir werden den Preis unter keinen Umständen
heruntersetzen; tatsächlich müssen wir darüber nachdenken, Zin-
sen auf den uns geschuldeten Betrag zu erheben.«

Seuman Otwal lachte und blickte Patch an, der sich langsam
in eine sitzende Position aufrichtete. »Sie nehmen eine starke
Position ein. Unter den Umständen würde ich das Gleiche tun.
Nun gut, ich bin gezwungen zuzustimmen. Wann kann das Fort
geliefert werden?«

»Gemäß der Bedingungen unseres Vertrages müssen wir es
in einer Kiste mit Schaum verpacken und es zum Raumhafen
befördern – eine Angelegenheit von drei Tagen nach endgültiger
Abnahme und Bezahlung.«

Seuman Otwal verbeugte sich. »Nun gut. Ich werde versuchen, Kontakt zu meinem Auftraggeber herzustellen, anschließend werde ich die erforderliche Benachrichtigung geben.«

»Ich glaube«, sagte Gersen, »dass nunmehr eine zweite Zahlung fällig ist.« Patch rieb sich den Kopf und starrte Seuman Otwal mit tödlichem Hass an. »Weshalb sich plagen?« meinte dieser unbekümmert. »Lassen Sie uns diese lästigen finanziellen Angelegenheiten später regeln.«

Gersen weigerte sich, dem zuzustimmen. »Wozu ist ein Vertrag gut, wenn die Bedingungen nicht bindend sind?« Patch mühte sich auf die Beine und bewegte sich mit einem Ausdruck der Entschlossenheit um den Schreibtisch herum. Gersen trat rasch dahinter und entfernte den Projeck aus der halb geöffneten Schublade. Otwal lachte lässig. »Sie haben ihm gerade sein Leben gerettet.«

»Ich habe unsere zweite Zahlung gerettet«, entgegnete Gersen, »weil ich gezwungen gewesen wäre, Sie ebenfalls zu töten.«

»Einerlei, einerlei. Lassen Sie uns nicht vom Tod reden; schrecklich, an die Nichtexistenz zu denken! Sie wollen Ihr Geld; lästige Leute. Noch einmal eine halbe Million, nehme ich an?«

»Ganz recht. Eine letzte Zahlung von ... « Gersen zog Notizen zu Rate » ... 681.490 SVE, die das Konto mit der Patch Konstruktionsgesellschaft ausgleichen wird.«

Otwal ging langsam auf und ab. »Ich werde Vorbereitungen treffen müssen ... Drei Tage, um das Fort in Kisten mit Schaum zu verpacken, sagen Sie?«

»Das scheint ein vernünftiger Zeitraum zu sein.«

»Das ist zu lang. Das können wir vereinfachen. Bedecken Sie das Fort mit der Plane; um Mitternacht bringen Sie es auf die Straße. Ein Frachtträger wird es festhaken und es zu unserem Frachtschiff bringen, welches zufälligerweise zur Verfügung steht.«

»Es gibt nur eine Schwierigkeit«, meinte Gersen. »Die Banken werden geschlossen sein, und Ihr Scheck kann nicht bestätigt werden.«

»Ich werde das Geld in bar mitbringen; alles: zweite und dritte Zahlung zusammen.«

Im Grunde scherte sich Gersen keinen Deut um das Geld, aber plötzlich erschien es wichtig, dass Seuman Otwal die Patch Konstruktionsgesellschaft nicht ein zweites Mal hereinlegte. Er zwang sich, die Situation von einer weiteren Perspektive aus zu betrachten. Vorsichtig fragte er: »Was ist mit Ihrem Auftraggeber?«

Seuman Otwal vollführte eine ungeduldige Gebärde. »Ich werde es darauf ankommen lassen. Er ist anderswo beschäftigt und hat mir vollkommene Befugnis erteilt. Kommen Sie schon, was sagen Sie dazu?«

Gersen lächelte verdrießlich. War dieser habichtgesichtige Mann Kokor Hekkus – oder nicht? Mitunter erschien es ohne Zweifel der Fall zu sein und im nächsten Augenblick, mit der gleichen Sicherheit, auch wieder nicht. Gersen wich aus. »Noch eine Angelegenheit – die der Dienstleistung. Erwarten Sie von uns, dass wir einen technischen Experten zur Verfügung stellen?«

»Falls sich die Notwendigkeit ergeben sollte, werden Sie benachrichtigt werden. Aber letzten Endes ist unser eigenes technisches Personal bei der Hand, tatsächlich ist es für den Entwurf verantwortlich. Ich sehe keine unmittelbare Notwendigkeit für einen solchen Experten.«

Patch ruckte auf dem Stuhl in eine aufrechte Position. »Hinaus«, murmelte er belegt. »Hinaus, alle beide. Mörder, Schläger. Sie auch, Wall oder Gersen oder wie immer Ihr Name ist. Ich weiß nicht, was für ein Spiel Sie spielen, aber hinaus mit Ihnen.«

Gersen warf ihm einen flüchtigen Blick zu, dann ignorierte er ihn. Seuman Otwal schien amüsiert zu sein. Gersen sagte: »Wenn Sie die Auslieferung um Mitternacht wünschen, zahlen Sie die volle uns geschuldete Summe auf unser Konto. Wir wollen kein Bargeld, was falschgemetert und herumgetragen werden muss, bis die Bank öffnet. Sie und Ihr Auftraggeber sind selbstverständlich Männer von Redlichkeit, aber genauso gibt es Schurken und Schufte. Sobald die Einlage bestätigt ist, können Sie die Lieferung entgegennehmen.«

Seuman Otwal überlegte ernsthaft. Dann willigte er ein. »Es soll sein, wie Sie es wünschen.« Er warf einen raschen Blick auf die Uhr. »Zeit genug. Welches ist Ihre Bank?«

»Die Bank von Rigel, Patris Altstadt.«

»In einer halben Stunde, mehr oder weniger, können Sie sich erkundigen. Um Mitternacht werde ich die Übernahme der Lieferung arrangiert haben.« Gersen, der, vielleicht verspätet, seiner angeblichen Rolle gedachte, wandte sich an Patch. »Trifft die Übereinkunft auf Ihre Zustimmung, Herr Patch?«

Patch brummte etwas Unverständliches, was Gersen und Seuman Otwal freundlich als Zustimmung werteten. Letzterer verneigte sich und ging. Gersen drehte sich um und betrachtete Patch, der funkelnd zurückblickte. Gersen beherrschte den Impuls, ihn am langen Arm verhungern zu lassen und setzte sich. »Wir müssen Pläne schmieden.«

»Wozu brauchen wir jetzt noch Pläne? Sobald das Geld auf der Bank ist, habe ich vor, Sie aus der Patch Konstruktionsgesellschaft herauszukaufen, auch wenn es mich den letzten Pfennig kostet, und danach zur Hölle mit Ihnen.«

»Sie zeigen sehr wenig Dankbarkeit«, bemerkte Gersen. »Wäre ich nicht gewesen, säßen Sie noch in einer Zelle der Intertausch.«

Patch nickte bitter. »Sie haben meine Gebühr eingelöst – für Ihre eigenen Zwecke. Ich habe keine Ahnung, welches diese Zwecke sind, aber sie haben mit mir nichts zu tun. Sobald das Geld auf der Bank ist, zahle ich Sie aus. Ich zahle jede zusätzliche Summe, die Sie verlangen – innerhalb vernünftiger Grenzen – und sage Ihnen mit äußerstem Vergnügen Lebewohl.«

»Wie Sie wünschen«, erwiderte Gersen. »Ich habe keine Lust zu bleiben, wo ich nicht erwünscht bin. Was die zusätzliche Summe angeht – machen Sie daraus eine glatte halbe Million.«

Patch blies die Wangen auf. »Das ist äußerst befriedigend.«

Eine halbe Stunde später rief Patch die Zweigstelle der Bank von Riegel an und schob sein Kontoident in den Kreditkartenschlitz. Ja, wurde ihm gesagt, die Summe von 1.181.490 SVE war auf seinem Konto hinterlegt worden.

»In diesem Fall«, sagte Patch, »eröffnen Sie bitte ein Konto auf den Namen Kirth Gersen ... «, er buchstabierte den Namen, » ... und hinterlegen Sie eine Summe von 500.000 SVE.«

Die Transaktion wurde vollzogen, Patch und Gersen setzen ihre Unterschriften und Daumenabdrücke auf die Idents. Dann wandte sich Patch an Gersen. »Jetzt geben Sie mir eine Quittung und vernichten die Partnerschaftsübereinkunft.«

Gersen tat wie ihm geheißen. »Nun«, sagte Patch, »seien Sie so gut und verlassen das Gelände und kehren niemals wieder zurück.«

»Was immer Sie meinen«, erwiderte Gersen höflich. »Die Partnerschaft war erfrischend. Ich wünsche Ihnen und der Patch Konstruktionsgesellschaft Wohlstand und biete Ihnen einen letzten Rat an: nachdem das Fort ausgeliefert ist, versuchen Sie es zu vermeiden, noch einmal entführt zu werden.«

»Das brauchen Sie nicht zu befürchten.« Patch grinste wölfisch. »Ich bin nicht umsonst Erfinder und Ingenieur. Ich habe mir eine Schutzrüstung ausgedacht, welche die Hand und das Gesicht eines jeden fortbläst, der mich berührt; die Entführer sollen nur achtgeben!«

KAPITEL VIII

Liebstes Diktum von Raffles, dem Amateur-Safeknacker:

> *Geld verlor'n, wenig verlor'n,*
> *Ehre verlor'n, viel verlor'n.*
> *Schneid verlor'n, alles verlor'n.*

~

Die Nacht eines Concourse-Planeten war selten völlig dunkel. Für die entsprechend im Orbit platzierten Planeten, diente Blauer Begleiter als kleiner intensiver Mond. Im Nachthimmel sämtlicher Welten funkelten immer zumindest einige der Schwesterplaneten.

Krokinole erlebte Blauer Begleiter nur als Abendstern – ein Umstand, der für etwa weitere hundert Jahre Bestand haben würde, dank der großen Umfänge der Umlaufbahnen aller Concourse-Planeten und den sich daraus ergebenden trägen jährlichen Bewegungen; im Falle von Krokinole 1.642 Jahre.

Mitternacht auf Krokinole war so dunkel wie irgendeine im Concourse. Patris, immer noch beeinflusst durch die Anordnungsprozeduren der Weißlocken aus alten Zeiten, hatte hinsichtlich des Nachtlebens wenig zu bieten. Was es an geringfügigen nächtlichen Festlichkeiten gab, konzentrierte sich auf die Restaurants am Flussufer in der Neustadt. Die Altstadt war dunkel und feucht ob des Nebels der Flussmündung; die Patch Konstruktionsgesellschaft war eine helle Insel.

Eine halbe Stunde vor Mitternacht kam Gersen die leeren Straßen entlang. Blauer Begleiter war längst vom Himmel verschwunden. Die Straßenbeleuchtung bestand aus in weiten

Abständen aufgestellten trüben Kugeln, umgeben von goldenen Höfen aus Nebel. Die Luft roch nach feuchtem Backstein, den Mündungsdocks und dem Watt gegenüber der Mündung: ein subtiler Modergestank, der für die Altstadt von Patris charakteristisch war. Gegenüber der Patch Konstruktionsgesellschaft stand eine Reihe der schmalen hochgiebeligen Gebäude, jedes mit Schatten erfülltem, tief eingeschnittenem Durchgang. Gersen schlüpfte von einem dieser dunklen Alkoven zum anderen und näherte sich dem Rechteck aus Licht, das aus den offenen Türen von Werkstatt B fiel. Er kam so nahe heran, wie er für angebracht hielt, lehnte sich zurück an den modernden Backstein, lockerte die verschiedenen Klammern und Riemen, die seine Waffen hielten, setzte sich hin und wartete. Er trug schwarze Kleidung, eine schwarze Hauttönung und schwarze Augenschalen, um das Schimmern seiner Augen zu verbergen. Stillstehend war er ein Teil der nebligen Nacht, ein düsterer Schatten.

Die Zeit verging. In der Werkstatt war das vordere Ende des leinwandumhüllten Forts zu sehen und, von Zeit zu Zeit, ein Techniker. Bei einer Gelegenheit erschien Patchs stämmige Gestalt im Eingang, als er heraustrat, um in den Himmel zu spähen.

Gersen prüfte die Uhrzeit: fünf Minuten bis Mitternacht. Er setzte sich eine Nachtbrille auf die Stirn, ließ sie über die Augen gleiten, und auf der Stelle erschien die Straße hell, wenn auch mit unwirklichen Schattierungen und Tönungen, das Helldunkel mitunter umgekehrt, mitunter nicht. Das helle Licht aus der Werkstatt wurde durch einen Mutachromfilter kompensiert, es erschien wie ein dunkler Fleck. Gersen suchte den Himmel ab, sah jedoch nichts.

Eine Minute vor Mitternacht trat Patch wieder heraus auf die Straße. Zwei schwere Projecks hingen ostentativ in Holstern an der Hüfte und an am Hals war ein Mikrofon befestigt, welches zweifellos auf das Polizeinotband eingestellt war. Gersen grinste: Patch ging kein Risiko ein. Nach einem argwöhnischen Blick über den Himmel zog sich Patch zurück. Eine Minute verging; ein langes, düsteres Hupen vom Mermianamonument, dem weiblichen Koloss, der knietief im Meer stand, verkündete die Mitternacht.

Hoch am Himmel erschien die Form eines Frachtträgers. Er kam
tiefer und hielt dann mitten in der Luft an. Gersen blinzelte durch
die Nachtbrille hinauf und holte vorsichtig sein Granatengewehr
hervor. Der Träger war vermutlich mit Männern im Dienst von
Kokor Hekkus bemannt; die Galaxis würde durch ihren Tod pro-
fitieren ... Doch wo war Kokor Hekkus? Und Gersen verfluchte
die Ungewissheit, die ihn davon abhielt, den Abzug zu ziehen.

Ein kleiner Luftwagen erschien. Er stieß herunter, ignorierte
die Verkehrsregeln von Patris, ließ sich auf der Straße nieder und
setzte weniger als dreißig Meter von Gersens Versteck auf. Dieser
drückte sich weit in den Schatten zurück und setzte die Nachtbrille ab, die ihn nunmehr hindern und verwirren würde.

Zwei Männer entstiegen dem Luftwagen. Gersen grunzte
vor Enttäuschung. Keiner von ihnen war Seuman Otwal; keiner
konnte möglicherweise Kokor Hekkus sein. Beide waren klein,
kompakt, dunkelhäutig; beide trugen eng anliegende dunkle
Kleidung und enge schwarze Kapuzen. Sie gingen mit schnellen
Schritten zur Werkstatt, spähten ins Innere und einer vollführte
eine gebieterische Gebärde. Gersen legte die Nachtbrille wieder an und blickte hinauf zum Frachtträger. Er blieb, wo er war.
Gersen setzte die Nachtbrille ab und wandte sich wieder den zwei
Männern aus dem Luftwagen zu. Patch stolzierte mit nicht über-
zeugender Aufsässigkeit vor. Er hielt inne und sprach; die zwei
nickten knapp und einer sagte einige Worte in ein Mikrofon.

Patch drehte sich um, gestikulierte; das Fort ging hinaus auf
die Straße, die Leinwand wölbte sich und ruckte zur Bewegung
der Beine. Aus der Luft kam der Frachtträger herunter. Gersen
beobachtete alles mit der Gewissheit, dass hier die Kette der
Ereignisse, welche auf der Esplanade von Avente ihren Anfang
genommen hatte, im Begriff war, zu schwinden und zu einem
Ende zu gelangen.

Patch trat in die Werkstatt zurück, jeweils eine Hand auf jeder
Pistole. Die zwei Männer in Schwarz beachteten ihn nicht. Vom
Luftschiff herunter kam eine Traverse, von der zehn Kabel her-
unterhingen. Die zwei Männer kletterten hinauf auf die Oberseite

des Forts und befestigten die Kabel an Ösen, die entlang des Rückenkamms angebracht waren. Sie sprangen zu Boden und winkten; das Fort wurde durch die Nacht hinwegbefördert. Die zwei Männer gingen rasch zu ihrem Wagen, ohne einen Blick zurück auf Patch zu werfen, der bewaffnet und trotzig starrend in ihrem Rücken stand. Der Luftwagen schoss in die Dunkelheit davon. Patch und seine Werkstatt waren verlassen, merkwürdig einsam und beraubt.

Die Türen zur Werkstatt B schlossen sich; die Straße war dunkel und leer. Gersen schob sich aus seiner verkrampften Position. Er fühlte sich geschlagen und war zornig. Weshalb hatte er nicht wenigstens das Luftschiff und das Fort abgeschossen? Kokor Hekkus hätte gut und gern an Bord sein können. Selbst wenn es nicht der Fall gewesen wäre, hätte ihn die Zerstörung des Forts wütend gemacht, ihn zu irgendeiner Handlung herausgefordert.

Gersen wusste nur allzu gut, warum er das Fort nicht zerstört hatte. Der Mangel an Entschlossenheit hatte ihm die Finger verkrampft. Er sehnte sich nach der letzten Konfrontation. Kokor Hekkus musste wissen, wieso er starb und wer ihn tötete. Ihn im Dunkeln zu erschießen war gut, aber nicht gut genug.

Wie und wann konnte man eine neue Gelegenheit erzwingen? Vielleicht durch Seuman Otwal und das Hotel *Halkshire.* Gersen trat hinaus auf die Straße. Drei dunkle Gestalten sprangen erschreckt zurück; eine gab einen heiseren Befehl und ein Strahl intensiven weißen Lichtes durchflutete die Nacht, um Gersen zu blenden. Er griff nach seinen Waffen. Eine der Gestalten drängte sich vor und schlug seinen Arm nach unten. Eine andere schwang ein langes Stück Kabel; es schlang sich um Gersens Körper als sei es lebendig, und schnürte seinen rechten Arm und seine Oberschenkel zusammen. Ein weiteres sich windendes Kabelstück kam auf ihn zu und schnappte um seine Beine. Gersen wankte und fiel. Seine schweren Waffen wurden beiseitegetreten, sein Messer und sein Projeck wurden fortgerissen.

Der Mann, der das Licht hielt, kam vor und richtete es auf ihn. »Auch gut. Dieser ist der Partner mit dem Geld.«

Es war die kühle, ruhige Stimme von Seuman Otwal. Gersen
sagte: »Das stimmt nicht. Patch hat mich ausgekauft.«

»Vorzüglich ... Dann haben Sie Geld.«

Das Licht bewegte sich näher. »Durchsucht ihn – sorgfältig.
Der Mann könnte gefährlich sein.«

Vorsichtige Finger untersuchten Gersens Körper, fanden und
entfernten einen Wurfdolch, einen halb mit schmerzstillendem
Mittel gefüllten Stachelsack und verschiedene andere Vorrich-
tungen, welche die Durchsuchenden offensichtlich verwirrten.
Einer sagte im Ton respektvoller Verwunderung: »Der Mann ist
ein wandelndes Arsenal. Allein möchte ich ihm nicht begegnen.«

»Ja«, meinte Seuman Otwal nachdenklich. »Ein seltsamer
Kerl für den Dunstkreis der Handwerker. Ein seltsamer Kerl, in
der Tat ... Tja, einerlei. Das Universum ist voll von seltsamen
Kerlen, wie wir nur allzu gut wissen. Nun ist er unser Gast und wir
müssen uns nicht mit Patch aufhalten.«

Müßig ließ sich ein Luftboot herab. Gersen wurde in den Laderaum gehoben. Das Gefährt glitt davon und hinweg durch die
Nacht von Krokinole.

Kurz darauf schaute Seuman Otwal in den Laderaum. »Sie sind
ein seltsamer Mann, Herr Wall oder wie auch immer Ihr Name lauten mag. Sie haben sich mit einer Vielzahl von Waffen geschmückt,
beinahe als wüssten Sie, wie man mit ihnen umgeht. Sie haben
sich mit solch einer verstohlenen Geduld verborgen, dass wir, die
wir auch verstohlen und geduldig sind, keine Ahnung von Ihrer
Anwesenheit hatten. Und dann, ohne einen Blick über die Schulter, stolzieren Sie mitten auf die Straße.«

»Ein armseliges Vorgehen«, stimmte Gersen zu.

»Die eigentliche Torheit war Ihre Partnerschaft mit Patch –
und es ist zwecklos es zu leugnen, da wir uns informiert haben
– denn es hätte offensichtlich sein müssen, dass der aufgeblasene
Patch niemals für das Fort bezahlen würde. Er ist gezwungen gewesen, bei der Intertausch zu darben; jetzt sind Sie an der
Reihe. Falls Sie uns sofort unsere 1.681.490 SVE anbieten können,

werden wir die Angelegenheit schnell zu einem Ende bringen, wenn Sie vorziehen es nicht zu tun – dann, fürchte ich, werden Sie eine Raumreise antreten müssen.«

»Ich habe nicht so viel Geld«, erwiderte Gersen. »Lassen Sie mich die Umstände erklären ... «

»Nein, ich kann nicht mit Ihnen reden, ich muss weit reisen und habe viel zu tun. Falls Sie kein Geld haben, müssen Sie durch die üblichen Kanäle handeln.«

»Intertausch?« fragte Gersen mit einem frostigen Lächeln.

»Intertausch. Ich wünsche Ihnen viel Glück, Herr Wall oder wie immer Ihr Name lauten mag. Die Geschäfte mit Ihnen waren mir eine Freude.« Seuman Otwal verschwand und Gersen sah nichts mehr von ihm. Er wurde in ein anderes Schiff umgeladen, wo er sich in der Gesellschaft von drei Kindern, zwei jungen Frauen, drei älteren Frauen und einem Mann in mittlerem Alter, vermutlich Mitglieder verschiedener wohlhabender Familien, wiederfand. Die Zeit verging, wie viel wusste Gersen nicht. Er aß und schlief viele Male, aber schließlich wurde es still im Schiff. Es gab das bekannte, allerdings stets aufreibende Warten auf die Anpassung der Atmosphären, dann wurden die Passagiere auf den Boden von Sasani geführt, in einen Bus geleitet und durch die Wüste zur Intertausch befördert.

Einer der Beamten der Intertausch gab ihnen eine kurze Einführung in einem kleinen Hörsaal. »Meine Damen und Herren, wir freuen uns Sie bei uns begrüßen zu können und hoffen, dass Sie während Ihres Aufenthaltes versuchen werden auszuruhen, zu entspannen und sich zu unterhalten. Die Einrichtungen der Intertausch sind wie die eines Sanatoriums. Solange Anstand und Höflichkeit gewahrt bleiben, gestatten wir einen gewissen Grad an gesellschaftlichem Umgang. Wir ermutigen die Beschäftigung mit ihren besonderen Hobbys und mit gewissen Sportarten wie Schwimmen, Schach, Kalingo, Tennis, den Gebrauch musikalischer Instrumente und dem Chromatil. Es gibt keine Gelegenheiten zum Wandern, Gleitfliegen, zur Vogelbeobachtung, zum Marathonlaufen oder zum Erforschen der

faszinierenden Wildnis von Sasani. Wir bieten sechs Klassen der
Unterbringung an, die von der überluxuriösen Klasse AA zur Standard E reicht, die schlicht, aber keineswegs ungemütlich ist. Die
Küche besteht aus acht Standardkategorien, die mit den gastro-
nomischen Hauptgewohnheiten der Menschen in der Ökumene
im Einklang steht. Für Personen, die an andere, spezialisiertere
Diäten gewöhnt sind, gibt es einen besonderen Dienst unter
Berechnung von Extrakosten. Wir rühmen uns, dass alle, wenn
nicht mit Genuss, so wenigstens etwas Nahrhaftes bei der Intertausch essen können. Unsere Vorschriften sind etwas straffer als
bei anderen durchschnittlich vergnüglichen Erholungsorten und
ich muss Sie warnen, dass heimliche und einzelne Unternehmungen durch die Wüste nur zu Unannehmlichkeiten führen können.
Erstens gibt es zahlreiche fleischfressende Insekten. Zweitens stehen weder Nahrung noch Wasser zur Verfügung. Drittens sind
die autochthonen Einwohner von Sasani, die ihre Höhlen nur
bei Nacht verlassen, Kannibalen. Viertens sind wir angehalten,
die Interessen unserer Klienten zu schützen, und das ungefügige
Individuum (was glücklicherweise selten vorkommt) findet sich
bald aller Privilegien beraubt. Nun werde ich Ihnen Formulare
verteilen. Bitte geben Sie Ihre Wahl betreffend Unterbringung
und Küche an. Bitte lesen Sie es sich sorgfältig durch. Sie werden das Personal höflich, aber etwas distanziert finden. Es ist gut
bezahlt, also versuchen Sie bitte nicht, jemandem Zuwendungen
aufzudrängen. Wir betrachten das mit Argwohn und erkundigen
uns sorgfältig nach den Beweggründen jener, die solche Anreize
anbieten. Morgen werden Sie mit Kommunikationsmitteln ver-
sorgt, um mit jenen in Verbindung zu treten, von denen erwartet
wird, dass sie Ihre Gebühren einlösen. Das wäre alles, vielen
Dank!«

Gersen studierte das Formular und wählte eine Klasse-
B-Unterbringung, die ihm umfassenden Gebrauch der
Erholungsaktivitäten der Institution und ein wenig Privatsphäre
erlaubte. Er hatte die Speisen der gesamten Ökumene gegessen –
einschließlich der von Sandusk, dachte er ironisch und erinnerte

sich des Ladenbesitzers in der Ardstraße – und war eigentlich nicht übermäßig anspruchsvoll. Er kreuzte die Kategorie »klassisch« an, die Küche Alphanors, der westlichen Erde und vielleicht die eines Drittels der Bevölkerung der Ökumene.

Er las die »Vorschriften«, von denen keine, außer Artikel 19, überraschend oder ominös war: *Jene Personen, die nach ihrem Zeitraum der primären Auslösung immer noch hier wohnhaft sind und die daraufhin in die Kategorie »verfügbar« fallen, müssen während der Dauer des Morgens in ihren Apartments bleiben, damit sie von unbeteiligten Besuchern gemustert werden können, die an der Bezahlung der Einlösegebühr interessiert sein könnten.*

Zur gehörigen Zeit wurde Gersen zu seinem Apartment gebracht, das ihm recht komfortabel erschien. Das Wohnzimmer enthielt einen Schreibtisch, einen Tisch, einige Sessel, einen grün-schwarzen Teppich und ein mit Zeitschriften vollgestapeltes Regal. Die Wände waren malvenfarben mit Spritzern von Orange, die Decke war rostrot. Das Badezimmer enthielt die üblichen Einrichtungen; Wände, Boden und Decke waren mit robbenbraunen Fliesen bedeckt. Das Bett war schmal und hart gepolstert; der Infraradiator hing aufdringlich von der Decke herunter, wie in altertümlichen Landgasthäusern.

Gersen badete, zog sich die bereitgestellte frische Kleidung an, legte sich auf das Bett und überlegte die möglichen Wege der Zukunft. Zunächst einmal war es notwendig, sich von der Depression und Selbstverurteilung zu befreien, die seine Stimmung beherrschten, seit Seuman Otwals weißes Licht erstmals auf sein Gesicht gefallen war. Er hatte sich allzu lange für unverwundbar gehalten, geschützt durch die Vorsehung – lediglich aufgrund der Kraft seiner Beweggründe. Vielleicht war es sein einziger Aberglaube: die solipsistische Überzeugung, dass jene fünf Individuen, die Mount Pleasant zerstört hatten, einer nach dem anderen durch seine Hand sterben mussten. Überzeugt von diesem Glauben hatte Gersen die vernünftige Handlung, Seuman Otwal zu töten, verstreichen lassen – und die Folgen auf sich nehmen müssen.

Er musste seine Denkmuster neu ordnen. Er war selbstgefällig, doktrinär, didaktisch in seinem Herangehen gewesen. Er hatte sich betragen, als sei der Erfolg seiner Bestrebungen vorherbestimmt gewesen, als sei er mit übernatürlichen Fähigkeiten begabt. Alles völlig falsch, sagte sich Gersen. Seuman Otwal hatte ihn mit lächerlicher Leichtigkeit erwischt. Er hatte ihn so gering eingeschätzt, dass er sich nicht einmal die Mühe gemacht hatte, ihn zu befragen, sondern ihn mit dem Rest seiner Tasche in den Laderaum geworfen hatte. Und Gersens Selbstachtung sank noch mehr. Bisher hatte er das Ausmaß seiner Eitelkeit nicht richtig eingeschätzt. Nun gut, sagte er sich: Wenn absolute Findigkeit und absolute Unbezähmbarkeit die grundlegenden Elemente seiner Natur waren, war es nun an der Zeit, diese Eigenschaften anzuwenden.

Weniger ärgerlich – tatsächlich halb amüsiert über seine eigene Ernsthaftigkeit – schätzte er die Situation ein. Morgen, wenn er so wollte, könnte er Patch von seiner misslichen Lage in Kenntnis setzen. Dadurch wäre nichts gewonnen. Gersen selbst besaß die halbe Million, welche ihm von Patch ausgezahlt worden war – ursprünglich von Duschane Audmar zur Verfügung gestellt – und möglicherweise noch siebzig- oder achtzigtausend von dem Geld, das ihm sein Großvater hinterlassen hatte. Seine Einlösegebühr betrug eine Million SVE mehr als das: eine Summe, weit jenseits seiner Möglichkeit.

Falls Kokor Hekkus oder Seuman Otwal – derselbe Mann? – überzeugt werden konnte, dass er und Patch die Gesellschaft geteilt hatten, mochten sie versuchen, Patch noch einmal zu entführen und Gersens Gebühr auf den Betrag herabsetzen, den er für den Verkauf seines Partneranteils erhalten hatte. Doch Patch würde sich aus dem Staub machen, wenn er schlau war. Gersen mochte für Monate oder Jahre bei der Intertausch bleiben. Schließlich würden die Intertauschgebühren am Bürgenprofit knabbern; die Einlösegebühr würde fallen. Sobald sie eine halbe Million erreichte, könnte Gersen sich selbst freikaufen – es sei denn, ein unabhängiger Abnehmer würde ihn für wertvoller halten: ein unwahrscheinlicher Umstand.

Gersen war für unbestimmte Zeit auf die Intertausch beschränkt.

Was war mit einer Flucht? Gersen hatte noch nie von einer Flucht von der Intertausch gehört. Wenn es eine Person schaffte der Wachsamkeit der Wachen und den Alarmsystemen, Alarmanzeigern und Selbstauslösern zu entgehen, wohin könnte sie entkommen? Die Wüste war bei Tage tödlich, in der Nacht noch mehr. Automatische Waffen hielten hilfreiche Raumfahrzeuge von dem Gebiet fern. Niemand verließ die Intertausch, außer durch Tod oder die Einlösung der Gebühr. Gersen fiel ein, sich nach Alusz Iphigenia Eperje-Tokay zu erkundigen, dem Mädchen von Thamber. Ihre Gebühr betrug zehn Milliarden SVE, eine fantastische Summe: wie nahe war Kokor Hekkus daran, sie zu bezahlen? Wie befriedigend es wäre, Alusz Iphigenia direkt unter der Nase von Kokor Hekkus einzulösen! Ein fantastischer Traum, wo er doch nicht einmal seine eigene, vergleichsweise bescheidene Gebühr einlösen konnte.

Ein Gong ertönte, um das Abendessen anzukündigen. Gersen ging durch den kahlwandigen Gang, der nur mit engen Verflechtungen von Glasbändern bedeckt war, welche die Avenuen und Gehwege der Intertausch kennzeichneten, zum angezeigten Essbereich. Der Speisesaal war ein hoher, in strengem Grau gestrichener Raum. Die Gäste aßen von kleinen Einzeltischen und wurden von hin- und herfahrenden Wagen bedient. Im Speisesaal herrschte eine Strafkolonie-Atmosphäre, die in anderen Teilen der Intertausch mehr oder weniger fehlte; Gersen konnte ihre Quelle nicht definieren, es sei denn es lag an der Isolation der Essenden, dem Mangel an Plauderei oder Neckerei zwischen den Tischen. Die Nahrung war synthetisch, arm an Farbe, unzureichend gut zubereitet und nicht allzu großzügig in ihrer Menge. Selbst Gersen, der kein großes Interesse an Lebensmitteln hatte, fand die Mahlzeit unappetitlich. Wenn dies Klasse-B-Küche war, fragte er sich, wie die der Klasse E aussähe. Möglicherweise nicht viel anders.

Nach dem Abendessen gab es die sogenannte Sozialstunde in einem großen, abgegrenzten Hof, der gegen den staubigen

Nachtwind von Sasani überkuppelt war. Hier versammelte sich
die gesamte Gastbevölkerung der Intertausch nach dem Abendessen vor Langeweile und Neugierde: Wer war gekommen? Wer
gegangen? Am Zentralkiosk unterschrieb Gersen einen Zettel
für ein Bier, nahm den Papierbecher mit zu einer Bank und setzte
sich. Vielleicht zweihundert andere Leute waren zu sehen: Personen aller Altersstufen und Rassen, einige gingen spazieren, andere
spielten Schach, manche unterhielten sich und einige, wie er selbst,
tranken missmutig und saßen auf den Bänken. Es herrschte keine
große Geselligkeit, jedermann legte einen ähnlichen Ausdruck an
den Tag: matter Unwille gegenüber der Intertausch und allem,
was mit ihr zusammenhing, einschließlich der anderen Gäste.
Selbst die Kinder schienen von der allgemeinen Verdrießlich-
keit angesteckt zu sein, obwohl sie eine größere Neigung zeigten,
sich zu Gruppen zusammenzuschließen. Vielleicht zwanzig junge
Frauen waren in Sicht; sie waren sogar noch unnahbarer, noch
gekränkter und noch unwilliger als der Rest. Gersen musterte
sie mit Neugierde: Welche war Alusz Iphigenia? Wenn Kokor
Hekkus sich veranlasst fühlte, sie zu besitzen, musste sie notwen-
digerweise außergewöhnlich schön sein. Hier schien niemand
diese Anforderungen zu erfüllen. Nahebei starrte ein Mädchen
mit beeindruckendem rotem Haar brütend auf ihre langen Finger, deren jeweilige Glieder mit schwarzen Metallmanschetten
beringt waren, was sie als eine Eginande von Copus kennzeich-
nete. Dahinter nippte ein kleines, dunkelhäutiges Mädchen an
ihrem Wein; sie schien einnehmend und reizend zu sein, allerdings niemand, die sich auf zehn Milliarden SVE schätzen würde.
  Es gab noch andere, aber alle schienen zu alt oder zu jung zu
sein oder von keiner besonderen Schönheit – so wie die junge
Frau auf der anderen Seite der Bank, die gerade eben den Anforderungen entsprechen mochte. Ihre Haut war blass, durchzogen
von dunklem Elfenbein. Sie besaß klare graue Augen und ebenmä-
ßige Züge; ihr Haar war lohfarben: kurz, sie war nicht unattraktiv,
doch kaum in der zehn Milliarden SVE-Klasse. Gersen hätte sie
nicht ein zweites Mal betrachtet, wäre nicht eine gewisse freche

Haltung ihres Kopfes gewesen, eine gewisse kühle Intelligenz ihres Blickes ... Aber nein, trotz all ihrer klaren Augen und ebenmäßigen Züge, sie war zu gewöhnlich, zu durchschnittlich ... Der Aufseher, welcher Gersen bei seinem früheren Besuch begleitet hatte, überquerte den Hof, weder nach links noch nach rechts blickend. Wie war sein Name? Armand Koshiel. Und Gersen wurde noch missmutiger als zuvor ... Die Sozialstunde war zu Ende. Die Gäste wanderten zu ihren verschiedenen Apartments und Räumlichkeiten.

Das Morgenmahl – Tee, Muffins und Kompott – wurde unmittelbar im Apartment serviert, danach wurde Gersen in das Gebäude der Zentralverwaltung gerufen, wo er sich in der Gesellschaft verschiedener Personen wiederfand, mit denen er zur Intertausch gekommen war.

Nicht lange danach wurde sein Name aufgerufen. Er betrat das Büro eines gequält dreinschauenden Angestellten, der ihm einen oberflächlichen Gruß entbot und eine wohlerprobte Rede aufsagte: »Herr Wall, setzen Sie sich, wenn es Ihnen recht ist. Von Ihrem Standpunkt aus gesehen, ist Ihre Gegenwart hier ein Unglück. Von unserem aus gesehen, sind Sie ein Gast, der mit Höflichkeit und Würde behandelt werden muss. Wir sind bestrebt, das Licht in dem wir betrachtet werden, zu verbessern. Wir werden alle praktischen Mittel aufwenden, um dies zu verwirklichen. Nun sind Sie hier und Herr Kokor Hekkus ist Ihr Bürge. Seine Forderung beläuft sich auf die Summe von 1.681.490 SVE und ich erkundige mich bei Ihnen, wie Sie vorschlagen, diese Summe aufzubringen?« Er verharrte erwartungsvoll.

»Ich wünschte, ich wüsste es«, entgegnete Gersen. »Sie ist vollkommen unrealistisch.«

Der Beamte nickte. »Viele unserer Gäste halten Ihre Gebühren für überzogen. Wie Sie wissen, haben wir keine Kontrolle über die geforderten Gebühren. Wir können den Bürgen lediglich zur Mäßigung raten und den Gast zu einer kooperativen Haltung. Nun denn – können Sie diese Summe aufbringen?«

»Nein.«

»Wie steht es mit Ihrer Familie?«

»Existiert nicht.«

»Freunde?«

»Ich habe keine Freunde.«

»Geschäftspartner?«

»Keine.«

Der Angestellte seufzte. »Dann müssen Sie bleiben, bis eines der folgenden Ereignisse eintritt: Der Bürge senkt seine Forderungen auf eine realisierbare Summe. Fünfzehn Tage nach dem Datum, an dem Ihre Partner zum ersten Mal die Gelegenheit hatten, in Ihrem Namen zu erscheinen, gehen Sie in den Status ›verfügbar‹ über und die Bürgschaftsgebühr kann von jedermann bezahlt werden, der Sie daraufhin in seine Obhut nimmt. Wenn Ihre Verpflegungs- und Zimmerrechnungen nicht regelmäßig beglichen werden, mögen wir nach einem gewissen Zeitraum gezwungen sein, die Obhut an einen unbeteiligten Besucher zu übertragen, für einen Betrag in Höhe dieser Rechnungen. Nun?«

»Ich kann die Summe nicht aufbringen. Ich habe niemanden, den ich benachrichtigen könnte.«

»Wir werden dies Ihrem Bürgen mitteilen. Möchten Sie uns die maximale Summe nennen, die Sie zahlen können?«

»Etwa eine halbe Million«, sagte Gersen widerwillig.

»Ich werde Ihren Bürgen dahingehend informieren. In der Zwischenzeit, Herr Wall, bin ich zuversichtlich, dass Sie Ihren Besuch nicht allzu unerfreulich finden werden.«

»Vielen Dank!«

Gersen wurde zu seinem Apartment zurückgeleitet und kurz darauf in den Speisesaal zum Mittagessen entlassen.

Während des Nachmittags wurden ihm die Erholungseinrichtungen der Intertausch zugänglich gemacht. Es gab Möglichkeiten zum leichten Sport, zum Basteln und Spiele; er konnte Gymnastik in einer Turnhalle praktizieren oder in einem Becken schwimmen. Oder er konnte in seinem Apartment bleiben. Das Apartment oder die Räumlichkeit eines anderen zu besuchen war verboten.

Einige Tage vergingen. Gersen wurde wegen seines Bedarfs an

Aktivität immer angespannter und geladener. Außer den Übungen in der Turnhalle gab es keinen Spielraum, diesen Druck loszuwerden. Er dachte über eine Flucht nach. Sie erschien unmöglich; es gab keinen Ansatzpunkt.

Als Gersen sich während der Sozialstunde des dritten Tages mit seinem Bier vom Kiosk abwandte, stand er Angesicht zu Angesicht Armand Koshiel gegenüber, dessen Dienstplan ihn offensichtlich zu diesem Zeitpunkt über den Hof führte. Koshiel murmelte eine höfliche Entschuldigung und trat beiseite. Dann warf er einen verwirrten Blick zurück.

Gersen grinste ironisch. »Seit unserer letzten Begegnung haben sich die Umstände geändert.«

»Das sehe ich«, erwiderte Koshiel. »Ich erinnere mich gut an Sie, Herr Gassoon? Herr Grisson?«

»Wall«, meinte Gersen. »Howard Wall.«

»Natürlich: Herr Wall.« Koshiel schüttelte verwirrt und verwundert den Kopf. »Ist das Wirken des Schicksals nicht seltsam? Aber nun, mein Herr, muss ich weiter. Uns ist nicht erlaubt, mit den Gästen zu schwatzen.«

»Sagen Sie mir: Wie dicht ist Kokor Hekkus daran, die zehn Milliarden SVE aufzutreiben?«

»Er macht Fortschritte, er nähert sich ihnen an, habe ich gehört. Wir alle hier interessieren uns dafür. Es ist die höchste Gebühr, die jemals eingelöst werden wird.«

Gersen verspürte einen irrationalen Stich des Ärgers – oder möglicherweise der Eifersucht. »Kommt die Frau in den Hof herunter?«

»Gelegentlich habe ich sie schon gesehen.« Koshiel bemühte sich, zögerlich zur Seite auszuweichen.

»Wie sieht sie aus?«

Koshiel runzelte die Stirn und blickte verstohlen über die Schulter. »Sie ist keinesfalls das, was Sie erwarten mögen. Nicht der gescheite, fröhliche Typ, wenn Sie verstehen, was ich meine. Bitte entschuldigen Sie mich, Herr Wall, ich muss weiter oder riskiere einen Verweis.«

Gersen ging zu seiner gewohnten Bank. Eine ganze Reihe neuer Unzufriedenheiten brachte ihn innerlich zum Brodeln. Bei aller Logik sollte ihm diese unbekannte Frau nichts bedeuten ... Das war aber der Fall. Gersen rätselte über sich und seine Beweggründe. Wie und weshalb war er von ihr gefesselt? Wegen Alusz Iphigenias Selbsteinschätzung auf einen Wert von zehn Milliarden SVE? Der Tatsache, dass Kokor Hekkus in all seinem Egoismus und seiner Arroganz dabei war, sie für sich zu bekommen? (Der Gedanke weckte besondere Wut in ihm). Wegen ihrer erklärten Herkunft: dem mythischen Thamber? Wegen der Regungen seiner streng unterdrückten Romantik? Was auch immer der Grund, Gersen erforschte den Hof nach dem schönen Mädchen, das Alusz Iphigenia von Thamber sein mochte. Sie war definitiv nicht das kleine dunkle Mädchen noch die rothaarige Eginande von Copus. Das lohfarbene Mädchen mit den zurückhaltenden Manieren war nicht zu sehen, aber sie kam wohl kaum in Frage. Obwohl ihre Augen, überlegte Gersen, ein übermäßig leuchtendes Grau besaßen, und auch ihre Figur, recht schmal und zerbrechlich, aber perfekt proportioniert, war nicht zu verachten. Der Gong ertönte; er kehrte enttäuscht und ruhelos vor Gereiztheit in sein Apartment zurück.

Der nächste Tag verging. Gersen wartete ungeduldig auf die Sozialstunde. Endlich war sie gekommen. Eine neue Frau war anwesend. Sie war geschmeidig und beweglich, hatte lange Beine, ein längliches Patriziergesicht und kompliziert frisierte, blendende Wogen hellen weißen Haars. Gersen musterte sie ausgiebig. Nein, entschied er mit einem Gefühl der Erleichterung, dies konnte nicht Alusz Iphigenia von Thamber sein. Diese Frau war zu kompliziert und zu künstlich. Sie mochte sich gut und gern auf zehn Milliarden SVE schätzen, und Gersen wünschte sich beinahe, dass Kokor Hekkus eine solche Summe zahlte und sie in Besitz nahm. Das Mädchen mit dem lohfarbenen Haar erschien nicht. Mit Widerwillen und Verdruss kehrte Gersen zu seinem Apartment zurück. Während er eingepfercht und hilflos war, schlich Kokor Hekkus sich an seine Beute heran. Um sich abzulenken, las Gersen bis Mitternacht alte Magazine.

Der folgende Tag war wie die vorausgegangenen: sie begannen zu verschmelzen, an Identität zu verlieren. Mittags gab es
zwei neue Mitglieder in seiner Gruppe. Gersen hörte einen Kommentar, der die Neuankömmlinge als Tychus Hasselberg, Erster
Vorsitzender der Jarnell-Gesellschaft, und Skerde Vorek, Direktor
der Waldlande, beide von der Erde, identifizierte, beides hun-
dertfache Multimillionäre. Zwei Schritte näher zum Ziel, dachte
Gersen bitter.

Während des Nachmittages übte er in der Turnhalle. Das
Abendessen wirkte geschmackloser als üblich. Gersen ging in bit-
terer Stimmung zur »Sozialstunde«. Er versorgte sich mit einem
Becher mostigen Sasani-Weins und setzte sich in Erwartung eines
weiteren öden Abends hin. Eine halbe Stunde verging, dann
erschien das Mädchen mit dem lohfarbenen Haar am Eingang
des Geländes. Heute Abend erschien sie sogar noch unverständ-
licher als bei früheren Gelegenheiten. Gersen beobachtete sie
genau: Eigentlich, dachte er, war sie wirklich nicht unscheinbar.
Ihre Züge waren so perfekt, so vollkommen angeordnet, dass ihr
Gesicht nicht bemerkenswert schien – aber unscheinbar war sie
gewiss nicht. Er beobachtete sie, wie sie sich einen Becher Tee am
Zentralkiosk beschaffte. Dann kam sie näher, um auf einer Bank
nicht weit von Gersen entfernt Platz zu nehmen. Er studierte sie
mit großem Interesse, sein Puls ging recht schnell. Weshalb?, fragte
er sich ärgerlich. Wieso berührte ihn diese junge Frau, von bestenfalls herkömmlicher Attraktivität, in einem solchen Ausmaß?

Er erhob sich und ging hinüber, wo sie saß. »Darf ich mich zu
Ihnen gesellen?« fragte er.

»Wenn Sie mögen«, entgegnete sie nach einem gerade eben
ausreichenden Zögern, um anzudeuten, dass sie lieber ruhig für
sich alleine säße. Ihre Stimme besaß eine angenehme, archaische
Schwingung und Gersen versuchte, ihren Akzent einzuordnen.
»Entschuldigen Sie meine Neugierde«, sagte er, »aber sind Sie
Alusz Iphigenia Eperje-Tokay?«

»Ich bin Alusz Iphigenia Eperje-Tokay«, erwiderte sie, wobei
sie seine Aussprache korrigierte.

Gersen holte tief Luft. Sein Instinkt hatte ihn nicht getäuscht! Als er sie aus der Nähe betrachtete und in ihr Gesicht blickte, erschien ihr schlichtes gutes Aussehen etwas weniger schlicht. Sie mochte beinahe als hübsch bezeichnet werden. Es waren ihre Augen, dachte er, die ihrem Gesicht Lebendigkeit verliehen. Schönheit? Genügend, um Kokor Hekkus zu derart aufwendigen Bemühungen zu veranlassen? Es erschien ihm unwahrscheinlich. »Und Ihre Heimat ist der Planet Thamber?«

Sie warf ihm noch einen kurzen gleichgültigen Blick zu. »Ja.«

»Wissen Sie, dass Thamber für die meisten Menschen eine imaginäre Welt ist, ein Ort der Legenden und Balladen?«

»Das habe ich zu meiner Überraschung erfahren. Ich versichere Ihnen, dass Thamber alles andere als imaginär ist.« Sie nippte an ihrem Tee und warf Gersen einen weiteren schnellen Blick zu. Ihre Augen – groß, klar, offen – waren ihr vorteilhaftester Zug und zweifelsohne schön. Aber nun deutete ein subtiler Wechsel ihrer Position Desinteresse an einer weiteren Unterhaltung an.

»Ich würde Sie ja nicht stören«, meinte Gersen steif, »wenn es nicht den Umstand gäbe, dass Ihr Verlobter Kokor Hekkus mich hierhergebracht hat und ich ihn als meinen Feind betrachte.«

Alusz Iphigenia dachte einen Augenblick nach. »Sie handeln unklug, indem Sie ihn als Feind betrachten.«

»Angenommen, er löst Ihre Gebühr ein, was dann?«

Sie zuckte mit den Achseln. »Das ist eine Angelegenheit, die ich nicht erörtern möchte.«

Gersen dachte, ja, sie ist ohne Zweifel hübsch – mehr als nur hübsch: Wenn sie sprach, selbst wenn sie dachte, nahmen ihre Züge ein Leuchten, eine Lebhaftigkeit an, die sogar gewöhnliche Züge verklärt hätte.

Gersen wusste kein Mittel mehr, um die Unterhaltung weiterzuführen. Schließlich fragte er: »Kennen Sie Kokor Hekkus gut?«

»Gut nicht. Er bleibt zum größten Teil in Misk, dem Land Hinter den Bergen. Meine Heimat ist Draszane in Gentilly.«

»Wie war es Ihnen möglich, hierher zu kommen? Kommen viele Raumschiffe nach Thamber?«

»Nein.« Sie wandte ihm einen unvermittelt scharfen Blick zu. »Wer sind Sie? Sind Sie einer seiner Spione?«

Gersen schüttelte den Kopf. Während er in ihr Gesicht blickte, dachte er mit Erstaunen: Habe ich dieses Mädchen je für unscheinbar gehalten? Sie ist schön, unaussprechlich schön. Er sagte: »Wäre ich frei, könnte ich Ihnen helfen.«

Sie lachte ziemlich grausam. »Wie könnten Sie mir helfen, wenn Sie sich selbst nicht einmal helfen können?« Und Gersen spürte, wie ihm eine unvertraute Röte ins Gesicht stieg. Er stand auf. »Gute Nacht.«

Alusz Iphigenia sagte nichts. Gersen stolzierte fort zu seinem Apartment. Er duschte und warf sich auf das Bett. Angenommen, er setzte sich mit Duschane Audmar in Verbindung? Zwecklos, Audmar würde sich nicht einmal die Mühe machen, ihm seinen Unwillen zu übermitteln. Myron Patch? Mehr als zwecklos. Ben Zaum? Er mochte in der Lage sein, fünf- oder zehntausend SVE aufzutreiben, mehr nicht ... Gersen nahm eines der alten Magazine zur Hand, blätterte durch die Seiten ... Ein Gesicht blickte ihn an, eines, welches er wiederzuerkennen meinte. Gersen sah hinunter auf die Überschrift. Der Name, Daeniel Trembath, war ihm unbekannt ... Seltsam, Gersen blätterte weiter. Das Gesicht ähnelte außergewöhnlich dem von ... von wem? Gersen blätterte zurück zu dem Gesicht. Er hatte den Mann unter dem Namen »Herr Hoskins« gekannt; er hatte seine Leiche von Bissoms Ende zurückgebracht. Gersen las alles:

Daeniel Trembath, *Erzdirektor der Bank von Rigel, nun im Ruhestand. Einundfünfzig Jahre hat seine Exzellenz der Direktor der großen Bank und den Menschen des Concourses gedient. Vorige Woche hat er seinen Rücktritt bekannt gegeben. Was sind seine Pläne für die Zukunft? »Ich werde mich ausruhen. Ich habe lange und hart gearbeitet, vielleicht zu hart und zu lange. Nun will ich mir Zeit nehmen, um die Aspekte des Lebens zu genießen, welche mir durch meine Verantwortung versagt geblieben sind.«*

Gersen blickte auf das Datum des Magazins. Es war *Cosmopolis* vom Januar 1525. Drei Monate später war Trembath verschwunden. Etwa eine Woche später war er tot, durch die Hand von Billy Windle – der Kokor Hekkus sein mochte – auf einer unangenehmen kleinen Welt im Jenseits. Gersen, nun hellwach, dachte über die Monate zurück. Weshalb würde der zurückgetretene Erzdirektor der großen Bank von Rigel so weit reisen, um derart geheimnisvoll mit dem Mann zu handeln, der sich Billy Windle nannte? Trembath hatte sich fortwährende Jugend gewünscht: Was hatte er im Tausch dafür angeboten? Gerade aufgrund der Natur seiner Laufbahn konnte es nichts anderes gewesen sein als Geld. Das Treffen in Skouse hatte stattgefunden, kurz nachdem Alusz Iphigenia Zuflucht bei der Intertausch gesucht hatte. Die Verkettung von Orten, Ereignissen und Personalitäten war interessant. Kokor Hekkus wollte Geld – zehn Milliarden SVE. Daeniel Trembath, Erzdirektor (im Ruhestand) der Bank von Rigel, war das Symbol des Gelds schlechthin – und das der konservativen Ehrbarkeit. Wieso hatte die IPCC seine Rückkehr gewollt, tot oder lebendig? Gewiss hatte Trembath nicht zehn Milliarden SVE gestohlen? Gersen erinnerte sich an das Papierfragment, welches er Herrn Hoskins in Skouse abgenommen hatte. Er versuchte, sich die Worte ins Gedächtnis zu rufen, welche nun mit einem Mal so bedeutungsschwanger waren:

> ... Wellen oder, noch genauer, Dichtebänder. Diese finden sich offenbar aufs Geratewohl, obgleich sie in der Praxis so zufällig vorkommen, dass sie kaum wahrnehmbar sind. Die kritische Aufteilung erfolgt in der Verteilung der Quadratwurzeln der ersten elf Primzahlen. Das Vorkommen von sechs oder mehr solcher Wellen an jeder der bezeichneten Stellen bestätigt ...

Die Schlüsse, die man daraus ziehen konnte, waren atemberaubend. Zudem gab es einen Aspekt bei der Situation, welcher geradezu die Seele der Tragikomik war. Gersen sprang auf die

Beine, schritt im Apartment auf und ab. Falls die Umstände so waren, wie er annahm, wie konnte er aus seinem Wissen Vorteile erlangen?

Er dachte eine Stunde lang nach, formulierte und verwarf verschiedene Pläne. Die Handwerker- und Hobbywerkstatt schien der Schlüssel zu der Situation zu sein. Die geförderten Aktivitäten würden simpel und einfach zu überwachen sein: Holzschnitzerei, Puppenspiel, Stickerei, Glasschmelzerei. Möglicherweise Fotografie ... Der Morgen verging mit elender Langsamkeit. Gersen saß ausgestreckt im bequemsten seiner Sessel. Eine erfreuliche Abwandlung seines Plans fiel ihm ein; er lachte laut ... Unmittelbar nach dem Mittagessen suchte er den Hobbyraum auf. Es war mehr oder weniger, wie er erwartet hatte: ein großer Raum, ausgerüstet mit Webstühlen, Töpfen mit Modellierton, Farben, Perlen, Draht und verschiedenem anderen Zubehör. Der verantwortliche Aufseher war ein korpulenter Mann in den frühen mittleren Jahren, kahl, mit schmalen, puppenartigen Zügen in einem runden Gesicht. Er beantwortete Gersens Fragen mit einem vernünftigen Grad an Geduld. Nein, es gab keine Einrichtung für Fotoarbeiten. Einige Jahre zuvor sei eine Bemühung in dieser Richtung gemacht worden, doch das Projekt hatte zu nichts geführt: die Ausrüstung beanspruchte zu viel Wartung und hatte zu viel seiner Zeit in Anspruch genommen. Gersen brachte einen feinfühlig vorgetragenen Vorschlag an: Er, Gersen, war gewiss ein Gast für einen Monat oder möglicherweise zwei. Vor seinem Kommen hatte er mit gewissen neuartigen Kunstformen gearbeitet, einschließlich der Fotografie, und er wünsche, seine Aktivitäten fortzusetzen – in einem solchen Ausmaß, dass er gewillt sei, die notwendige Ausrüstung zu kaufen.

Der Aufseher dachte mit feuchtem Schürzen der Lippen nach. Das Projekt schien mit einer großen Menge von Schwierigkeiten verbunden zu sein – für Gersen, für ihn, für jeden daran Beteiligten. In der Theorie wäre es natürlich denkbar, aber – er zuckte vielsagend mit den Schultern. Gersen stieß ein beruhigendes Lachen aus: jegliche Extraarbeit seitens des Aufsehers – wie war

sein Name? Funian Lubby – würde angemessen oder eher noch,
ergänzte Gersen behutsam, großzügig belohnt werden. Lubby
seufzte tief. Die Politik der Intertausch schrieb, innerhalb vernünftiger Grenzen, vollständige Kooperation mit den Gästen vor.
Wenn Herr Wall darauf beharrte, konnte Lubby nur tun, was von
ihm verlangt wurde. Was die Belohnung anbelangte, die Herr Wall
vorgeschlagen hatte, so war sie gegen die Intertauschpolitik, doch
Herr Wall musste der Richter darüber sein, was Recht war. Wie
bald könne Lubby die angemessene Ausrüstung bereitstellen?,
fragte Gersen. Wenn Herr Wall eine Liste und die notwendigen
Mittel zur Verfügung stellte, könnte eine Bestellung an Sagbad,
das größte nahe gelegene Handelszentrum gegeben werden: die
Auslieferung könnte frühestens Morgen erwartet werden, wahrscheinlicher erst am folgenden Tag.

Ausgezeichnet, meinte Gersen. Er setzte sich und erstellte
eine Liste. Sie war lang und enthielt eine Reihe von Artikeln, die
bestimmt waren, Gersens eigentlichen Zweck zu verschleiern.
Lubby schürzte vor Überraschung und unwillkürlicher Missbilligung gewaltig die Lippen. Gersen sagte eilig: »Ich bin mir
bewusst, dass dies enorme Unannehmlichkeiten für Sie bedeutet:
Sind einhundert SVE ein genügend großer Ausgleich für Ihre
Extramühe?«

»Sie verstehen«, erwiderte Lubby ernst, »dass die Bestim-
mungen die Übertragung von Geld zwischen Gästen und Personal
verbietet. In einem Fall wie diesem ist das entsprechende Geld
lediglich ein Mittel der Werkstatt, dringend benötigte Ausrüstung
zur Verfügung zu stellen – da ich vermute, dass Sie diese Artikel
bei Ihrer Abreise hier lassen werden?«

Gersen wollte nicht zu eifrig erscheinen. »Das nehme ich an.
Zumindest einige davon – jene, die ich bei meiner Ausrüstung
zu Hause bereits habe.« Alles in allem war er in höchstem Maße
angespornt. Dass Lubby so offen sprechen konnte, deutete darauf hin, dass die Werkstatt nicht unter Fernüberwachung stand.
»Was, denken Sie, kostet all dies Material und die Ausrüstung?«
erkundigte er sich.

Lubby taxierte die Liste. »Megafotkamera ... Chago-Vergrößerer und -Drucker ... Kugelmikroskop. Alles teure Artikel. Wirrmat-Duplikator ... Wozu wollen Sie den haben?«

»Ich präpariere kaleidoskopartige Permutationen von natürlichen Objekten«, sagte Gersen. »Mitunter werden zwanzig oder dreißig Kopien eines einzigen Drucks benötigt und deshalb halte ich den Duplikator für zweckmäßig.«

»Er wird ein Vermögen kosten«, murrte Funian Lubby, »aber wenn Sie dafür zahlen wollen ...«

»Ja, wenn ich muss«, entgegnete Gersen. »Ich mag es nicht Geld auszugeben, aber zwei Monate ohne mein Hobby mag ich noch viel weniger.«

»Verständlich.« Lubby sah auf die Liste. »Das ist eine beeindruckende Liste von Chemikalien. Ich hoffe nicht«, sagte er mit einem sarkastischen Verziehen der Lippen, »dass Sie vorhaben, das Institut in die Luft zu jagen und mir meinen Lebensunterhalt zu nehmen.«

Gersen lachte über den Scherz. »Ich bin sicher, Sie wissen genug, in dieser Hinsicht vorzubeugen. Nein, es sind keine Explosivstoffe, Korrosionsmittel oder giftige Substanzen darunter: nur Tinten, Farbstoffe, lichtempfindliche Materialien und dergleichen.«

»Ich verstehe. Ich bin keineswegs unwissend, was diese Dinge anbelangt. Ich bin akkreditierter Wissenschaftlicher Akademiker des Boomaraw Collegs auf Lorgan und habe in der Tat Forschungen über den Flachfisch des Neuster-Ozeans angestellt, bis meine Stelle gestrichen wurde – ein weiterer regressiver Trick des Instituts, dessen bin ich sicher.«

»Ja, eine traurige Situation«, stimmte Gersen zu. »Man fragt sich, wo das alles enden soll. Wollen sie aus uns allen Höhlenmenschen machen?«

»Wer weiß, worauf diese erbärmlichen Unzufriedenen hoffen? Ich habe gehört, dass sie langsam Kontrolle über die Jarnell-Gesellschaft erlangen, dass, wenn sie schließlich ihre 51 Prozent sicher haben – dann *hui!* keine Raumschiffe mehr, kein Reisen mehr. Was bedeutet das für uns? Wo bleibe ich? Ohne Stelle, wenn

ich so unglücklich bin und immer noch lebe. Nein, ich spucke auf
diese Leute.«

Gersen hatte den Werkraum inspiziert. »Wo kann ich am
unauffälligsten arbeiten? Vorzugsweise in einer Ecke, wo ich einen
Wandschirm aufbauen kann, um damit das Licht abzuhalten.
Natürlich bin ich bereit, alle Ihre Mühe zu bezahlen. In der Tat,
wenn es einen ungebrauchten Lagerraum oder etwas Ähnliches
gäbe ...«

»Ja.« Funian Lubby zog sich auf die Beine hoch. »Sehen wir
nach. Das alte Bildhauerstudio ist nicht mehr in Gebrauch. Die
Gäste halten heutzutage nichts mehr von ernsthafter Arbeit.«

Das Studio war achteckig, die Wände waren aus braun lackiertem
einheimischem Holz, der Boden aus fleckigem gelbem Backstein.
Die Decke erstreckte sich bis zu einem Oberlicht, durch welches
ein gräuliches, nahezu malvenfarbenes Licht fiel. »Ich werde das
Licht abschirmen«, meinte Gersen. »Ansonsten ist der Raum
ziemlich angemessen.« Um den Grad der Freiheit vor Überwa-
chung zu überprüfen, sagte er: »Nun, ich verstehe, dass die Regeln
den Austausch von Geld zwischen Gästen und Personal verbieten.
Dennoch, Regeln sind dazu da, um gebrochen zu werden, und es
ist nicht gerecht, dass Sie Extraanstrengungen unternehmen sollten, ohne Entschädigung dafür zu erhalten. Nicht wahr?«

»Ich glaube, Sie haben meinen Standpunkt exakt wiedergege-
ben.«

»Gut. Dann kümmert das, was in diesem alten Studio vorgeht,
niemanden, außer Sie und mich, etwas. Ich bin zwar kein wohlhabender Mann, aber auch nicht geizig und gewillt, für meine
Vergnügungen zu bezahlen.«

Er holte sein Scheckbuch hervor und schrieb einen Wechsel in
Höhe von 3.000 SVE auf die Bank von Rigel aus. »Das sollte für
alle Artikel auf der Liste reichen und genug übrig lassen, um Sie
zu entschädigen.«

Lubby blies die Wangen auf. »Das sollte gut und gerne reichen.
Ich werde Ihrem Auftrag besondere Aufmerksamkeit schenken,
und wer weiß? Die Ausrüstung könnte schon morgen hier sein.«

Gersen ging zufrieden davon. Seine Hoffnungen mochten auf einer Reihe falscher Voraussetzungen beruhen – aber geprüft und noch einmal geprüft – fühlte er sich sicher. Wie könnte es anders sein?

Aber er benötigte noch einen weiteren Artikel, den wichtigsten von allen. Diese Aufgabe wollte er nicht Funian Lubby anvertrauen, außer als letzten Ausweg. Er schrieb einen weiteren Wechsel über zwanzigtausend SVE aus und steckte ihn sich in die Tasche.

An diesem Abend erschien Alusz Iphigenia nicht zur Sozialstunde. Gersen kümmerte es nicht. Langsam ging er auf und ab, beobachtete, wartete und dann, als er gerade die Hoffnung aufgeben wollte, erschien Armand Koshiel, der eine Abkürzung über den Hof nahm. Gersen näherte sich ihm so beiläufig wie möglich. »Ich werde am Papierkorb vorbeigehen«, sagte er. »Ich werde ein Stück Papier fallen lassen. Kommen Sie hinter mir her und heben Sie es auf. Sie werden einen Wechsel über zwanzigtausend SVE finden. Besorgen Sie mir eine zehntausend SVE-Note der Bank von Rigel. Behalten Sie die restlichen zehntausend.« Ohne auf eine Erwiderung zu warten wandte er sich ab und schlenderte zum Kiosk. Aus dem Augenwinkel sah er, wie Koshiel leicht mit den Achseln zuckte und seinen Weg fortsetzte.

Am Kiosk kaufte Gersen einen Beutel Süßigkeiten. Am Papierkorb blieb er stehen, warf den Beutel, in welchen er den Bankwechsel gesteckt hatte, beiseite, ging weiter zu einer Bank und setzte sich.

Das zusammengeknüllte Stück Papier neben dem Korb sah groß, weiß und auffällig aus. Da kam Koshiel über den Hof zurück. Er ging zum Kiosk, tauschte einen Scherz mit dem Aufseher aus, wählte seinerseits eine Tüte Süßigkeiten und warf das Papier in Richtung Korb. Er bückte sich danach, hob Gersens Beutel auf, schien sie beide in den Korb fallen zu lassen und ging fort.

Gersen begab sich mit kribbelnden Nerven in sein Apartment. Der Plan war in die Tat umgesetzt. Zu viel Optimismus wäre töricht, aber so weit war alles gut gegangen. Ein verborgener

Monitor mochte Koshiel beim Aufheben des Bankwechsels beob-
achtet haben, Funian Lubby mochte ihn zu sehr beaufsichtigen
oder zu viel neue Ausrüstung die Aufmerksamkeit von weniger
freundlichen Leuten als Lubby wecken. Dennoch – so weit, so
gut.

Am folgenden Tag blickte er kurz in den Werkraum. Lubby war
mit zwei Kindern beschäftigt, die sich in ihrer Langeweile dem
Basteln von Masken zugewandt hatten. Die Ausrüstung würde
nicht vor dem nächsten Morgen geliefert werden, sagte Lubby
und Gersen ging wieder.

Die abendliche Sozialstunde verging, ohne dass Koshiel oder
Alusz Iphigenia in Erscheinung traten. Am folgenden Tag fand
Gersen, als er nach dem Frühstück in sein Apartment kam, einen
Umschlag auf dem Tisch, der eine grün-rosa 10.000-SVE-Note
enthielt. Gersen prüfte sie mit einem Falschmeter, das ihm,
zusammen mit einigen anderen persönlichen Gegenständen, zu
behalten erlaubt worden war. Das Falschmeter gab eine zufrie-
denstellende Bestätigung. So weit, so gut. Gersen wagte keine
weiteren Experimente. Er mochte selbst jetzt unter Beobachtung
stehen. So weit, so gut. Aber seine Ausrüstung war immer noch
nicht eingetroffen, und Funian Lubby schien schlechter Laune zu
sein. Gersen kehrte, vor Ungeduld brodelnd, in sein Apartment
zurück. Noch nie war ein Tag so langsam vergangen, obwohl der
Sasani-Tag glücklicherweise nur einundzwanzig Stunden lang war.

Am folgenden Nachmittag deutete Funian Lubby mit einem
leutseligen Wedeln der dicken Hand auf eine Reihe von Kartons.
»Da sind sie, Herr Wall. Eine hübsche Sammlung Ausrüstung,
und Sie können mit ganzer Kraft an Ihre Prismen und Kaleidos-
kope gehen, was immer Sie damit auch tun wollen.«

»Vielen Dank, Herr Lubby, da freue ich mich sehr!«, entgegnete Gersen. Er trug die Kartons in das alte Bildhauerstudio und
packte sie unter Mithilfe des vor Freude summenden Lubbys aus.

»Ich bin begierig darauf, Ihre Arbeit zu sehen«, bemerkte
dieser. »Man kann immer lernen, und das hier ist eine Kreativ-
technik, die ich vorher noch nie gesehen habe.«

»Es ist ein sehr detaillierter Prozess«, bemerkte Gersen. »Einige Leute finden ihn sogar langweilig, aber ich erfreue mich an langsamer, sorgfältiger Arbeit. Der erste Schritt, denke ich, wird sein, das Oberlicht zu schließen und die Tür gegen Lichteinfall zu sichern.«

Lubby hielt die Leiter fest, während Gersen dunklen Stoff vor das Oberlicht spannte. Anschließend bereitete er ein Schild vor, auf dem stand: *Fotografische Dunkelkammer – vor Eintritt klopfen* und befestigte es an der Tür. »Jetzt«, beschied er, »bin ich bereit anzufangen.«

Er überlegte. »Ich denke, ich beginne mit einem Abzug in Grün und Rosa.«

Während Lubby mit lebhaftem Interesse zusah, fotografierte Gersen mit großem Ernst eine Nadel, vergrößerte sie um das Zehnfache und präparierte eine Meisterkopie, von der er auf dem Autolithen dreißig Kopien in Grün und dreißig in Rosa anfertigte.

»Was kommt als Nächstes?« fragte Lubby.

»Nun kommen wir zum arbeitsamen Teil der Aufgabe. Jede dieser Nadeln muss sorgfältig aus dem Hintergrund ausgeschnitten werden. Dann stelle ich, mit den Nadeln und den nadelförmigen Löchern, die Wiederholung her. Wenn Sie möchten, können Sie ausschneiden, während ich die richtige Tintenfarbe mische.«

Lubby blickte zweifelnd auf den Stapel Drucke. »Das alles muss ausgeschnitten werden?«

»Ja, und zwar sehr sorgfältig.«

Lubby begab sich ohne Begeisterung an die Arbeit. Gersen beobachtete ihn genau, gab Ratschläge und betonte die Notwendigkeit absoluter Genauigkeit. Mit dem von Lubby ausgeliehenen Rechenschieber berechnete er danach die Quadratwurzeln der ersten elf Primzahlen: die Werte lagen bei 1 bis 4,79. Lubby hatte inzwischen drei Nadeln ausgeschnitten und dabei einen kleinen Fehler begangen. Gersen beschwerte sich betrübt. Lubby legte die Schere beiseite. »Das alles ist äußerst interessant, aber ich fürchte, ich muss mich um andere Angelegenheiten kümmern.«

Sobald er gegangen war, verglich Gersen die 10.000 SVE-Note

mit den rosa und grünen Nadeln, passte die Farben an, fügte ein Beizmittel und einen Katalysator hinzu und druckte weitere Nadeln aus.

Er blickte in das äußere Studio. Lubby war mit den Kindern beschäftigt. Gersen legte die Note unter das Mikroskop und forschte – wie es viele Tausende vor ihm getan hatten – mit dem Auge, um das Geheimnis der Authentizität zu entdecken. Wie die Tausende vor ihm, entdeckte er keine solche Eigenschaft. Jetzt – das Schlüsselexperiment, von dem der Erfolg des gesamten Projektes abhing. Er wählte ein Papier, welches von Dichte und Gewicht dem der Note gleichkam und schnitt ein Rechteck in der Größe der Note hinein: exakt 12,7 × 6,35 Zentimeter. Er ließ das Papier durch das Falschmeter laufen – das Alarmlicht leuchtete. Nun markierte Gersen entlang der Längsseite des Papierrechtecks Punkte in Übereinstimmung mit den von ihm errechneten Quadratwurzeln. Als Nächstes legte er ein Lineal über das Papier und kerbte mit einer Nagelspitze ein Kreuz zwischen jedem Punktepaar – dadurch hoffte er, die Fasern zu »kräuseln« und zu »pressen«. Mit zitternden Fingern hob er das Falschmeter an ... Die Tür wurde geöffnet; in den Raum trat Funian Lubby. In einer Bewegung ließ Gersen Falschmeter, Banknote und Papierrechteck in seine Tasche gleiten. Mit einer weiteren nahm er Schere und Drucke auf und simulierte aufmerksame Geschäftigkeit. Lubby war enttäuscht herauszufinden, dass mit so viel an Ausrüstung so wenig hergestellt worden war. Er äußerte etwas in diesem Sinne. Gersen erklärte, dass er gewisse ästhetische Gesetze noch einmal berechnet hätte: ein langwieriger Prozess. Wenn Lubby mochte, konnte er den Prozess beschleunigen, indem er weitere Nadeln ausschnitt, sehr sorgfältig. Lubby erklärte sich nicht in der Lage, weitere Hilfe zu geben. Während er zusah, schnitt Gersen einige der Nadeln aus und arrangierte sie mit äußerster Sorgfalt auf der Tischplatte. Lubby schaute sich die rosa und grünen Testtafeln an, die Gersen unter eine Lampe gelegt hatte. »Sind dies die beiden einzigen Farben, die Sie verwenden wollen?«

»Zumindest für diese eine Komposition«, entgegnete Gersen.

»Rosa und Grün, obwohl sie etwas plump oder gar naiv erscheinen mögen, sind für meine Zwecke absolut wesentlich.«

Lubby knurrte. »Sie erscheinen besonders farblos – wie ausgebleicht.«

»Genau«, sagte Gersen. »Ich habe den Pigmenten gewisse Mittel zugegeben; es scheint, dass das Licht dazu neigt, sie auszubleichen.«

Bald darauf kehrte Lubby in den Hauptraum zurück. Gersen holte das Falschmeter hervor und ließ das Papierrechteck durch den Schlitz laufen. Kein rotes Licht, sondern vielmehr das herzerwärmende Summen der Authentizität: die schönste Musik in Gersens Leben.

Er blickte auf die Uhr: Die Zeit war beinahe um, keine Möglichkeit mehr für weitere Arbeiten.

Während der Sozialstunde erschien Alusz Iphigenia, um sich abseits im hinteren Teil des Hofes zu halten. Gersen versuchte nicht, sich ihr zu nähern und ihr schien, soweit er es beurteilen konnte, seine Existenz gleichgültig zu sein … Er hatte sie für unscheinbar gehalten! Er hatte ihre Züge als uninteressant eingeschätzt! Sie waren perfekt: Sie war das hinreißendste Wesen, das er je gesehen hatte. Zehn Milliarden SVE? Ein Hungerlohn! Er könnte Kokor Hekkus Urteilsfähigkeit beinahe loben … Gersen konnte es kaum abwarten, in die Werkstatt zurückzukehren.

Aber am folgenden Nachmittag war Funian Lubby äußerst lästig. Niemand anderes war anwesend, und zwei Stunden lang saß Lubby aus hervorstehenden Augen gaffend und fasziniert da, während Gersen Papiernadeln ausschnitt, sie mit stirnrunzelnder Konzentration gestaltete und umgestaltete. Seine ganze Seele schmerzte vor dem Wunsch, dass Lubby endlich verschwand.

Der Tag war vergebens; Gersen verließ die Werkstatt kochend vor unterdrücktem Zorn.

Am folgenden Tag erging es ihm besser. Lubby war beschäftigt. Gersen fotografierte die Banknote mit abgedeckter Seriennummer und druckte zweihundert Kopien mit sorgfältig vorbereiteten Tinten. Am Tag danach schloss er unter dem Vorwand, große Flächen

fotosensitiven Papiers zu bearbeiten, die Tür ab. Dann fertigte
er eine Schablone, prägte die neuen Noten und verwendete eine
Spielzeugpresse, um die neuen Seriennummern zu drucken. Die
Noten sahen so aus wie die echten; sie fühlten sich etwas anders
an – aber was machte das schon? Das Falschmeter war zufrieden.

Als Gersen sein Mittagessen aß, dachte er über sein letztes Problem nach: Wie sollte er seine Gebühr einlösen, ohne Verdacht zu
erregen. Stellte er sich lediglich im Büro vor, würde die Frage auf-
kommen, wie er in den Besitz des Geldes gelangt sei ... Er konnte
sich keinen praktischen oder durchführbaren Weg vorstellen, wie
ihm ein Paket zugestellt werden könnte. Gewiss konnte er Koshiel
nicht so viel Geld anvertrauen.

Er stellte fest, dass er mehr Informationen benötigte. Während
der Sozialstunde ging er zum Büro des Hilfsordinators, einem
wieselgesichtigen Mann, der die dunkelblaue Intertauschuniform
trug, als sei sie ein Privileg. Gersen setzte eine besorgte Miene auf.
»Ich habe so etwas wie ein Problem«, sagte er zum Ordinator.
»Es ist mir berichtet worden, dass ein alter Freund von mir hier-
herkommt, um einen der Gäste einzulösen. Kann es eingerichtet
werden, dass ich im Büro vorbeischaue, wenn der Bus vom Raumhafen ankommt?«

Der Ordinator runzelte die Stirn. »Das ist eine etwas irreguläre
Anfrage.«

»Das ist mir bewusst«, erwiderte Gersen, »allerdings ist die
Politik der Intertausch, das Einlösen von Gebühren zu erleichtern, was hier der Fall ist.«

»Nun gut«, meinte der Ordinator. »Seien Sie morgen unmittelbar nach dem Morgenmahl hier im Büro und ich werde die
Angelegenheit arrangieren.«

Gersen begab sich zum Gelände, ging auf und ab und trank
Unmengen von Wein, um seine Nerven zu beruhigen. Die Nacht
verging. Er würgte einige wenige Bissen seines Frühstücks hinunter und hastete zum Büro des Ordinators, der vorgab das
Arrangement vergessen zu haben. Gersen brachte seinen Fall
geduldig noch einmal vor.

»Oh! Nun gut«, sagte der Ordinator. »Ich vermute, wir können nicht erwarten, dass jede Einlösung durch die angemessenen Kanäle geschieht.« Er führte Gersen zu einem Vorzimmer der Rezeption. Hier warteten sie.

Der archaische alte Bus fuhr vor und entließ acht Passagiere. Hintereinander marschierten sie in die Rezeption.

»Nun?« fragte der Ordinator. »Ist einer von diesen Ihr Freund?«

»Ja, in der Tat«, sagte Gersen. »Dieser kleine Mann mit der blauen Hauttönung. Ich werde nur ein oder zwei Worte mit ihm wechseln und er arrangiert meine Einlösung.« Bevor der Ordinator Einspruch einlegen konnte, ging Gersen hinaus in die Rezeption und näherte sich dem Mann, den er sich ausgesucht hatte. »Entschuldigen Sie, sind Sie nicht Myron Patch aus Patris?«

»Nein, mein Herr. Diese Person bin ich nicht.«

»Mein Fehler.« Gersen wandte sich, mit einem Umschlag in der Hand, wieder dem Ordinator zu. »Alles ist gut. Er hat mir Geld mitgebracht. Ich bin ein freier Mann.«

Der Ordinator knurrte. Das Ereignis erschien ziemlich eigentümlich – aber waren eigentümliche Ereignisse nicht Teil des Lebens? »Ihr Freund ist gekommen, um Sie einzulösen und jemand anderen auch?«

»Ja. Er ist Mitglied des Instituts und schert sich nicht darum, allzu viel Höflichkeit an den Tag zu legen.«

Wieder knurrte der Ordinator. Alles war erklärt – zumindest schien alles erklärt zu sein. »Nun gut«, bekundete er, »wenn Sie Ihr Geld haben, gehen Sie sich einlösen. Ich werde ein Wort mit dem Schreiber wechseln, da der Vorgang etwas irregulär ist.«

Als der Bus die Intertausch verließ, war Gersen an Bord. In Nichae mietete er einen Luftwagen und wurde zur Stadt Sagbad gebracht.

Fünf Tage später kehrte Gersen, mit schwarzer Hauttönung, einer schwarz-braunen Tunika und schwarzer Kniehose, an Bord des antiken Busses zur Intertausch zurück. Er ging in das ihm nun

vertraute Büro und überließ sich dem Diensteifer des Schreibers.
»Und wen wünschen Sie einzulösen?«

»Alusz Iphigenia Eperje-Tokay.«

Des Schreibers Augenbrauen hoben sich. »Sie, mein Herr, sind
Kokor Hekkus?« Er sprach mit Ehrfurcht.

»Nein.«

Der Schreiber vollführte nervöse Bewegungen. »Die Gebühr
ist hoch. Zehn Milliarden SVE.«

Gersen öffnete den flachen schwarzen Koffer, den er bei sich
hatte und holte Banknoten-Pakete in Höhe von 100.000 SVE hervor: den größten Noten, die sich in Umlauf befanden. »Hier ist
das Geld.«

»Ja, ja … Aber – nun, ich muss Sie informieren, dass Kokor
Hekkus bereits über neun Milliarden SVE bei uns eingezahlt hat.«

»Hier sind zehn Milliarden. Zählen Sie.«

Der Schreiber gab einen aufgeregten Laut von sich. »Sie handeln
entsprechend Ihres guten Rechts. Der Gast ist zugegebenermaßen
›verfügbar‹.« Mit zitternden Fingern berührte er die Banknoten.
»Ich werde Hilfe benötigen, um so viel Geld zu zählen.«

Es zu zählen und zu falschmetern beschäftigte sechs Männer
einige Stunden. Der Schreiber unterzeichnete die Quittung mit
einem nervösen Schnörkel. »Nun gut, mein Herr, bitte sehr. Ich
werde nach dem Gast schicken, dessen Gebühren Sie eingelöst
haben. Sie wird sofort hier sein.« Und in seinen Bart murmelnd:
»Kokor Hekkus wird das nicht erfreuen. Irgendjemand wird leiden müssen.«

Zehn Minuten später traf Alusz Iphigenia im Büro ein. Ihr
Gesicht war angespannt und wild; ihre Augen leuchteten vor
Furcht. Sie starrte Gersen an, ohne ihn zu erkennen. Dann ging
sie zur Tür, als wolle sie hinaus in die Wüste laufen. Gersen hielt
sie zurück. »Beruhigen Sie sich«, sagte er zu ihr. »Ich bin nicht
Kokor Hekkus. Ich habe es nicht auf Sie abgesehen: Betrachten
Sie sich als sicher.«

Sie sah ihn ungläubig an, blickte noch einmal, und nun meinte
Gersen, hatte sie ihn erkannt.

»Da gibt es noch eine andere Angelegenheit«, ließ sich der Schreiber vernehmen. Er wandte sich an Alusz Iphigenia. »Da Sie in der eigenartigen Eigenschaft Ihrer eigenen Bürgschaft handeln, gehört das Geld Ihnen, abzüglich 12,5 Prozent Gebühr.«

Alusz Iphigenia starrte ihn, augenscheinlich verständnislos, an. »Ich schlage vor«, sagte Gersen, »dass Sie einen Bankwechsel vorbereiten, damit sie nicht so viel an übertragbarer Währung mitführen muss.«

Es gab einen Hagel an Rückfragen, Schulterzucken und Gebärden. Schließlich wurde der Wechsel auf die Planetarische Bank von Sasani in Sagbad ausgestellt, in Höhe einer Summe von 8.749.993.581 SVE: zehn Milliarden abzüglich 12,5 Prozent, abzüglich Kosten von 6.419 SVE für spezielle AA-Unterbringung.

Gersen prüfte das Dokument mit Argwohn. »Ich nehme an, dies ist ein gültiger Wechsel? Sie besitzen die nötige Deckung?«

»Natürlich«, erklärte der Beamte. »Tatsächlich hat Kokor Hekkus eine um einiges höhere Summe auf unser Konto eingezahlt.«

»Nun gut«, beschied Gersen, »das ist akzeptabel.« Er wandte sich an Alusz Iphigenia. »Kommen Sie. Der Bus wartet.«

Sie zögerte immer noch, blickte nach links und rechts, als überlege sie erneut eine Flucht durch die Da'ar-Rizm. Doch nun traf sie eines der schwarzen fliegenden Insekten und klammerte sich an ihren Arm; sie streifte es mit einem verängstigten Aufschrei ab.

»Kommen Sie«, forderte Gersen sie erneut auf. »Sie können zwischen Kokor Hekkus, den Insekten und mir wählen, und ich werde Sie weder vergewaltigen noch bei lebendigem Leibe verschlingen.«

Ohne weiteren Protest folgte sie ihm zum Bus. Kurz darauf schlingerte, röhrte und rumpelte dieser: Die Intertausch wurde zu einem weißgrauen Wirrwarr, den man durch den Staub nur verschwommen erspähen konnte.

Sie saßen nebeneinander im schlingernden Bus. Dann warf Alusz Iphigenia Gersen einen verwirrten Seitenblick zu. »Wer sind Sie?«

»Kein Freund von Kokor Hekkus.«

»Was haben Sie – was haben Sie mit mir vor?«

»Nichts Unehrenhaftes.«

»Wohin sind wir unterwegs? Sie verstehen das Wesen von Kokor Hekkus nicht. Er wird uns bis zum Rand der Galaxis verfolgen.«

Gersen gab dazu keinen Kommentar ab. Die Unterhaltung kam zu einem Ende. In Wahrheit fühlte Gersen sich nicht allzu sicher. Sie waren immer noch in Gefahr, abgefangen zu werden. Aber die Reise über die Ödlande verlief ohne Zwischenfall.

Der Bus holperte in Sul Arsam ein; sie bestiegen das wartende Luftschiff und gingen nicht lange danach auf dem Raumhafen Nichae nieder. An der Seite stand die neue Armintor Sternenspring, die Gersen in Sagbad gekauft hatte. Alusz Iphigenia zögerte, bevor sie an Bord ging, dann zuckte sie fatalistisch mit den Schultern.

In Sagbad kam es bei der Planetarischen Bank zu einer weiteren Verzögerung. Die Intertausch gab lediglich eine zauderliche und besorgte Verifikation, weil sie spürte, dass es nicht mit rechten Dingen zuging, aber nicht den Finger darauflegen konnte. Verhalten sagte der Präsident der Planetarischen Bank zu Gersen: »Wegen einer Reihe außerordentlicher Umstände haben wir die Summe in unseren Tresoren. Sie repräsentiert eine Reihe großer Einzahlungen von der Intertausch. Es sind Noten von verschiedensten Nennwerten ...«

»Einerlei, wir akzeptieren Ihre Zählung«, erwiderte Gersen.

Das Geld, Kokor Hekkus mühsam angehäufter Schatz, wurde in vier Koffer gepackt und in den gemieteten Luftwagen getragen.

Nun kam der Hauptkassierer auf den Vorplatz gelaufen. »Eine Mitteilung der Intertausch! Für Herrn Wall!«

Gersen beherrschte den Impuls, die Flucht zu ergreifen. Er kehrte in die Bank zurück. Auf dem Bildschirm des Visifons erschien das Gesicht des Direktors. Dahinter stand ein Mann, den Gersen nicht kannte.

»Herr Wall«, meinte der Direktor, »es hat Schwierigkeiten

gegeben: Dies hier ist Achill Gogan, der Kokor Hekkus repräsentiert. Er wünscht aufrichtig, dass Sie in Sagbad warten, bis er in der Lage ist, sich mit Ihnen zu beraten.«

»Sicher«, entgegnete Gersen. »Er soll im Hotel *Alamut* nach uns fragen.«

Gersen verließ die Bank und bestieg den Luftwagen, in dem Alusz Iphigenia bedrückt mit dem Geld gewartet hatte. »Zum Raumhafen«, sagte er zum Piloten.

Zwanzig Minuten später lag Sasani hinter ihnen. Nachdem er den Interspleiß eingeschaltet hatte, fühlte sich Gersen endlich sicher. Die Erleichterung war berauschend. Er setzte sich auf ein Sofa und fing an zu lachen. Alusz Iphigenia, auf der anderen Seite der Kabine, sah mit wachsamem Interesse zu. »Weshalb lachen Sie?«

»Darüber, wie wir eingelöst worden sind.«

»›Wir‹?«

Also hatte sie ihn letztendlich doch nicht erkannt. Gersen kam langsam durch die Kabine, und sie wich misstrauisch einige Zentimeter zurück. »Eines Abends habe ich Sie auf dem Hof angesprochen«, sagte Gersen.

Sie musterte ihn. »Jetzt erinnere ich mich an Sie. Der ruhige Mann, der im Schatten gesessen hat. Wie haben Sie so viel Geld aufgetrieben?«

»Ich habe es selbst gedruckt – und das ist es, worüber ich mich amüsiere.«

Sie starrte ihn verwirrt an. »Aber die Noten wurden doch geprüft! Sie haben es akzeptiert!«

»Genau. Aber das ist der größte Witz von allen: es ist Bleichmittel in der Tinte. In einer Woche werden sie nichts mehr haben. Das Geld, das ich Kokor Hekkus gezahlt habe, wird dann leeres Papier sein. Die zehn Milliarden SVE werden blankes Papier sein. Ich habe Kokor Hekkus betrogen! Ich habe die Intertausch betrogen! Sehen Sie: hier ist Kokor Hekkus' Geld!«

Alusz Iphigenia betrachtete ihn leidenschaftslos, dann wandte sie ihren Blick zurück in Richtung Sasani. Sie lächelte: ein nachdenkliches Lächeln. »Kokor Hekkus wird böse sein. Kein lebender Mensch hat solche außergewöhnlichen Gefühle wie Kokor Hekkus.« Sie warf Gersen einen Blick mit so etwas wie Verwunderung zu. »Er wollte zehn Milliarden ausgeben, um mich zu gewinnen – weil ich diese Summe zu meinem Preis gemacht habe. Und nachdem er mich gekauft hätte ...«, sie erschauerte, »... hätte er einen Nutzen im Wert von zehn Milliarden SVE aus mir bezogen, auf die ein oder andere Weise. Wenn er Sie erwischt, ist das, was er tun wird – undenkbar.«

»Wenn ich ihn nicht vorher töte.«

»Das wird schwierig sein. Sion Trumble ist der klügste Kriegsherr von Thamber und ihm ist es nicht gelungen.«

Gersen ging zur Kombüse und holte eine Flasche Wein und zwei Kelchgläser. Alusz Iphigenia vollführte zunächst eine verneinende Gebärde, überlegte es sich dann jedoch anders und nahm das Kelchglas an. Gersen fragte: »Wissen Sie, weshalb ich Sie eingelöst habe?«

»Nein.« Aber sie zappelte unbehaglich und langsam überzog Röte ihr Gesicht. Niemals, dachte Gersen, hatte sie schöner ausgesehen. »Weil Sie mich nach Thamber führen können, wo ich Kokor Hekkus finden und töten werde.«

Die Röte flaute allmählich ab. Sie kostete den Wein, starrte überlegend in das Kelchglas. »Ich möchte nicht nach Thamber zurückkehren. Ich fürchte mich schrecklich vor Kokor Hekkus. Er wird jetzt verrückt sein vor Ärger.«

»Nichtsdestotrotz ist das der Ort, wohin wir gehen müssen.«

Sie schüttelte gedankenvoll den Kopf. »Ich kann Ihnen nicht helfen. Wo Thamber zu finden ist, weiß ich nicht.«

KAPITEL IX

Der gefangene Revolutionär Tedoro
ermahnt seine Mitgefangenen:

> Lasst nichts zu! Weicht nicht einen Zentimeter zurück!
> Esst das Essen, was sie euch geben, gesteht ihnen nicht mehr
> zu! Was anderes sind sie als Schurken? Schande über sie!
> Trotzt ihnen! Zögern ist wie ein Riss im Stahl. Wollt ihr,
> dass sie euch in dieser und jener Richtung biegen bis ihr
> entzweibrecht? Gesteht nichts zu, weicht nicht! Wenn der
> Kommandant euch gestattet zu sitzen, bleibt stehen! Wenn
> er euch liniertes Papier gibt, worauf ihr schreiben sollt,
> schreibt quer über die Linien!

~

Gersen starrte Alusz Iphigenia ungläubig an. Dann sprang
er hinauf zum Kontrolldeck und schaltete den Interspleiß
ab. Das Gefüge des Schiffes stieß einen betroffenen, beinahe
menschlichen Seufzer aus, die Haut auf ihren Körpern schien zu
zucken.

Die Motoren schwiegen; die Armintor Sternenspring trieb frei
im Raum.

Aquila GB 1202 schien weit achteraus, auf der Schwelle der psy-
chologischen Unterscheidung zwischen Sonne und Stern.

Gersen ging in den vorderen Teil des Schiffes, duschte sich die
schwarze Hautfärbung ab und zog seine übliche Raumkluft an:
kurze Hose, Sandalen, ärmelloses Trikot. Er kehrte in den Salon
zurück, um Alusz Iphigenia so auf den Boden starrend dasitzend
vorzufinden, wie er sie verlassen hatte.

Gersen sagte nichts, setzte sich aber ihr gegenüber auf die Bank und nippte gedankenvoll an seinem Wein. Schließlich sprach sie. »Weshalb haben Sie den Antrieb ausgeschaltet?«

»Es hat keinen Zweck, aufs Geratewohl zu reisen. Da wir kein Ziel haben, können wir genauso gut hierbleiben.«

Sie hob die Schultern und blickte finster drein. »Behalten Sie das Geld. Bringen Sie mich zur Erde. Ich habe keine Lust, töricht hier im Raum herumzuhängen.«

Gersen schüttelte den Kopf. »Ich habe Ihre Gebühr unter großem Risiko für meine Person eingelöst – vor allem, um die Örtlichkeit von Thamber zu erfahren. Außerdem finde ich Sie als Frau attraktiv. Ich stimme Kokor Hekkus zu: Sie sind zehn Milliarden SVE wert.«

Alusz Iphigenia sagte verärgert: »Sie glauben mir nicht! Es ist eine Tatsache: Ich könnte nicht nach Thamber zurückkehren, selbst wenn es der größte Wunsch meines Lebens wäre!«

»Wie sind Sie von dort fortgekommen?«

»Sion Trumble kaperte ein kleines Raumboot bei einem Überfall auf die Insel Omad, wo sich Kokor Hekkus' Raumhafen befindet. Ich habe das Bedienungshandbuch gelesen, und alles erschien einfach. Als Kokor Hekkus mit Krieg gegen Gentilly drohte, wenn mein Vater mich nicht an ihn abträte, hatte ich zwei Möglichkeiten. Ich konnte mich umbringen oder Thamber verlassen. Ich reiste ab. Im Schiff gab es ein *Handbuch der Planeten*. Es erwähnte Sasani und beschrieb die Intertausch als den einzigen vor Verbrechern sicheren Ort im menschlichen Universum.«

Sie warf Gersen einen vernichtenden Blick zu. »Das stimmt nicht. Offensichtlich ist die Intertausch ein Tummelplatz für Fälscher.«

Gersen nahm die Tatsache mit einem Grinsen zur Kenntnis und füllte sein Weinglas noch einmal auf. Er zögerte, bevor er ihn trank – die Flasche war, während er geduscht hatte, unbeobachtet gewesen: nicht undenkbar, dass die Frau ihn vergiftet hatte. Er stellte das Glas beiseite. »Und wer ist Sion Trumble?«

»Der Fürst von Vadrus, an der Westgrenze von Misk. Wir sollten miteinander verlobt werden ... Er ist ein tapferer Krieger und hat viele bemerkenswerte Taten vollbracht.«

»Ich verstehe.« sann Gersen. »Sie kennen den Weg, den Sie von Thamber nach Sasani genommen haben, nicht?«

»Ich habe die Astrogationsskala auf Sasani eingestellt und Thamber hinter mir zurückgelassen. Ich weiß nur das, mehr nicht. Kokor Hekkus ist der einzige auf Thamber, der ein Raumschiff besitzt.«

»Wie ist der Name Ihrer Sonne?«

»Nur ›Sonne‹.«

»Ist sie etwas orange?«

»Ja. Woher wissen Sie das?«

»Eine Schlussfolgerung. Wie sieht der Nachthimmel aus? Gibt es ungewöhnliche Objekte am Himmel? Nahebei gelegene Doppel- oder Dreifachsterne?«

»Nein. Nichts Ungewöhnliches.«

»Hat es irgendwelche nahe gelegenen Novae gegeben?«

»Was sind ›Novae‹?«

»Sterne, die mit einem Mal explodieren und eine große Menge Licht ausstrahlen.«

»Nein, nichts dergleichen.«

»Was ist mit der Milchstraße? Sehen Sie sie als Band im Himmel oder als eine Wolke oder wie sonst?«

»Ein Streifen Licht strömt während des Winters durch den Nachthimmel: Ist es das, was Sie meinen?«

»Ja. Offensichtlich liegen Sie in Richtung des Randes.«

»Das mag sein.« Alusz Iphigenia war wenig begeistert.

»Was ist mit Traditionen?« fragte Gersen. »Gibt es alte Geschichten von der Erde oder welche von anderen Welten?«

»Nichts Konkretes … Einige Legenden, einige alte Lieder.« Sie betrachtete ihn mit einem Ausdruck, der leicht spöttisch wirkte. »Wie kommt es, dass Ihr Sternverzeichnis und Ihr Handbuch der Planeten Ihnen nicht Auskunft darüber geben können, was Sie wissen wollen?«

»Thamber ist eine verlorene Welt. Wer auch immer Thamber in den alten Tagen regiert hat, hat das Geheimnis gut gehütet. Es gibt nun keine Informationen mehr – bis auf einen Kinderreim:

> *Setz den Kurs, vom alten Hundsstern aus fahr*
> *einen Strich Nord von Achernar,*
> *Lenk Dein Schiff zum Randsaum hin,*
> *und gerade voraus siehst Du Thamber glühn.*«

Alusz Iphigenia lächelte mild. »Den kenne ich auch: den Ganzen.«

»›Den Ganzen‹? Es gibt mehr?«

»In der Tat. Sie haben den Mittelteil ausgelassen. Er geht so:

> *Setz den Kurs, vom alten Hundsstern aus fahr*
> *einen Strich Nord von Achernar,*
> *weiter, bis steuerbord vorab mit Mühn*
> *sechs rote Sonnen zu einer blauen ziehn.*
> *Lenk dein Schiff zu einer Sternenschar,*
> *geformt wie ein krummer Skimitar;*
> *dann unterm Griff zum Randsaum hin,*
> *und gerade voraus siehst Du Thamber glühn.*«

»Aha, aha«, bekundete Gersen. Er erhob sich, sprang hinauf zum Kontrolldeck, richtete die Skala ein und gab die Energie für das Jarnellsystem wieder frei.

»Wohin fahren wir?« erkundigte sich Alusz Iphigenia.

»Zu Sirius – dem Hundsstern.«

»Sie nehmen den Reim ernst?«

»Ich habe keinen anderen Anhaltspunkt. Ich muss ihn ernst nehmen oder die Hände in den Schoß legen.«

»Hmm.« Alusz Iphigenia nippte am Wein. »Wenn das so ist und da ich Ihnen alles gesagt habe, werden Sie mich auf Sirius oder vielleicht auf der Erde absetzen?«

»Nein.«

»Aber – ich weiß nicht mehr, als ich Ihnen bereits gesagt habe!«

»Sie wissen, in welcher Konstellation Thamber ist. Ihr Reim, wenn er jemals genaue Richtungen angegeben hat, ist tausend

Jahre alt oder älter. Sirius und Achernar haben sich beide ver-
schoben. Wir könnten irgendwo in der Nähe von Thamber
herauskommen – hoffentlich innerhalb von zehn oder zwanzig
Lichtjahren. Dann müssen wir den alten Trick der verlorenen
Sternenreisenden anwenden: Sie suchen den Himmel ab, bis sie in
einem Abschnitt ein vertrautes Sternbild finden. Es wird nur eines
geben, und dieses in Miniatur, denn es wird direkt hinter Ihrem
Heimatplaneten sein. Alle anderen Sternbilder werden verzerrt
sein und selbst diese Konstellation wird Sterne haben, die dazwi-
schen liegen, insbesondere die Heimatsonne. Nichtsdestotrotz
– es gibt immer diese eine vertraute Konstellation, nach der man
suchen kann, und wenn man sie gefunden hat, richtet man sich
danach aus und kurz darauf, wenn sie zu ihrer vertrauten Größe
anwächst, ist die Heimatwelt nahe bei der Hand.«

»Was ist, wenn man keine vertraute Konstellation finden
kann?«

»Dann kann man immer noch seinen Weg nach Hause finden.
Man muss auf und ab fliegen, senkrecht zur Ebene der Galaxis, bis
man ihre gesamte Ausdehnung erkennen kann und dann müsste
man Anhaltspunkte finden. Das erfordert viel Zeit, viel Energie,
eine große Abnutzung und Inanspruchnahme des Jarnells. Wenn
etwas schief geht – dann ist man in der Tat verloren, denn man
kann nichts mehr tun und man treibt im Raum und blickt hinunter auf die Heimatgalaxis, die sich unter einem ausbreitet wie
ein Teppich, bis die Energie versiegt und man stirbt.«

Gersen zuckte mit den Achseln. »Ich bin noch nie verlorenge-
gangen.« Er hob das Glas Wein, beäugte es vorsichtig, ging dann
in die Kombüse und holte eine neue Flasche. »Erzählen Sie mir
von Thamber.«

Alusz Iphigenia sprach zwei Stunden, während Gersen sich auf
dem Sofa zurücklehnte und langsam seinen Wein trank. Es war
eine angenehme Erfahrung, zu beobachten und zu lauschen. Für
eine Weile war die Wirklichkeit seiner Existenz weit entfernt ...
Alusz Iphigenia erwähnte Aglabat, die Stadt hinter der Mauer aus

dunkelbraunem Stein und Gersen richtete sich auf. Abgespannt-
heit war eine Gefahr. Der Aufenthalt bei der Intertausch hatte ihm
nicht gutgetan. Er war nachgiebig und leicht ablenkbar geworden
... Nichtsdestotrotz entspannte er sich wieder, nippte am Wein,
lauschte Alusz Iphigenia ...

Thamber war eine wundervolle Welt. Niemand wusste, wann
der erste Mensch eingetroffen war; die Zeit war in der Vergangenheit verloren. Es gab verschiedene Kontinente, Subkontinente,
Halbinseln und einen großen Archipel tropischer Inseln. Alusz
Iphigenia war eine Einheimische von Draszane in Gentilly, einem
Fürstentum am westlichen Rand des kleinsten Kontinents. Im
Osten lag Vadrus, regiert von Sion Trumble, und jenseits davon
das Land Misk. Der Rest des Kontinents, ausgenommen einer
Anzahl von Feudalstaaten an der Ostküste, war eine von Barbaren
bewohnte Wildnis. Auf den anderen Kontinenten herrschten ähnliche Verhältnisse. Iphigenia erwähnte eine Menge von Völkern,
jedes von eigenem Charakter. Einige von ihnen brachten groß-
artige Musik hervor und Festzüge von herzergreifender Grandeur,
andere waren Fetischisten und von Ogern regierte Mörder. In den
Bergen lebten Banditenhäuptlinge und arrogante Lordlinge sicher
in Burgen. Überall gab es der erstaunlichsten Taten fähige Zauberer und Hexer, und eine bizarre Region im Norden des größten
Kontinents wurde von Unholden und Dämonen regiert. Die einheimische Flora und Fauna war komplex, reichhaltig und schön,
zuweilen auch gefährlich. Es gab Seeungeheuer, geschuppte Wölfe
in der Tundra und den schrecklichen Dnazd in den Bergen nördlich von Misk.

Technologie und die Aspekte des modernen Lebens waren auf
Thamber unbekannt. Selbst die Braunen Bersagler von Kokor
Hekkus führten nur Voulguen und Dolche mit sich, während die
Ritter von Misk mit Schwertern und Armbrüsten bewaffnet waren.
Zwischen Misk und Vadrus gab es von Zeit zu Zeit Hader, wobei
Gentilly sich gewöhnlich mit Vadrus verbündete. Sion Trum-
ble war ein Mann von heldenhafter Tapferkeit, allerdings war er
nie in der Lage gewesen, die Braunen Bersagler zu überwinden.

In einer fürchterlichen Schlacht hatte er die Barbaren aus den Skar Sakau zurückgeworfen, woraufhin diese ihre ganze Wut gen Süden richteten, auf das Land von Misk, wo sie Dörfer überfallen, Außenposten zerstört und Vernichtung gebracht hatten.

Gersen hörte verwundert zu. Die romantischen Legenden hinsichtlich Thambers waren nicht übertrieben gewesen; wenn überhaupt, waren sie untertrieben. Er sagte Alusz Iphigenia etwas in diesem Sinne, die mit den Schultern zuckte. »Thamber ist eine Welt der romantischen Taten, gewiss. Die Burgen besitzen große Säle, in denen die Barden singen und Pavillons, wo Maiden zur Musik von Flöten tanzen, doch darunter gibt es Verliese und Folterkammern. Die Ritter, mit ihren Rüstungen und Flaggen, sind ein prächtiger Anblick und dann werden ihnen im Schnee der Skavasteppe von den Skodolak-Nomaden die Beine abgehackt und sie bleiben hilflos liegen, bis die Wölfe sie in Stücke reißen. Die Hexen brauen Liebestränke und die Zauberer lassen den Rauch der Träume aufsteigen und infizieren ihre Feinde mit Gifthauch ... Vor zweihundert Jahren lebten die großen Helden. Tyler Trumble eroberte Vadrus und erbaute die Stadt Carrai, in der nun Sion Trumble regiert. Jadask Dousko entdeckte Misk, das Land der Hirten, und Aglabat, das Fischerdorf. Innerhalb von zehn Jahren hatte er das erste Braune Korps geschaffen und seitdem gibt es Krieg.« Sie seufzte. »In Draszane ist das Leben vergleichsweise ruhig. Wir haben vier uralte Akademien und Hunderte von *bibliothèques*. Gentilly ist ein friedvolles altes Land, aber Misk und Vadrus sind irgendwie anders. Sion Trumble will mich als seine Königin – aber ob es je Frieden und Glückseligkeit geben wird? Oder wird er die Skodolaken, die Tadousko-Oi oder die Seehelme für immer und ewig bekämpfen? Und immer Kokor Hekkus, der nunmehr unversöhnlich sein wird ... «

Gersen schwieg.

Alusz Iphigenia fuhr fort. »Bei der Intertausch habe ich Bücher gelesen – von der Erde und dem Concourse und Aloysius. Ich weiß, wie Sie leben. Und zunächst fragte ich mich, weshalb Kokor Hekkus so lange in Aglabat geblieben ist, weshalb er mit Schwertern gekämpft hat, wenn er die Braunen Bersagler mit Energiewaffen hätte ausrüsten können. Aber es ist kein Geheimnis. Er braucht Gefühle, wie andere Menschen Nahrung. Er sehnt sich nach Aufregung und Schrecken und Hass und Lust. Er findet es im Land von Misk. Aber eines Tages wird er zu viel wagen und Sion Trumble wird ihn töten.« Sie lächelte traurig. »Oder Sion Trumble wird eines Tages eine besonders lächerliche Heldentat versuchen und Kokor Hekkus wird ihn töten – was eine Schande wäre.«

»Hmpf«, meinte Gersen. »Sie haben diesen Sion Trumble gern?«

»Ja. Er ist nett und großzügig und mutig. Er würde nicht einmal daran denken, die Intertausch zu berauben.«

Gersen grinste bitter. »Ich bin mehr von Kokor Hekkus' Schlag ... Was ist mit dem Rest des Planeten?«

»Überall ist es anders. In Birzul unterhält der Godmus einen Harem mit zehntausend Konkubinen. Jeden Tag wirbt er zehn Maiden an und entlässt zehn oder ertränkt sie, wenn er zufällig schlechter Stimmung ist. In Calastang fährt das Göttliche Auge, getragen von einem einen Meter langen und einen Meter hohen zinnoberroten Altar, durch die Stadt. Der Adel von Lathcar unterhält Rennmänner – speziell gezüchtete Sklavenläufer, die für die Lather Renntreffen trainiert werden. Die Tadousko-Oi erbauen ihre Städte auf den höchsten Klippen und steilsten Kliffs und werfen die Verkrüppelten und Gebrechlichen hinunter. Sie sind Thambers hitzigste Krieger, die Tadousko-Oi, und sie haben sich verbündet, um die Mauern von Aglabat zu schleifen. Und sie werden Erfolg haben, weil die Braunen Bersagler ihnen nicht widerstehen können.«

»Haben Sie Kokor Hekkus jemals aus der Nähe gesehen?«

»Ja.«

»Wie sieht er aus?«

»Geben Sie mir Papier und Feder, ich werde es ihnen zeigen.«

Gersen brachte ihr das Schreibmaterial. Sie zeichnete bedächtig Markierungen, dann arbeitete sie rascher. Linie verband Linie, Flächen wurden bestimmt: ein Gesicht blickte von dem Papier

auf. Es war ein intelligentes, wachsames Gesicht. Die Augen, unter
einer hohen glatten Stirn, waren groß und forschend. Das Haar
war füllig, dunkel, glänzend; die Nase war kurz und gerade, der
Mund recht klein. Alusz Iphigenia skizzierte den Torso und die
Beine, um einen Mann von der Größe her etwas über dem Durch-
schnitt, mit breiten Schultern, einer schmalen Hüfte und langen
Beinen darzustellen. Der Körper hätte gut der von sowohl Billy
Windle als auch Seuman Otwal sein können. Das Gesicht ähnelte
in keinem Fall der scharf hervorstehenden Miene von Seuman
Otwal, und Gersen hatte Billy Windle nicht deutlich gesehen.

Alusz Iphigenia beobachte ihn, als er das Bild musterte und
schauderte. »Ich kann Grausamkeit – Töten – Hass nicht verstehen. Sie sind beinahe so erschreckend wie Kokor Hekkus.«

Gersen legte die Skizze beiseite. »Als ich klein war, wurde mein
Zuhause vernichtet und alle meine Verwandten getötet – außer
meinem Großvater. Sogar damals wusste ich bereits, dass der Verlauf meines Lebens vorgezeichnet war. Ich wusste, dass ich, einen
nach dem anderen, die fünf Männer töten würde, die den Überfall
durchgeführt haben. Das ist mein Leben, ich habe kein anderes.
Ich bin nicht böse, ich bin jenseits von Gut und Böse – wie die
Mordmaschine, die Kokor Hekkus gebaut hat.«

»Und ich habe das Unglück, für Sie nützlich zu sein«, stellte
Alusz Iphigenia fest.

Gersen grinste. »Möglicherweise ziehen Sie es vor, lieber mir
nützlich zu sein als Kokor Hekkus, da alles, was ich erbitte, die
Führung nach Thamber ist.«

»Sie sind galant«, entgegnete Alusz Iphigenia, und Gersen
konnte nicht entscheiden, ob ihre Bemerkung eine Spitze hatte
oder nicht.

Weiß brannte Sirius vor ihnen, etwas seitlich davon befand sich
der gelbweiße Stern, welcher die menschliche Rasse hatte gedei-
hen lassen. Alusz Iphigenia betrachtete ihn sehnsüchtig und
wandte sich Gersen zu, als wolle sie ihn um etwas bitten, überlegte
es sich jedoch anders und schwieg.

Gersen deutete auf Achernar, an der Quelle des Flusses Eridanus. »Ein Strich – 11,25° – nördlich befindet sich die Ebene des galaktischen Nordens, einschließlich der Sirius-Achernar-Linie. Aber der Reim muss tausend Jahre alt sein, möglicherweise älter – also begeben wir uns zunächst zu der Position von Sirius vor tausend Jahren, was nicht allzu schwierig ist. Dann berechnen wir Achernars scheinbare Position von vor tausend Jahren – auch nicht allzu schwierig. Wir verwenden die beiden neuen Punkte, richten uns um 11,25° nach Norden aus und hoffen das Beste. Und da ich bereits die Berechnungen angestellt habe ...« Er justierte sorgfältig an der Feineinstellung und Sirius schwang feierlich zur Seite davon.

Kurz darauf setzte der Jarnell-Antrieb aus. Die Sternenspring trieb in ungebrochenem Äther. Gersen richtete den Bug auf den Punkt aus, den Achernar vor tausend Jahren innegehabt hatte. Dann schwang er 11,25° in einer Ebene parallel zur Nord-Süd-Achse der Galaxis herum. »Das geht.« Er schaltete den Interspleiß ein. Die Sternenspring und ihr Inhalt, aller Trägheit und Einsteinscher Beschränkungen ledig, glitt mit beinahe Unmittelbarkeit entlang des erzeugten Bruchs. »Nun müssen wir nach sechs roten Sonnen Ausschau halten. Sie mögen zu einer blauen Sonne ziehen oder nicht, sie mögen rechts vorab sein oder nicht, es sei denn der Reim will, dass die Rücken-Bauch-Ebene des Schiffes parallel ist mit der Nord-Süd-Achse der Galaxis ...«

Die Zeit verflog. Nahe Sterne glitten an entfernteren vorüber, die sich ihrerseits an noch weiter entfernten Lichtflecken vorbeischoben.

Gersen wurde nervös. Er äußerte seinen Zweifel daran, dass Alusz Iphigenia sich richtig an den Reim erinnert habe. Sie erwiderte dies mit einem Schulterzucken, was andeutete, dass weder das eine oder das andere sie besonders kümmerte. Nicht lange danach brachte sie die Vermutung vor, dass Gersen sich bei seinen Berechnungen vertan hätte.

»Wie lange hat Ihre Fahrt zur Intertausch gedauert?« Er hatte sie das zuvor bereits gefragt, aber stets hatte sie ihm eine vage

Antwort gegeben, wie sie es auch jetzt wieder tat. »Ich habe viel geschlafen. Die Zeit scheint schnell vergangen zu sein.«

Gersen begann zu argwöhnen, dass der Reim sie auf eine Irrfahrt geführt hatte, dass Thamber in einem anderen Viertel der Galaxis lag und dass Alusz Iphigenia diesen Umstand sehr wohl kannte.

Alusz Iphigenia war sich Gersens Ungewissheit bewusst und es geschah mit einem Anflug der Rechtfertigung, dass sie nach vorn deutete auf sechs schöne rote Riesen, die nach unten gebogen in Richtung eines großen blauen Sterns aufgereiht waren.

Gersens einziger Kommentar war unwirsch: »Nun, sie scheinen auf unserer rechten Seite zu sein, also sind der Reim und die Berechnungen nicht allzu weit voneinander entfernt.« Er schaltete den Jarnell-Antrieb aus. Die Sternenspring schwebte. »Jetzt: eine Sternenschar, geformt wie ein krummer Skimitar: Wahrscheinlich ein Objekt, das man mit bloßem Auge sehen kann.«

»Dort.« Alusz Iphigenia deutete. »Thamber ist nahebei.«

»Woher wissen Sie das?«

»Die Sternenschar wie ein krummer Skimitar. In Gentilly nennen wir es Gott-Boot. Obwohl es von hier aus anders aussieht.«

Gersen richtete das Schiff auf den »Griff« aus. Wieder schaltete er den Interspleiß ein und das Boot glitt nach vorn. Sie flogen unmittelbar durch die Sternenschar; überall waren Sterne, und dann gelangten sie zu einer nur spärlich besiedelten Region. »Es ist eine Tatsache«, sagte Gersen. »Wir sind am Rand der Galaxis: dem ›Randsaum‹. Irgendwo, gerade voraus, müsste ›Thamber glühn‹.«

Gerade voraus lag eine lose Ansammlung von Sternen.

»Die Sonne ist G8 – orange«, bemerkte Gersen. »Wo ist die orange Sonne? … Dort. Diese.«

Der orange Stern erschien etwas an der Seite und unten. Gersen schaltete den Interspleiß aus. Er justierte das Makroskop, das einen einzigen Planeten offenbarte. Er erhöhte die Vergrößerung: Kontinente und Meere schwammen in den Brennpunkt. »Thamber«, meinte Alusz Iphigenia Eperje-Tokay.

KAPITEL X

Es gibt eine menschliche Eigenschaft, die nicht genau bezeichnet werden kann: möglicherweise die edelste aller menschlichen Eigenschaften. Sie schließt Ehrlichkeit, Großzügigkeit, Verständnis, Feinheit der Unterscheidung, Intensität, Stetigkeit der Absichten und vollkommenes Engagement ein, ist jedoch umfassender. Sie ist die Teilnahme an allen menschlichen Wahrnehmungen, die Erinnerung an die gesamte menschliche Geschichte. Sie ist charakteristisch für jedes große kreative Genie und kann nicht erlernt werden: Lernen in dieser Hinsicht ist Bathos – die Sektion eines Schmetterlings, ein auf die Sonne gerichtetes Spektroskop, die Psychoanalyse eines lachenden Mädchens. Der Versuch zu lernen ist selbstzerstörerisch. Wenn Gelehrsamkeit einkehrt, verschwindet die Poesie. Wie gewöhnlich der Mensch von Intellekt, der nicht fühlen kann! Wie unbedeutend seine Ansichten gegenüber jenen der Bauern, die ihre Stärke, wie Antaios, aus dem emotionalen Sediment der Rasse beziehen! Im Wesentlichen sind die Geschmäcker und Vorlieben der intellektuellen Elite, welche aus dem Lernen stammen, falsch, doktrinär, künstlich, schrill, seicht, ungewiss, eklektisch, langweilig und unaufrichtig.

... *Das Leben*, Band IV, von Unspiek, Baron Bodissey.

—

Die Kritiker diskutieren Baron Bodisseys *Das Leben*:

Ein monumentales Werk, sofern man Monumente mag ... Unweigerlich kommt einem die Laocoön-Gruppe in den Sinn, mit dem guten Baron, der sich gegen die Windungen des gesunden Menschenverstandes richtet, und die ernsthafteren seiner Leser werden bestrebt sein, sich von ihm zu lösen.

... *Pankretische Rundschau*, St. Stephen, Boniface

Schwerfällig verdaut die große Maschine ihre Bündel von Überlieferungen; mahlend, ächzend, bebend bringt sie ihr Erzeugnis hervor: kleine Wölkchen beißenden, mehrfarbigen Dunstes.

... *Excalibur*, Patris, Krokinole

Sechs Bände voller Schimpfkanonaden und Quatsch.

... *Academia*, London, Erde

Ungeheuerlich, irres Zeug, flegelhaft, untragbar ...

... *Der Rigelaner*, Avente, Alphanor

Versprüht Missgunst hinsichtlich der Karrieren besserer Menschen ... Unmöglich, keinen aufrichtigen Ärger zu verspüren.

... *Galaktischer Kurier*, Baltimore, Erde

Verlockend, sich Baron Bodissey bei der Arbeit in seiner von ihm proklamierten arkadischen Heimat vorzustellen, umgeben von bewundernden Ziegenherden.

... *El Orchide*, Serle, Quantique

—

Der Morgen legte sich über dem Kontinent Despaz. Alusz Iphigenia deutete auf die geografischen Gegebenheiten. »Im Süden, der lange Streifen unter den Skar-Sakau-Bergen entlang der Meeresküste – das ist das Land Misk. Aglabat ist kaum zu erkennen, es ist braun und verschmilzt mit der Landschaft, aber es ist da, wo die Küste landeinwärts führt.« Sie zeigte darauf.

»Und wo ist Ihr Zuhause?«

»Im Westen. Zunächst kommt Vadrus, über dem Gebirgsarm. Sie können die Hauptstadt Carrai erkennen: ein Flecken aus Weiß und Grau. Dann kommen noch mehr Berge und Gentilly

liegt jenseits davon. Dort, wo das Sonnenlicht gerade hinfällt –
Gentilly.« Sie wandte sich vom Makroskop ab. »Aber natürlich
werden Sie dort nicht hingehen. Noch nach Carrai.«

»Weshalb nicht?«

»Weil mir weder mein Vater noch Sion Trumble erlauben würden, Ihre Sklavin zu sein.«

Kommentarlos beugte sich Gersen über das Makroskop und
studierte für den größten Teil einer Stunde die Landschaft, während der Planet ins Sonnenlicht rollte.

»Einige Dinge sind klar«, sagte er schließlich, »und einige
Dinge sind nicht so klar. Wie zum Beispiel kann ich mich Kokor
Hekkus nähern, ohne getötet zu werden? Zweifelsohne besitzt er
Radar und sehr wahrscheinlich Himmelsstrahlen, um seine Stadt
zu schützen. Wir müssen irgendwo jenseits der Reichweite von
Aufspürvorrichtungen landen, und die geeignetste Stelle scheint
mir hinter diesen Bergen zu liegen.«

»Und nachdem Sie gelandet sind – was dann?«

»Um Kokor Hekkus zu töten, muss ich ihn erst einmal finden.
Um ihn zu finden, muss ich nach ihm suchen.«

»Was ist mit mir?« beschwerte sich Alusz Iphigenia klagend.
»Ich habe Thamber verlassen, um Kokor Hekkus zu entkommen.
Jetzt bringen Sie mich zurück. Nachdem Sie getötet worden sind,
was gewiss ist, was dann? Muss ich zur Intertausch zurückkehren?«

»Es sieht so aus, als würden unsere Interessen übereinstimmen«, erwiderte Gersen. »Wir beide wollen den Tod Kokor
Hekkus'. Keiner von uns möchte, dass er sich unserer Gegenwart
auf Thamber bewusst ist. Wir werden zusammenbleiben.«

Er wandte die Sternenspring in Richtung Thamber und hielt
sich nördlich der Skar Sakau genannten Berge. Nach sorgfältiger Inspektion des Geländes fand er einen isolierten Sattel unter
einer großen Felsspitze und landete dort. Zur Rechten und zur
Linken ragten weitere windgepeitschte Felsspitzen auf, zusam-
mengeschnürt von Gletschern. Darunter und im Süden erstreckte
sich ein Wirrwarr von Höhenzügen, Klüften, Abgründen: eine so
wilde Region wie Gersen sie bisher nicht gesehen hatte. Während

des Wartens auf den Druckausgleich, ließ er den kleinen Luftwagen aus seiner Bucht herunter, bewaffnete sich mit verschiedenen Waffen und hüllte sich, ähnlich wie Alusz Iphigenia, in einen Umhang. Er öffnete das Luk und sprang hinab auf den Boden von Thamber. Die Sonne war hell, die Luft kalt, der Wind glücklicherweise flau. Alusz Iphigenia gesellte sich zu ihm, um mit einer Miene unterdrückten Hochgefühls umherblickend stehen zu bleiben, als sei sie, trotz ihrer Ängste, glücklich zu Hause zu sein. Sie wandte sich Gersen zu und sprach impulsiv. »Sie sind kein böser Mann, trotz dem, was Sie über sich sagen. Sie haben mich nett behandelt – netter als ich hätte erwarten können. Weshalb geben Sie Ihren fantastischen Plan nicht auf? Kokor Hekkus ist sicher hinter den Mauern von Aglabat, nicht einmal Sion Trumble kann ihn bedrohen. Was könnten Sie ausrichten? Um ihn zu töten, müssten Sie ihn hervorlocken, Sie müssten alle seine grausamen Listen vereiteln. Und vergessen Sie nie, dass es sein größter Wunsch ist, Sie zu treffen.«

»Dessen bin ich mir bewusst.«

»Und Sie beharren immer noch darauf? Sie müssen ein Wahnsinniger sein oder ein Zauberer.«

»Nein.«

»Dann haben Sie Pläne gemacht?«

»Wie kann ich Pläne machen, wenn ich keine Fakten habe? Das ist, wonach wir jetzt suchen werden. Sehen Sie diese Dose?« Er stieß mit dem Zeh gegen eine schwarze Metallkiste. »Aus fünfzehn Kilometern Entfernung kann ich eine Spionzelle nach Aglabat schicken, um zu erfahren, was ich wissen muss.«

Alusz Iphigenia hatte nichts zu erwidern. Gersen taxierte die Sternenspring und die Berge der Umgebung; sicherlich würden keine wandernden Barbaren so hoch oder so weit kommen. Alusz Iphigenia ahnte seine Gedanken und meinte: »Sie bleiben im Süden der Skar, wo ihre Scharen Nahrung finden, wo die Kornspeicher von Misk nahe bei der Hand sind. Wenn wir nach Süden fliegen, werden wir ihre Dörfer sehen. Sie sind die hitzigsten Krieger von allen, sie gebrauchen nur Dolche und die bloßen Hände.«

Gersen packte die schwarze Kiste an Bord des Luftwagens, der, anders als die Flugplattform seines alten Modells 9B, mit einer transparenten Kuppel und bequemen Sitzen ausgestattet war. Alusz Iphigenia trat an Bord, Gersen gesellte sich zu ihr und schloss die Kuppel. Das Boot stieg auf, glitt den Sattel hinunter und anschließend nach Süden zwischen die hoch aufragenden Klippen und Felsspitzen. Niemals zuvor hatte Gersen eine solch Ehrfurcht gebietende Szenerie gesehen. Klippen erhoben sich steil aus einem spaltenförmigen Tal, in dem sich eine matte metallene Ranke eines Flusses wand, nur sichtbar, weil die orangefarbene Sonne im Süden hing. Klüfte öffneten sich in weitere Klüfte; Winde röhrten hindurch, prallten aufeinander und zerrten am Luftwagen. Gelegentlich stürzte ein Wasserfall über den Rand einer Klippe, um auszufransen und zu verwehen wie eine Strähne weißer Seide.

Klippe auf Klippe, Höhenzug auf Höhenzug glitten vorüber und die Tälerlandschaft befand sich im Süden. Weit unten waren Wälder und Wiesen zu sehen und kurz darauf deutete Alusz Iphigenia auf etwas, was wie ein auf eine nahezu kahle Klippe aufgeklebter, komplizierter Felsstreusel wirkte. »Ein Dorf der Tadousko-Oi. Sie werden uns für einen magischen Vogel halten.«

»Solange sie uns nicht abschießen.«

»Sie gebrauchen nur Felsbrocken, die sie auf ihre Feinde rollen und Bogen und Katapulte zum Jagen.« Gersen schlug nichtsdestotrotz einen weiten Bogen um das Dorf und schwang zur gegenüberliegenden Seite der Klippenwand, deren Oberfläche merkwürdig buckelig und pockig erschien. Erst als er nur noch hundert Meter entfernt war, wurde er gewahr, dass er sich einem weiteren Dorf näherte, das sich mit unglaublicher Unsicherheit an den bloßen Fels klammerte. Er erspähte einige dunkle Gestalten; auf einem Dach zielte ein Mann mit einer Waffe auf sie. Gersen fluchte, wich seitwärts aus, aber ein kurzer scharfer Metallpfeil schnitt durch das Vorderteil des Luftbootes, das daraufhin ruckte, schlingerte und dann absackte.

Alusz Iphigenia schrie auf, Gersen zischte durch die Zähne. Nicht einmal zwei Stunden auf Thamber und sie blickten dem

Desaster bereits ins Auge! »Die Fronthubschaufeln sind weg«, bemerkte er im Versuch, beruhigend zu wirken. »Wir sind nicht in Gefahr, haben Sie keine Angst. Wir kehren zum Schiff zurück.«

Aber das war offensichtlich unmöglich: Das Luftboot hing in einem alarmierenden Winkel durch, nur noch gehalten von den Mittel- und Heckhubschaufeln.

»Wir müssen landen«, sagte Gersen. »Vielleicht kann ich den Schaden reparieren ... Ich dachte, Sie hätten gesagt, diese Leute hätten keine Waffen.«

»Es muss eine von Kokor Hekkus erbeutete Armbrust gewesen sein. Ich habe keine andere Erklärung dafür ... Es tut mir wirklich leid.«

»Es ist nicht Ihre Schuld.« Gersen richtete seine gesamte Aufmerksamkeit auf das abstürzende Luftboot und versuchte, es in einer lenkbaren Schräge zu halten, als es ins Tal niederging. Im letzten Moment schaltete er die Heckdüsen aus, kehrte den Schub abrupt um und hielt das Gefährt für einen Moment stabil, sodass sie sicher auf einer Kiesterrasse, fünfzehn Meter über dem Fluss, aufsetzten.

Gersen stieg steif aus und machte sich daran, den Schaden zu inspizieren. Sein Mut sank.

»Wie schlimm ist es?« fragte Alusz Iphigenia bange.

»Sehr schlimm. Ich könnte in der Lage sein, uns zurück zum Schiff zu bringen, dadurch, dass ich die Mittelhubschaufel nach vorn schiebe oder etwas Ähnliches ... Frisch ans Werk.« Er holte die Werkzeuge hervor, welche im Umfang der Standardausrüstung vorhanden waren, und begann mit der Arbeit. Eine Stunde verging. Das mittägliche Sonnenlicht schwand aus dem Tal, blaue Schatten sammelten sich; mit ihnen kam der dunstige, frostige Geruch nach Schnee und feuchtem Stein. Alusz Iphigenia zerrte an Gersens Arm. »Schnell! Verstecken Sie sich! Die Tadousko-Oi.«

Aufgeschreckt ließ Gersen sich in eine Spalte zwischen den Felsen ziehen. Einen Augenblick später sah er einen der seltsamsten Anblicke seines Lebens. Zwanzig oder dreißig große Tausendfüßler kamen das Tal hinunter, geritten von jeweils fünf

Männern. Die Tausendfüßler, bemerkte Gersen, waren dem Fort
ähnlich, welches von der Patch Konstruktionsgesellschaft gebaut
worden war, allerdings viel kleiner. Sie liefen geschmeidig über die
Steine, beinahe fließend. Die Reiter waren ein hässlicher Haufen
– muskulöse Männer, deren braune Haut poliert war wie altes
Leder. Ihre Augen blickten ernst und starr, die Münder waren rau,
die Nasen massiv und gebogen. Sie trugen plumpe Kleidung aus
schwarzem Leder, Helme aus unbearbeitetem Eisen und schwarzem Leder. Jeder führte eine Lanze, eine Axt und einen schweren
Dolch mit sich.

Bei Sichtung des flugunfähigen Luftwagens hielt die Bande
überrascht an. »Wenigstens sind sie nicht ausgesandt worden, um
uns aufzugreifen«, wisperte Gersen.

Alusz Iphigenia erwiderte nichts. Sie waren in der Spalte dicht
aneinandergepresst: selbst in dieser Notlage verspürte er bei dem
Kontakt ein Kribbeln.

Die Tadousko-Oi hatten den Luftwagen umstellt. Eine Anzahl
von ihnen stieg ab und unterhielt sich untereinander in einem
rauen Gemurmel. Sie begannen das Tal auf- und abzuschauen. Es
war nur eine Angelegenheit von Sekunden, bevor einer von ihnen
die Spalte untersuchen würde.

Gersen flüsterte Alusz Iphigenia zu: »Bleiben Sie hier. Ich
lenke sie ab.« Er trat vor und baute sich mit in den Waffenharnisch
gehakten Daumen auf. Für einen Augenblick blieben die Krieger
stehen und starrten ihn an, dann kam einer mit einem kompli-
zierteren Helm als die anderen vor. Er sprach: raue, grollende
Worte, die offenbar aus einer uralten Universalsprache stammten,
für Gersen jedoch unverständlich waren. Die schieferfarbenen
Augen des Anführers – dies schien sein Rang zu sein – schnell-
ten in erneuter Überraschung an Gersen vorbei. Alusz Iphigenia
war hervorgekommen. Sie sprach in einer groben Nachahmung
der Tadousko-Oi-Sprache. Der Anführer antwortete. Die übrigen
Krieger blieben reglos sitzen. Gersen hatte nie zuvor eine unheim-
lichere Szene gesehen.

Alusz Iphigenia sprach zu Gersen. »Ich habe ihm gesagt, dass wir Feinde von Kokor Hekkus sind, dass wir von einer fernen Welt kommen, um ihn zu töten. Der Hetman sagt, dass sie auf einem Raubzug sind, sich mit anderen Banden zusammentun und dass sie vorhaben, Aglabat anzugreifen.«

Gersen taxierte den Hetman erneut. »Fragen Sie ihn, ob er einen Transport zurück zu unserem Schiff zur Verfügung stellen kann. Ich bezahle ihn gut.«

Alusz Iphigenia redete. Der Hetman gab ein Grunzen grimmigen Humors von sich. Er sagte etwas. Alusz Iphigenia übersetzte.

»Er lehnt ab. Die gesamte Truppe ist erpicht auf den großen Raubzug. Er sagt, wenn wir wollten, können wir uns dem Überfalltrupp anschließen. Ich habe ihm gesagt, dass Sie vorziehen, das Luftboot zu reparieren.«

Der Hetman sprach. Gersen schnappte verschiedene Male das Wort »Dnazd« auf. Alusz Iphigenia wandte sich – nach einem merkwürdigen Zögern – Gersen zu. »Er sagt, dass wir die Nacht hier nicht überleben können, dass der Dnazd uns töten wird.«

»Was ist ein ›Dnazd‹?«

»Ein großes Tier. Dieser Ort wird das Tal des Dnazd genannt.«

Wieder sprach der Hetman mit seiner trägen grollenden Stimme. Gersens Ohr, gewöhnt an die tausendeins Dialekte und Varianten der Universalsprache, begann die Heiserkeit und die glottalen Untertöne zu durchdringen. Der Hetman schien nicht feindlich gesinnt zu sein, trotz allem Unheil verkündenen Klang seiner Stimme. Gersen schloss, dass es unter der Würde eines Kriegstrupps wie diesem war, hilflosen Wanderern zuzusetzen. »Sie sagen, sie sind Feinde von Kokor Hekkus«, schien die Essenz seiner Worte gewesen zu sein. »In diesem Fall wird der Mann bestrebt sein, den Kriegstrupp zu begleiten, das heißt, wenn er ein kämpfender Mann ist, wie es sein könnte, trotz seiner ungesunden Blässe.«

Alusz Iphigenia übersetzte. »Er sagt, dass dies ein Kriegstrupp ist. Ihre blasse Hautfarbe vermittelt ihm den Eindruck, Sie seien krank. Er sagt, dass wenn wir wünschen mitzukommen, es in einer niedrigen Stellung sein wird.«

»Hm. Das ist es, was er sagt?«

»In dem Sinne.«

Es war offensichtlich, dass Alusz Iphigenia nicht wünschte, den Trupp zu begleiten. Gersen sagte: »Fragen Sie den Hetman, ob es einen Weg gibt, wie wir zum Schiff zurückkehren können.«

Alusz Iphigenia stellte die Frage. Der Hetman schien zynisch amüsiert zu sein. »Sofern Sie dem Dnazd entkommen und falls Sie Ihren Weg durch einhundertfünfzig Kilometer Berge ohne Nahrung und Schutz finden.«

Alusz Iphigenia übersetzte mit hohler Stimme. »Er sagt, er kann uns nicht helfen: Wir könnten es versuchen, wenn wir wollten.« Sie blickte zum Luftwagen. »Können wir ihn reparieren?«

»Ich glaube nicht. Nicht, wenn ich kein Werkzeug finde. Wir sollten besser mit diesen Leuten gehen – wenigstens bis sich etwas Besseres bietet.«

Zögernd übersetzte Alusz Iphigenia Gersens Worte. Der Anführer stimmte gleichgültig zu. Er winkte, eines der Reittiere, das nur vier Krieger trug, näherte sich. Gersen kletterte hoch auf ein Polster, das als Sattel diente und zog Alusz Iphigenia auf seinen Schoß. Dies war der unmittelbarste Kontakt, den er je mit ihr gehabt hatte, es erschien erstaunlich, dass er sich so lange hatte zurückhalten können. Sie schien ähnliche Gedanken zu hegen und warf ihm einen nachdenklichen Blick zu. Eine Weile blieb sie so starr wie möglich, dann entspannte sie sich allmählich.

Die Tausendfüßler liefen flüssig wie Öl: Der Kriegstrupp bewegte sich das Tal hinunter, entlang eines nahezu unsichtbaren Pfads, der auf und ab führte, über Felsen, Klüfte, Sprünge und Spalten. Gelegentlich, wenn die Talwände sich eng zusammenschlossen, wobei der Thamberhimmel ein Streifen dunkelblauen Bandes und das Wasser ein rauschender schwarzer Sirup war, stieg die Prozession die Klippen hinauf. Die Krieger hielten äußerste Stille; die Reitfüßler gaben keinen Ton von sich, es war nichts zu hören, außer dem Seufzen des Windes und dem Geräusch des Wassers. Gersen wurde sich des an ihm anliegenden warmen Körpers immer bewusster. Er erinnerte sich wehmütig daran, dass

Vergünstigungen dieser Art nichts für ihn waren, dass sein Leben Kummer und Verhängnis geweiht war – doch seine Zellen, Nerven und Instinkte protestierten und sein Arm legte sich enger um Alusz Iphigenia. Sie schaute sich um. Er sah, dass ihr Gesicht zerstreut war, melancholisch, dass ihre Augen vor etwas wie Tränen glänzten. Weshalb, um alles in der Welt, ist sie melancholisch? fragte sich Gersen. Die Umstände waren unglücklich, ärgerlich, aber noch längst nicht verzweifelt. Wenn überhaupt, hatten die Tadousko-Oi sie mit Höflichkeit behandelt ... Ein Halt unterbrach seine Gedanken. Der Hetman beriet sich mit einer Gruppe von Stellvertretern. Ihre Aufmerksamkeit richtete sich nach hoch oben, auf eine Klippe, an der Gersen wieder einen jener trüben Streusel ausmachte, von denen er nun wusste, dass es Dörfer waren.

Alusz Iphigenia verlagerte sich in seinen Armen. »Das ist ein feindliches Dorf«, sagte sie zu ihm. »Die Tadousko-Oi befehden sich gegenseitig.«

Der Hetman gab ein Signal: Drei Kundschafter stiegen ab, liefen voraus und prüften den Pfad. Hundert Meter weiter krächzten sie einen gutturalen Alarm und sprangen zurück, als eine Felstafel auf den Pfad stürzte.

Die Krieger rührten keinen Muskel. Die Kundschafter folgten dem Pfad weiter, verschwanden. Eine halbe Stunde später kehrten sie zurück.

Der Hetman gab Zeichen. Eines nach dem anderen wogten die Reittiere vorwärts. Von weit oben erschienen Objekte wie graue Erbsen, die mit seltsamer Langsamkeit fielen, beinahe schwebten. Doch Größe und Geschwindigkeit täuschten. Die Objekte waren Felsbrocken, die auf dem Pfad niedergingen und zu Splittern zerschmettert wurden. Ohne Anzeichen der Sorge entgingen die Krieger dem Steinhagel durch Beschleunigen, Abbremsen, Vorschnellen, Halten. Als Gersen und Alusz Iphigenia an der Stelle vorübergetragen wurden, hatte der Felshagel aufgehört.

Jenseits des Dorfes verbreiterte sich das Tal zu einer halbmondförmigen Wiese mit einem federartigen Wald entlang des Flusses.

Hier hielt das Leittier unvermittelt an, und zum ersten Mal wurden grollende Worte entlang der Reihe weitergegeben: »Dnazd.«

Aber es war kein Dnazd zu sehen. Der Trupp bewegte sich, niedrig über den Reittieren kauernd, ängstlich weiter über die Wiese.

Der Tag war dunkel geworden. Hoch oben glühten einige wenige Strähnen Zirruswolken bronzefarben im sterbenden Sonnenlicht. Nicht lange danach betrat der Trupp eine Felsspalte – kaum mehr als ein Riss – entlang dem sich die Reittiere nur drücken konnten, indem sie die Beine nach hinten falteten. Zuweilen hätte Gersen die Wände an beiden Seiten berühren können. Der Riss verbreiterte sich, wurde zu einer mit Sand bedeckten, kreisförmigen Fläche. Alle stiegen ab. Die Reittiere wurden an die Seite geführt und zusammengebunden. Bestimmte Krieger tauchten Ledereimer in einen nahegelegenen Tümpel und gaben den Tieren Wasser und etwas, was aussah wie pulverisiertes Blut. Andere machten ein kleines Feuer, hängten Töpfe an Dreibeine und begannen, einen ranzig riechenden Eintopf zu kochen.

Der Hetman und seine Stellvertreter saßen zusammen und konferierten mit leisen Stimmen. Der Hetman blickte in Richtung Gersens und Alusz Iphigenias und vollführte eine Bewegung. Zwei der Krieger errichteten ein Zelt aus schwarzem Stoff. Alusz Iphigenia stieß einen leisen Seufzer aus und richtete die Augen auf den Boden.

Der Eintopf war gekocht, jeder Krieger nahm einen Eisennapf aus dem Inneren seines Helms, tauchte ihn in den Topf, ungeachtet des Dampfes und des kochenden Inhalts. Ohne Näpfe blieben Gersen und Alusz Iphigenia geduldig sitzen, während die Krieger mit den bloßen Fingern aßen oder Scheiben harten Brotes eintunkten. Der erste, der fertig wurde, polierte seinen Napf mit Sand und brachte ihn höflich Gersen, der ihn dankbar annahm, ihn in den Eintopf tauchte und Alusz Iphigenia gab. Eine Handlung, die ein Grollen amüsierter Bemerkungen hervorrief. Eine weitere Schüssel war bereit, und nun aß Gersen. Der Eintopf schmeckte nicht unangenehm, obwohl salzig und mit einer seltsam pfefferigen Würze versehen. Das Brot war hart und schmeckte wie brennendes Unkraut. Die Krieger kauerten um die Feuer, ohne zu lachen oder zu scherzen.

Der Hetman erhob sich und ging zum Zelt. Gersen schaute sich nach einem Platz für sich und Alusz Iphigenia um. Es würde eine kühle Nacht werden, denn sie hatten nur ihre Umhänge. Die Tadousko-Oi, die sogar noch weniger trugen, hatten offenbar vor, sich neben die Feuer zu legen ... Die Krieger blickten Alusz Iphigenia auf verwirrte Weise an. Gersen blickte sie ebenfalls an. Sie saß ins Feuer starrend da, die Arme um die Knie geschlungen: nichts, was Verblüffung erregen würde. In der Zeltöffnung erschien, ungeduldig die Stirn runzelnd, der Hetman. Er winkte Alusz Iphigenia zu.

Gersen erhob sich langsam auf die Beine. Alusz Iphigenia sagte, ohne ihre Augen vom Feuer abzuwenden, mit einer leisen Stimme: »Für die Tadousko-Oi sind Frauen eine niedrigere Rasse ... Frauen sind bei ihnen Allgemeingut, und der höchstrangige Krieger schläft mit derjenigen, die verfügbar ist – als erster.«

Gersen blickte in Richtung des Hetmans. »Erklären Sie, dass dies nicht unsere Gewohnheit ist.«

Alusz Iphigenia blickte langsam zu ihm auf. »Wir können nichts tun, wir sind ... «

»Sagen Sie es ihm.«

Alusz Iphigenia wandte sich an den Hetman und gab Gersens Worte wieder. Die um das Feuer sitzenden Krieger wurden still. Der Hetman schien bestürzt zu sein und trat zwei Schritte vor. Er sprach: »In Ihrem Land sind Sie verpflichtet, Ihre Gewohnheiten einzuhalten, aber dies sind die Skar Sakau und hier müssen unsere Sitten eingehalten werden. Ist dieser bleiche Mann der höchstrangige Krieger hier? Nein, natürlich nicht. Deshalb musst du, blasse Frau, in mein Zelt kommen. Das ist so Sitte in den Skar Sakau.«

Gersen wartete die Übersetzung nicht ab. »Sagen Sie ihm, dass ich ein äußerst hochrangiger Krieger in meinem eigenen Land bin, dass, wenn Sie mit jemandem schlafen, es mit mir sein wird.«

Darauf entgegnete der Hetman nicht unhöflich: »Noch einmal,

dies sind die Skar Sakau. Ich bin der Hetman, kein Mann kann mir widerstehen. Es ist unstrittig, dass ich diesen bleichen Mann an Rang übertreffe. Also komm, Frau, damit diese unwürdige Verhandlung ein Ende hat.«

Gersen sagte: »Sagen Sie ihm, dass ich höherrangig bin – dass ich ein Raumadmiral bin, ein Herrscher, ein Herr – alles, was er verstehen wird.«

Sie schüttelte den Kopf und stand auf. »Am besten, ich gehorche.«

»Sagen Sie es ihm.«

»Sie werden getötet werden«, entgegnete Alusz Iphigenia.

»Sagen Sie es ihm.«

Alusz Iphigenia sprach. Der Anführer trat weitere zwei Schritte vor und deutete auf einen stämmigen jungen Krieger. »Übertriff diesen Mann, verprügele ihn gründlich, um seine niedrige Stellung deutlich zu machen.«

Der Krieger legte seinen Oberharnisch ab. Der Hetman sprach: »Der bleiche Mann trägt die Waffen eines Feiglings. Lasse ihn wissen, dass er wie ein Mann kämpfen muss, entweder mit dem Dolch oder mit den Händen. Er muss die Feuerwerfer ablegen.«

Gersens Hand fuhr zitternd zum Projeck. Aber die Krieger in seiner Nähe hätten ihn auf der Stelle überwältigt. Langsam reichte er die Waffe Alusz Iphigenia, legte Jacke und Trikot ab. Sein Gegner hatte einen schweren, doppelschneidigen Dolch. Gersen holte daraufhin seine eigene, dünnschneidige Waffe hervor.

Eine Fläche Sand zwischen drei Feuern wurde freigeräumt. Krieger der Tadousko-Oi hockten sich in einem Kreis, die leberfarbenen Gesichter ernst, leidenschaftslos, nahezu insektenhaft.

Gersen trat vor, schätzte seinen Gegner ab. Er war größer als er selbst, besaß harte Muskeln und bewegte sich schnell. Er hielt den schweren Dolch als sei er eine Feder. Gersen hielt die Klinge locker. Der junge Krieger bewegte seinen Dolch in einem hypnotischen Kreis; Stahl schimmerte im Schein des Feuers.

Gersen vollführte eine unvermittelte, heftige Bewegung. Seine Klinge blitzte durch die Luft, schnitt durch das Handgelenk des

Kriegers und nagelte es an seiner Schulter fest. Der Dolch fiel aus
dessen schlaffen Fingern, er starrte benommen und verwundert
auf die hilflose Hand. Gersen trat näher, hob die fallengelassene
Waffe auf, duckte sich unter einem Tritt hindurch und hieb dem
Krieger mit der flachen Seite der Klinge über das Ohr. Der Krieger
schwankte, Gersen schlug ihn erneut und der Mann fiel benommen zu Boden.

Gersen holte seinen Dolch wieder, steckte die Waffe des jungen
Kriegers freundlich in dessen Scheide, kehrte zu Alusz Iphigenia zurück und begann, sich seine ausgezogene Kleidung wieder
anzuziehen.

Zum ersten Mal gab es Gemurmel unter den Zuschauern:
weder Applaus noch Missfallen – lediglich eine milde Verwunderung mit einer Andeutung von Unzufriedenheit.

Alle blickten den Hetman an, der nun vormarschierte. Er sprach
mit lauter Stimme, in einem gewissenhaften Singsang-Rhythmus:
»Bleicher Mann, du hast diesen jungen Krieger besiegt. Ich kann
die unkonventionelle Methode, die angewandt wurde, nicht ver-
urteilen, obwohl wir von den Tadousko-Oi es für den Weg eines
Schwächlings halten, alles auf einen einzigen Wurf zu setzen.
Überdies ist nichts anderes bewiesen worden, als die Tatsache,
dass du den jungen Krieger übertriffst. Du musst noch einmal
kämpfen.« Er suchte inmitten der Gesichter, doch Gersen sprach.
»Sagen Sie dem Hetman«, wies er Alusz Iphigenia an, »dass ich
meine Differenzen in Hinsicht darauf, wo Sie Ihre Nacht verbrin-
gen werden, einzig und allein mit ihm habe, und er es ist, mit dem
ich kämpfen will.«

Alusz Iphigenia wiederholte die Mitteilung mit leiser Stimme,
und nun saßen die Zuschauer verdutzt da. Der Hetman war offensichtlich überrascht. »Das will er? Ist er sich nicht bewusst, dass
ich ein Sieger bin, Meister über alle, denen ich bisher gegenüberstand? Erkläre ihm, dass ich ein Hetman bin, dass, da er nicht vom
Klan ist, ein solcher Kampf bis auf den Tod sein muss.«

Sie erklärte es. Gersen erwiderte: »Informieren Sie den Hetman darüber, dass ich nicht wünsche, meinen hohen Rang zu

beweisen, dass ich es vorziehen würde zu schlafen, statt zu kämpfen, solange er nicht auf Ihrer Gesellschaft beharrt.«

Alusz Iphigenia sprach. Der Hetman zog das Hemd aus. Dann
beschied er. »Wir sollten die Frage des Ranges schnell klären,
denn es darf nicht zwei Führer eines Kriegstrupps geben. Um den
Wurf eines Feiglings zu vermeiden, werden wir mit bloßen Händen kämpfen.«

Gersen schätzte ihn ab: er stand hochgewachsen da, massiv,
aber agil, mit dunklem Fleisch, das aussah, als sei es härter als
Horn. Er blickte auf Alusz Iphigenia hinunter, die ihn fasziniert
ansah, dann trat er langsam vor. Neben dem knotigen dunklen
Körper erschien sein eigener blass und geschmeidig. Um den Hetman zu prüfen, zielte Gersen einen offensichtlich zufälligen Schlag
nach dessen Kopf; sofort packte eine harte Hand sein Gelenk und
ein Fuß schlug aus. Gersen befreite sein Handgelenk mit einem
Ruck. Er hätte den Fuß ergreifen und den Hetman umwerfen
können, ließ aber stattdessen zu, dass der Zeh seine Hüfte streifte.
Und er setzte einen weiteren linkshändigen Schlag an, der, beinahe als sei es Zufall, auf dem Hals des Hetmans landete. Er fühlte
sich an wie ein Baumstamm.

Der Hetman hüpfte mit beiden Beinen gleichzeitig, in einer
seltsam beunruhigenden Weise beide Arme ausgebreitet, vor.
Gersen hieb nach dem vorgeschobenen Gesicht. Er traf das
linke Auge, wurde aber in einem Klammergriff gefangen, den er
zuvor nicht gekannt hatte, und der in Sekunden seine Elle brechen würde. Gersen entspannte seine Knie, sprang dann in einer
Art verrücktem Salto herum, trat dem Hetman ins Gesicht und
wand seinen Arm frei. Der Hetman war weniger zuversichtlich,
als Gersen ihm erneut gegenüberstand. Er hob langsam beide
Arme. Gersen schlug nach dem linken Auge. Wieder trat der Fuß
des Hetmans aus; Gersen unterließ es, nach dem Knöchel zu grei-
fen; wieder streifte der Zeh seine Hüfte. Das Auge des Hetmans
schwoll an. Als er nach seinem Tritt zurücksprang, zog Gersen
Vorteil aus dem Moment Aufschub, um mit dem Fuß eine Senke in
den Sand zu kratzen. Der Hetman umkreiste ihn. Gersen bewegte

sich fort, fintierte. Sein Handgelenk wurde gepackt; eine große
Hand hackte in seinen Nacken. Gersen tauchte sofort nach vorn,
legte die Schulter gegen den steinharten Bauch des Hetmans; der
Stoß ließ die Schulter abgleiten. Gersen drängte vorwärts; der
Hetman zog ein Knie hoch und stieß es gegen Gersens Brust. Dieser ergriff das Knie, verlagerte das Gewicht, ergriff den Knöchel
und drehte ihn. Der Hetman war gezwungen, sich fallen zu lassen,
um sein Knie zu schützen. Gersen trat ihm ins rechte Auge, sprang
vor dem schwingenden, massiven roten Arm zurück. Keuchend
und schluchzend stand er da, seine Brust schmerzte. Aber das
rechte Auge des Hetmans schloss sich. Gersen bückte sich und
vergrößerte sorgfältig die Senke im Sand. Wild blickend wie ein
Eber, beobachtete der Hetman ihn, dann, die Vorsicht augenscheinlich fahren lassend, stürmte er vor: Gersen bewegte sich
zur Seite, gelegentlich hatte er selbst Leichtsinn vorgegeben. Er
stieß gegen das linke Auge des Hetmans, doch ein schneller, ver-
deckter Schlag der linken Hand des Hetmans traf sein Gelenk,
verursachte heftige Schmerzen und ließ seine linke Hand schlaff
werden. Das war ein ernsthafter Rückschlag, aber das rechte Auge
des Hetmans war zu und sein linkes Auge war geschwollen. Ohne
den Schmerz zu beachten, klatschte Gersen die nutzlose linke
Hand in das rote Gesicht; wieder schwang die linke Hand hinauf,
um auf Gersen einzuhacken, doch dieser fing das linke Handgelenk mit der rechten Hand auf, trat hinter das linke Knie, stieß
gegen den Hals des Hetmans und dieser ließ sich hinuntersacken,
immer noch vollkommen kontrolliert und koordiniert. Grunzend
und durch die Zähne zischend, hieb Gersen auf den momentan
entblößten Hals ein. Der Hetman, purpurn im Gesicht, schlug
mit der Rückhand aus; Gersen, der allmählich seine Agilität verlor, fing den Schlag mit dem rechten Unterarm ab. Es war wie der
Einschlag eines Vorschlaghammers; linke und rechte Hand waren
jetzt gleichermaßen nutzlos. Die zwei Männer wichen zurück,
beide schwitzten und schnappten nach Luft. Beide Augen des
Hetmans waren beinahe zu. Gersen war bestrebt, die Nutzlosig-
keit seiner Hände zu verbergen – es wäre fatal Schwäche zu zeigen.

Er sammelte seine letzten Reserven, duckte sich und begann, auf den Hetman zuzugehen. Die Arme in einer Haltung, als seien sie zum Zuschlagen bereit. Der Hetman brüllte auf und vollführte den beidfüßigen Sprung; Gersen bewegte sich ruckartig, um ihm zu begegnen, trieb den rechten Ellbogen in die schwarze Quetschung vom Hals des Hetmans. Die Arme des Anführers legten sich um Gersen und er begann mit der Seite seines Kopfes gegen Gersens Schläfe zu schlagen. Letzterer ließ sich durchsacken, stieß nach dem Kinn des Hetmans, trat nach dessen Knien. Beide stürzten. Der Hetman versuchte, Gersen unter sich zu begraben. Dieser ließ diesen Impuls zu, verstärkte ihn und landete oben, festgehalten von feuchten braunen Armen. Er stieß nach dem Kinn, nach der Nase. Der Hetman versuchte, mit zuschnappenden Zähnen zu kontern, hob und senkte sich und ruckte, um nach oben zu rollen, was Gersen mit ausgebreiteten Beinen verhinderte. Er stieß zu, die Zähne gruben sich in seine Stirn. Er stieß nach der Nase, sie brach. Er stieß wieder zu, stieß nach dem Kinn, wieder rissen die Zähne an seiner Stirn – aber der Hetman konnte nicht mehr viel einstecken. Er lockerte seinen Griff, dass er einen Unterarm unter Gersens Hals platzieren konnte, aber darauf hatte Gersen nur gewartet. Er riss sich frei, setzte sich auf den Bauch des Hetmans und brachte mit letzter Kraft seinen Kopf hinunter gegen dessen Nasenrücken.

Der Hetman würgte, entspannte sich, benommen vor Schmerz, Müdigkeit, den Schlägen gegen Hals und Kopf. Gersen taumelte mit hängenden Armen auf die Füße. Er blickte hinab auf den großen kastanienbraunen Körper. Niemals hatte er gegen einen so schrecklichen Gegner gekämpft. War der Hetman tot? Weniger harte Schläge hatten weniger harte Männer getötet.

Gersen stolperte dorthin, wo Alusz Iphigenia schluchzend saß. Mit unartikulierter Stimme sagte er: »Sagen Sie den Kriegern, sie sollen sich um ihren Hetman kümmern. Er ist ein großer Kämpfer und der Feind meines Feindes.«

Alusz Iphigenia sprach. Von den Zuschauern kam ein trübseliges Grollen. Verschiedene Krieger gingen los, um auf den bewusstlosen Hetman hinunterzublicken. Dann schauten sie in Richtung Gersens. Er stand wankend da. Feuer flackerten wie verrückt, Gesichter waren verwischte Nachtmahre. Er schnappte nach Luft, und als er hinaufblickte erspähte er eine Sternenschar, geformt wie ein krummer Skimitar ...

Alusz Iphigenia war aufgestanden. »Kommen Sie«, sagte sie und führte ihn zum Zelt. Niemand versperrte ihnen den Weg.

KAPITEL XI

Aus *Riech dein Bestes* von Rudi Thumm,
Artikel in *Cosmopolis*, Januar 1521:

> Hier ist ein Auszug aus dem Katalog AEMISTHES: Parfüm,
> Düfte, Essenzen, Pamfile, Zaccaré, Quantique. Jede Kate-
> gorie ist im Hauptteil des Kataloges weiter ausgeführt. Die
> Natur und Eigenschaft der Bestandteile sind exakt – und
> sogar duftend – definiert.

> Abschnitt I: Düfte für den persönlichen Gebrauch

> Betörungen:
> : *für die Bezauberung eines fremden Mädchens*
> : *um einen neuen Galan zu verführen*
> : *um einen Triumph zu verkünden*
> : *um ein lärmendes Kind zu verblüffen*
> : *um einen Liebhaber willkommen zu heißen*
> : *um Empörung anzudeuten*

> Bei Festivals:
> : *Promenaden*
> : *Lustbarkeiten*
> : *Tarantellas*

> Bei Einsamkeit
> Bei Zusammenkünften:
> : *kleine Gesellschaften*
> : *Ereignisse von würdigem Rahmen*
> : *während der Diskussion von Familiengeheimnissen*

: beim Gottes-Schrei

   - morgens

   - abends

   - bei Wildheit

   - aus dem Stegreif

et cetera

Abschnitt II: Zeremoniell

Private Ereignisse:

  : für das Haus

    - verschiedene Essenzen

  : für den Laubengang

  : für den uralten Baum

  : beim Wasserkosten

    - morgens

    - in der Dämmerung

  : bei kummervollen Ereignissen

  : bei Gewissensbissen

  : um einen Mord zu feiern

Öffentliche Ereignisse:

  : um die Füße des Zatcoon zu waschen

  : um sie auf ein zukünftiges Schlachtfeld zu werfen

  : um das Fliegen zu erleichtern

  : um den Wind zu parfümieren

  : um Glück willkommen zu heißen

et cetera

Was Sie aus dem Vorhergehenden lernen sollten ist einfach: Parfümieren Sie sich nicht, wenn sie Zaccaré besuchen – Sie mögen sich in Umständen wiederfinden, auf die Sie nicht gefasst waren. Die Leute dieses fantastischen und schönen Landes sind so empfindlich im Hinblick auf Gerüche, wie es die Sirenesen im Hinblick auf Musik sind, und ein offenbar unbedeutender Geruchsfleck bietet eine erstaunliche Menge an Informationen. Wie zu sehen ist, erfordert jede Gelegenheit das richtige Parfüm, und ein Fehler wird dem Volk von Zaccaré äußerst lächerlich erscheinen. Sofern nicht von einem Einheimischen beraten, gehen Sie ohne Geruch. Neutralität ist besser als Tölpelei!

Parfümherstellung ist in Zaccaré ein großes Geschäft. Hundert Firmen haben in Pamfile ihren Hauptsitz. Von überall in der Ökumene werden Öle, Extrakte und Essenzen importiert und genauso viele weitere werden im nahe gelegenen Talalangiwald gesammelt.

Hier sind Muster der Wohlgerüche Zaccarés:

(Parfümierte Streifen sind der Magazinseite beigefügt).

≈

Vor Anbruch der Morgendämmerung regten sich die Krieger, bliesen in die Kohlen, sodass die Flammen aufloderten und brachten den Eintopf zum Sieden. Der Hetman, dessen Kopf eine Masse aus blauen Flecken war, saß mit dem Rücken gegen einen Felsen gelehnt und blickte starr über die Fläche. Niemand sprach mit ihm noch sprach er mit jemand anderem. Aus dem Zelt kam Gersen, gefolgt von Alusz Iphigenia. Sie hatte sein linkes Handgelenk verbunden und seinen rechten Arm massiert. Bis auf die Tausend blauen Flecken, die Schmerzen und die Verstauchung des linken Handgelenkes war er in keiner schlechten Verfassung. Er ging dorthin, wo der Hetman saß und versuchte, im rauen Dialekt der Skar Sakau mit ihm zu reden. »Sie haben gut gekämpft.«

»Du hast besser gekämpft«, murmelte der Hetman. »Seit meiner Jungenschaft bin ich nie geschlagen worden. Ich habe dich einen Feigling geheißen. Ich habe mich geirrt. Du hast mich nicht getötet; durch diese Zeichen bist du zum Klanmitglied und Hetman geworden. Was sind deine Befehle?«

»Angenommen ich würde befehlen, dass der Trupp uns zu unserem Schiff führt?«

»Man würde dir nicht gehorchen. Die Männer würden davonreiten. Ich war, was du jetzt bist – Kriegsführer. Darüber hinaus hatte ich nur die Autorität, die ich durchsetzen wollte. Und mehr hast auch du nicht.«

»In diesem Fall«, meinte Gersen, »betrachten wir die Ereignisse des vorigen Abends als nicht mehr als eine freundschaftliche Übung. Sie sind Hetman, wir sind Ihre Gäste. Wenn es uns passt, werden wir die Gesellschaft verlassen.«

Der Hetman taumelte auf die Beine. »Wenn dies deine Wünsche sind, so sei es. Wir ziehen weiter gegen unseren Feind Kokor Hekkus, Herrscher von Misk.«

Kurz darauf war der Trupp fertig zum Abmarsch. Ein Kundschafter ging los, um das Tal zu erkunden, kehrte jedoch eilig zurück. »Dnazd!«

»Dnazd!« ging das gedämpfte Grollen der Stimmen.

Eine Stunde verging; der Himmel wurde hell. Der Kundschafter zog erneut los und kehrte zurück, um zu bedeuten, dass alles klar sei. Die Prozession bewegte sich hinaus in das sich windende Tal und war verschwunden.

Gegen Mittag weitete sich das Tal. Als der Trupp eine Biegung umrundete, bot ein Einschnitt in den felsigen Hängen eine weite Sicht über ein sonniges grünes Land.

Zehn Minuten später gelangten sie an einen Ort, an dem sechzig oder siebzig weitere Tausendfüßler angebunden waren; Krieger kauerten daneben. Der Hetman ritt vor und konferierte mit anderen Männern gleichen Rangs. Ohne Verzug bewegte sich die gesamte Truppe weiter das Tal hinab. Eine Stunde vor Sonnenuntergang kamen sie aus den Vorbergen hinaus auf eine wogende Savanne. Hier grasten Herden kleiner schwarzer Wiederkäuer, gehütet von Männern und Jungen, die größere Tiere der gleichen Art ritten. Bei Ansicht der Tadousko-Oi flohen sie. Als sie nicht verfolgt wurden, hielten sie an, um verwundert zu starren.

Allmählich wurde das Land bevölkerter. Zunächst gab es einige wenige Hütten, danach runde Häuser mit niedrigen Mauern und hohen konischen Dächern, dann Dörfer. Überall flüchtete man, niemand wagte es, sich den Tadousko-Oi zu stellen.

Bei Sonnenuntergang tauchte die Stadt Aglabat auf, erhob sich

über die flache grüne Ebene. Bewehrte Mauern aus braunem Stein
umgaben die Stadt, welche eine kompakte Masse aus hohen runden Türmen zu sein schien. Im Zentrum, auf dem höchsten aller
Türme, flatterte ein braunschwarzes Banner.

»Kokor Hekkus ist anwesend«, stellte Alusz Iphigenia fest.
»Wenn er fort ist, flattert kein Banner.«

Über einen grünen Rasen, so ordentlich und grün wie der
Rasen eines Parks, näherten sich die Krieger der Stadt.

Alusz Iphigenia war beunruhigt. »Am besten wir verlassen die
Tadousko-Oi, bevor sie die Stadt belagern.«

»Weshalb?« fragte Gersen.

»Denken Sie, Kokor Hekkus lässt sich überrumpeln? Jede
Minute werden die Braunen Bersagler einen Ausfall machen. Es
wird eine schreckliche Schlacht geben und wir könnten getötet
oder, schlimmer noch, gefangen genommen werden, ohne Kokor
Hekkus auch nur einmal nahe zu kommen.«

Gersen konnte ihre Bemerkung nicht bestreiten, aber er hatte
sich dem Kriegstrupp unter seltsamen Umständen angeschlossen.
Ihn jetzt zu verlassen erschien ihm wie Verrat – insbesondere da er
die Ansichten von Alusz Iphigenia in Hinsicht auf die wahrschein-
liche Vernichtung der Tadousko-Oi teilte. Dennoch, er war nicht
der ritterlichen Gesten wegen nach Thamber gekommen.

Als die Stadt noch zweieinhalb Kilometer entfernt war, hielt
die Truppe an. Gersen näherte sich dem Hetman. »Wie sind eure
Schlachtpläne?«

»Wir belagern die Stadt. Früher oder später muss Kokor Hekkus seine Armee herausschicken. Früher, als wir an dieser Stelle
standen, sind wir zu wenige gewesen und waren gezwungen zu
fliehen. Wir sind immer noch wenige, aber nicht viel zu wenige.
Wir werden die Braunen Bersagler vernichten, die Ritter zu
Staub zermalmen, Kokor Hekkus über die Ebene zerren bis er tot
ist. Anschließend werden wir uns der Reichtümer von Aglabat
bemächtigen.«

Der Plan besaß die Tugend der Schlichtheit, dachte Gersen.
»Angenommen, die Armee kommt nicht heraus?«

»Früher oder später muss sie das, es sei denn, sie ziehen es vor zu verhungern.«

Die Sonne ging in einem purpurfarbenen Himmel nieder; Lichter schienen von den Türmen Aglabats. An diesem Abend benahm sich niemand unhöflich gegenüber Alusz Iphigenia und wie in der Nacht zuvor bezogen Gersen und sie das schwarze Zelt.

Schließlich überwand das Gefühl ihrer Nähe Gersens Selbstbeherrschung. Er nahm sie an den Schultern, blickte in das Halbdunkel ihres Gesichtes, küsste sie, und sie schien darauf zu reagieren. Aber war es wirklich so? Ihr Gesichtsausdruck war in der Dunkelheit nicht zu erkennen. Er küsste sie wieder und spürte Feuchtigkeit auf ihrem Gesicht: sie weinte. Verärgert wich er zurück. »Weshalb weinen Sie?«

»Aufgestaute Emotionen, wahrscheinlich.«

»Weil ich Sie geküsst habe?«

»Natürlich.«

Mit einem Mal war alles unbefriedigend. Sie befand sich in seiner Gewalt, unterstand seinem Befehl. Er wollte nicht ihre Unterwerfung, er wollte ihre Leidenschaft. »Angenommen, die Umstände wären anders?«, sagte er. »Angenommen, wir wären in Draszane. Angenommen, Sie hätten keine Sorgen. Angenommen, ich käme zu Ihnen – wie jetzt – und würde Sie küssen. Was würden Sie tun?«

»Ich werde Draszane niemals wiedersehen«, entgegnete sie verdrossen. »Ich habe viele Sorgen. Ich bin Ihre Sklavin. Tun Sie, was Ihnen beliebt.«

Gersen setzte sich auf den Zeltboden. »Nun gut. Ich werde mich schlafen legen.«

Am folgenden Tag bewegten sich die Tadousko-Oi näher an die Stadt heran und errichteten ihr Lager eineinhalb Kilometer vor dem Haupttor. Auf den Mauern konnte man Soldaten auf- und abgehen sehen. Gegen Mittag öffneten sich die Tore: heraus marschierten sechs Regimenter Pikeniere in braunen Uniformen, schwarzen Rüstungen und schwarzen Helmen. Die Tadousko-Oi stießen ein heiseres Geschrei aus und sprangen zu den Reittieren.

Gersen und Alusz Iphigenia beobachteten die Schlacht vom Lager aus. Sie war wild und blutig und wurde ohne Pardon geführt. Die Bersagler kämpften tapfer, aber ohne die wilde Heftigkeit der Bergmänner. Nicht lange danach zogen sich die Überlebenden durch die Tore zurück und hinterließen ein mit Toten bedecktes Feld.

Der folgende Tag war ereignislos. Das braunschwarze Banner flatterte vom Turm der Zitadelle. Gersen fragte Alusz Iphigenia: »Wo hat Kokor Hekkus sein Raumschiff?«

»Auf einer Insel im Süden. Er hat einen Luftwagen wie Sie, um hin- und herzufahren. Bis Sion Trumble die Insel angegriffen und das Raumschiff erbeutet hat, habe ich Kokor Hekkus für einen großen Zauberer gehalten.«

Gersen war unzufriedener denn je. Es war klar, dass er unter keinen Umständen an Kokor Hekkus herankommen konnte. Sollten die Tadousko-Oi bei ihrem Sturm auf die Stadt Erfolg haben, würde Kokor Hekkus im Luftwagen entkommen ... Es war wichtig, dass sie zur Sternenspring zurückkehrten. Dann würde er eine Position einnehmen, aus der er sehen könnte, aber selbst nicht gesehen würde, wo er einen Luftwagen abfangen mochte, der schließlich irgendwann Aglabat verlassen musste, einerlei wie die Schlacht ausging.

Er teilte Alusz Iphigenia seine Entscheidung mit. Sie stimmte zu. »Wir müssen nur Carrai erreichen. Sion Trumble wird Sie nördlich der Skar Sakau eskortieren und die Dinge sind so, wie Sie es wünschen.«

»Was ist mit Ihnen?«

Sie blickte fort in Richtung Norden. »Sion Trumble wünscht sich seit Langem, dass ich seine Braut werde. Er hat mir seine Liebe erklärt. Ich bin dazu bereit.«

Gersen gab einen verächtlichen Laut von sich. Der edle Sion Trumble hatte seine Liebe erklärt! Der galante Sion Trumble! Gersen machte sich auf den Weg, um mit dem Hetman zu sprechen. »Es gab Verluste bei der Schlacht und ich habe gesehen, dass es nun freie Reittiere gibt. Wenn Sie mir eines von diesen überlassen könnten, werde ich versuchen, zu meinem Raumschiff zurückzukehren.«

»Es soll so sein, wie du wünschst. Nimm dir das Reittier deiner Wahl.«

»Das Fügsamste und am besten zu leitende der Gruppe wird genügen.«

Gegen Abend wurde das Tier zum Zelt gebracht. In der Morgendämmerung wollten Gersen und Alusz Iphigenia nach Carrai aufbrechen.

Während der Nacht hatten sich Handwerker aus der Stadt herausgestohlen, um eine Einfriedung etwa dreißig Meter an einer Seite zu errichten, die bis zu einer Höhe von sechs Metern mit braunem Tuch verhüllt war. Die Tadousko-Oi waren rasend ob dieser Unverschämtheit. Sie stiegen auf die Reittiere und stürmten vor, allerdings vorsichtig, weil die Einfriedung nicht umsonst errichtet worden war.

Und das war sie in der Tat nicht. Als die Reihen von Reitfüßlern dicht herangekommen waren, bauschte sich das braune Tuch: heraus lief ein enormer Tausendfüßler mit sechsunddreißig Beinen und feuerblitzenden Augen.

Die Tadousko-Oi prallten zurück, kehrten bestürzt zurück. »Dnazd!« erklang der Ruf. »Dnazd!«

»Kein Dnazd«, sagte Gersen zu Alusz Iphigenia. »Das ist das Produkt der Patch Ingenieur- und Konstruktionsgesellschaft. Und es ist an der Zeit, dass wir uns auf den Weg machen.« Sie bestiegen den wartenden Tausendfüßler und ließen ihn gen Nordwesten jagen. Auf dem Rasen vor der Stadt lief das Fort hin und her, während die Tadousko-Oi verzweifelt davoneilten und schließlich in vollkommener Unordnung flohen. Das Fort nahm ihre Verfolgung auf und rannte mit flüssiger Leichtigkeit, die Gersen eine ironische Freude bereitete. Alusz Iphigenia war noch nicht überzeugt. »Sind Sie sicher, dass das Ding aus Metall ist?«

»Absolut.«

Einige der Tadousko-Oi kamen den Weg entlang, den Gersen und Alusz Iphigenia bereits zurückgelegt hatten. Das Fort folgte

ihnen und spie Strahlen purpurweißen Feuers. Mit jedem Auf-
lodern verging ein Tausendfüßler, und fünf Männer starben. Nach
einiger Zeit war keiner mehr übrig, außer jenem, auf welchem
Gersen und Alusz Iphigenia ritten, eineinhalb Kilometer voraus.
Sie versuchten verzweifelt, die Vorberge zu erreichen. Das Fort
bog ab, um ihnen den Weg abzuschneiden. Auf einer Anhöhe
drängte Gersen das Reittier um einen Felsbrocken. Hier sprang er
zu Boden und hob Alusz Iphigenia herunter. Der Tausendfüßler
rannte fort. Gersen kletterte hinauf zu einem Versteck hinter einer
Felsnase aus moosbedecktem Sandstein. Alusz Iphigenia kroch
hinter ihm her. Sie blickte ihn an, war im Begriff zu sprechen, sagte
aber nichts. Sie war dreckig, zerkratzt und zerzaust; ihre Kleidung
war verschmutzt, die Augen weit, die Pupillen vor Furcht dunkel.
Gersen hatte keine Zeit, sie zu beruhigen. Er holte den Projeck
hervor und wartete.

Ein Schwirren war zu hören, ein dumpfes Aufstampfen von
sechsunddreißig rennenden Füßen und über die Anhöhe kletterte
das Fort, um innezuhalten und die Landschaft nach seiner Beute
abzusuchen.

Gersen fragte sich flüchtig, ob er vor langer Zeit in Patchs
Werkstatt B unterbewusst gerade diese Art einer Konfrontation
vorhergesehen hatte. Er stellte den Projeck auf niedrige Energie,
zielte sorgfältig auf eine Stelle am Rücken des Forts und zog den
Abzug. In der Sperrzelle betätigte ein Relais einen Schalter. Die
Beine wurden schlaff, der segmentierte Körper sackte zu Boden.
Kurz darauf öffnete sich das Luk. Mitglieder der Besatzung stiegen
aus, um in offensichtlicher Verwirrung um das Fort herumzuge-
hen. Gersen zählte sie: neun, von einer Besatzung von elf. Zwei
waren im Inneren geblieben. Alle trugen braune Overalls, alle
betrugen sich auf eine undefinierbare Art und Weise, die nicht die
von Thamber war. Da waren zwei, die Seuman Otwal sein mochten oder Billy Windle oder Kokor Hekkus: aus einer Entfernung
von etwa fünfzig Metern konnte Gersen ihre Gesichter nicht richtig erkennen. Einer drehte sich um: der Hals war zu lang: definitiv
nicht der Mann, den Gersen suchte. Der andere? Doch dieser war

zurück in das Fort gegangen. Die Ionisation begann zu schwinden, die Beine erlangten ihre Kraft zurück ... »Hören Sie!« hauchte Alusz Iphigenia in Gersens Ohr.

Gersen vernahm nichts. »Hören Sie«, sagte sie wieder. Nun konnte Gersen ein leises *klick-klick klick-klick* vernehmen – ein Geräusch großer Gefahr. Es schien von hinter ihnen zu kommen. Den Berghang hinunter kam das Wesen, welches das Fort imitierte: ein echter Dnazd. Gersen fand es schwierig zu verstehen, wie sich jemand von dem Metallkonstrukt täuschen lassen konnte. Wenn sich die Tadousko-Oi von dem Fort hatten übertölpeln lassen, der Dnazd tat es nicht. Eilends kam er vor und stoppte unvermittelt, offenbar aus Neugierde und Erstaunen. Die Besatzung kletterte an Bord und schloss das Luk. Die Beine waren immer noch schlaff. Aus dem Auge kam nur ein schwacher Feuerspritzer, der den Dnazd an seinem Hintersegment traf. Er richtete sich auf, stieß einen wilden, pfeifenden Schrei aus und warf sich auf das Fort. Beide kippten auf den Boden, rollten und kletterten übereinander her. Mandibeln kauten an der Metallhülle, giftbehaftete Zinken stachen und kratzten. Die Besatzung im Inneren wankte hin und her und stolperte übereinander, bis jemand es schaffte, die automatische Aufrichtungssequenz in Gang zu bringen. Die Energie kam wieder in den Normalzustand und das Fort wieder auf die Beine. Erneut richtete sich der Dnazd auf, um sich auf die Metallsegmente zu stürzen. Feuer sprühte aus dem Auge; der Dnazd konnte ein Bein nicht mehr verwenden. Noch einmal zielte das Auge. Ein Zentralsegment wurde zerstört und der Dnazd sackte zusammen, die Beine droschen auf den Boden ein. Das Fort bewegte sich zurück. Feuer flammte aus beiden Seiten der Augen. Der Dnazd wurde zu einem Haufen rauchenden Fleisches.

Gersen schob sich langsam vorwärts. Einmal mehr richtete er den Projeck auf die Sperrzelle. Wie schon zuvor schwankte das Fort zu Boden. Nicht lange danach öffnete sich das Luk. Die Besatzung humpelte die Leiter hinunter auf den Boden. Gersen zählte: ... neun ... zehn ... elf. Alle waren herausgekommen. Sie unterhielten sich, dann gingen sie los, um den toten Dnazd zu

inspizieren. Als sie sich wieder umdrehten stand Gersen mit auf
sie gerichtetem Projeck in der Nähe.

»Wenden Sie die Gesichter von mir ab«, rief Gersen. »Stellen
Sie sich in eine Reihe und strecken die Hände in die Luft. Ich töte
jeden, der mir Schwierigkeiten macht.«

Es herrschte Unentschlossenheit, zögerliches Wanken und
Anspannung, während sich jeder der Männer die Chance aus-
rechnete, zum Helden zu werden. Jeder kam zum Schluss, dass sie
zu gering sei. Gersen unterstrich die Tatsache mit einem Energie-
blitz, der den Boden zu ihren Füßen verbrannte. Widerwillig, die
Gesichter zu Masken des Hasses verzogen, wandten sie ihm den
Rücken zu. Alusz Iphigenia gesellte sich zu Gersen: »Sehen Sie
drinnen nach«, sagte er. »Stellen Sie sicher, dass alle draußen
sind.«

Nach einem Augenblick kehrte sie zurück, um zu erklären, dass
das Fort leer war.

»Jetzt«, meinte Gersen zu den elf Männern, »müssen Sie
genau das tun, was ich Ihnen sage, wenn Ihnen Ihr Leben lieb ist.
Der erste Mann auf der rechten Seite: sechs Schritte zurück.« Er
gehorchte verdrossen. Gersen nahm seine Waffe, einen kleinen,
aber heimtückischen Projeck einer Bauart, die Gersen noch nie
zuvor gesehen hatte. »Legen Sie sich hin, flach auf das Gesicht,
die Arme auf den Rücken.«

Einer nach dem anderen bewegten sich die elf zurück, legten
sich flach hin, wurden entwaffnet und mit Streifen ihrer eigenen
Kleidung gefesselt.

Einer nach dem anderen drehte Gersen die Männer um, sodass
sie auf dem Rücken lagen. Einem nach dem anderen schaute er ins
Gesicht. Keiner war Seuman Otwal.

»Wer von Ihnen ist Kokor Hekkus?« fragte er.

Es gab eine Pause, dann sprach der Mann, der den Projeck bei
sich gehabt hatte. »Er ist in Aglabat.«

Gersen wandte sich an Alusz Iphigenia. »Sie kennen Kokor
Hekkus: gleicht einer dieser Männer ihm?«

Alusz Iphigenia blickte forschend den Mann an, der gesprochen hatte. »Sein Gesicht ist anders – aber seine Haltung, die Art, wie er sich beträgt, ist die gleiche.«

Gersen betrachtete die Züge des Mannes. Sie wirkten ehrlich, ohne die subtilen Linien oder Strukturänderungen, die Falschheit andeuteten, noch trug er eine Maske. Aber die Augen: Waren es die Augen von Seuman Otwal? Es gab eine undefinierbare Ähnlichkeit, einen Zug zynischer Klugheit. Gersen sagte nichts mehr. Er blickte sich den Rest der Besatzung an, dann kehrte er zu dem Mann zurück, der gesprochen hatte. »Wie ist Ihr Name?«

»Franz Paderbush.« Die Stimme war leise, beinahe unterwürfig.

»Woher stammen Sie?«

»Ich bin ein Jungritter von Burg Pader, im Osten von Misk ... Sie glauben mir nicht?«

»Nicht mit großer Überzeugung.«

»Sie müssen nur nach Burg Pader kommen«, erwiderte der Gefangene mit einer recht unpassenden Leichtfertigkeit des Betragens, »und der Altritter, mein Vater, wird mehr als dutzendfach für mich bürgen.«

»Möglicherweise stimmt das«, entgegnete Gersen. »Dennoch, Sie sehen Billy Windle von Skouse und einem gewissen Seuman Otwal, den ich zuletzt auf Krokinole gesehen habe, ähnlich. Ihr anderen«, rief er, »auf die Beine, geht los.«

»Wohin?« wollte einer wissen.

»Wohin ihr wollt.«

»Mit gebundenen Armen werden die Wilden uns töten«, grollte ein anderer.

»Findet einen Graben und versteckt euch bis zum Einbruch der Nacht.«

Niedergeschlagen zogen die zehn davon. Gersen durchsuchte Paderbush noch einmal, fand aber keine Waffen mehr. »Nun, Jungritter, auf die Beine und hinein ins Fort.«

Paderbush gehorchte mit einer gewandten Bereitwilligkeit, die Gersen beunruhigend fand. Er band den Jungritter sicher an einer Bank fest, verschloss das Luk und ging zu den vertrauten Kontrollen.

»Sie wissen, wie man diesen Schrecken bedient?« fragte Alusz Iphigenia.

»Ich habe geholfen, ihn zu bauen.«

Sie warf ihm einen gedankenvollen, verwirrten Blick zu, danach drehte sie sich um und musterte Franz Paderbush, der sie mit einem geistlosen Grinsen bedachte.

Gersen bediente die Steuerung. Die Beine sprachen an, das Fort lief nach Norden.

»Wohin gehen Sie?« erkundigte sich Alusz Iphigenia nach einem Augenblick.

»Zum Raumschiff, natürlich.«

»Durch die Skar Sakau?«

»Hindurch oder darum herum.«

»Sie müssen verrückt sein.«

Gersen war bedrückt. »Mit dem Fort sollten wir in der Lage sein, es zu schaffen.«

»Sie wissen nichts von den Pfaden. Sie sind schwierig zu finden und führen häufig in Fallgruben. Die Tadousko-Oi werden Felsbrocken schmeißen. Die Klüfte werden von Dnazden heimgesucht. Wenn Sie die meiden können, gibt es immer noch Spalten, Abgründe, Klippen. Wir haben kein Essen.«

»Was Sie sagen ist wahr. Aber ... «

»Wenden Sie sich nach Carrai. Sion Trumble wird Ihnen Ehre erweisen und Sie nach Norden, um die Skar herum, leiten.«

Gersen, unfähig die Argumente zu widerlegen, schwang das Fort mit wenig Anmut herum und stieg ins Tal hinab.

Sie kamen in ein angenehm hügeliges Land. Die Skar Sakau schwanden und verblassten im blauen Dunst. Durch den warmen Sommernachmittag lief das Fort nach Westen, vorbei an kleinen Farmen und Gutshöfen mit Steinscheunen und Steinhütten mit hohen Dächern und gelegentlich einem Dorf. Bei der Ansicht des Forts blieben die Einwohner mit glasigen Augen, starr vor Schrecken stehen. Sie waren ein gewöhnlich aussehendes Volk, hellhäutig mit dunklem Haar: Die Frauen trugen weite Röcke und enge gemusterte Leibchen. Die Männer waren mit gebauschten

knielangen Pumphosen, leuchtenden Hemden und bestickten
Jacken bekleidet. Von Zeit zu Zeit konnte man einen Herrensitz
am anderen Ende eines Parks sehen. Gelegentlich thronte eine
Burg hoch oben auf einer Klippe. Einige dieser Herrensitze und
Burgen schienen zu Ruinen zerfallen zu sein. »Geister«, erklärte
Alusz Iphigenia. »Dies ist ein uraltes, oft heimgesuchtes Land!«

Gersen, der nach Franz Paderbush schaute, überraschte diesen
mit einem ruhigen Lächeln im Gesicht. Verschiedene Male hatte
er ein ähnliches Lächeln im Gesicht Seuman Otwals bemerkt –
aber dies waren weder die Züge noch das Fleisch von Seuman
Otwal.

Die Sonne sank und Zwielicht fiel über das Land. Gersen hielt
das Fort am Rand einer verlassenen Wasserwiese an. Rationen,
die für die Besatzung bestimmt gewesen waren, bildeten das
Abendessen, danach wurde Paderbush in einen Stauraum im
Heck eingesperrt.

Gersen und Alusz Iphigenia gingen hinaus und beobachteten
Leuchtkäfer. Über ihnen hingen die Sternbilder von Thamber:
reichlich im Süden, spärlich im Norden, wo der intergalaktische
Raum begann. In einem nahegelegenen Wald sang ein Nacht-
wesen, die Luft war mild, angefüllt mit dem frischen Geruch nach
Vegetation. Gersen wusste nichts zu sagen. Schließlich seufzte er
und nahm ihre Hand, wogegen sie sich nicht wehrte.

Stundenlang saßen sie mit dem Rücken gegen das Fort da.
Leuchtkäfer flatterten über die Wiese. In einem entfernt gelegenen Dorf läutete eine traurig klingende Glocke das Vergehen der
Stunden. Schließlich breitete Gersen seinen Umhang aus und sie
schliefen auf dem weichen Gras.

Im Morgengrauen machten sie sich einmal mehr auf den Weg
gen Westen. Das Land änderte sich; die Landschaft wogte inmitten bewaldeter Hügel und Täler auf und ab und wurde dann zu
mit hohen, koniferenähnlichen Bäumen bewachsenen Bergen.
Die Behausungen wurden weniger und primitiver. Die Herrensitze verschwanden. Nur die Burgen blieben, um über Tal und
Fluss zu brüten. Bei einer Gelegenheit stieß das laufende Fort auf

eine Bande bewaffneter Männer, die trunken mitten auf dem Weg
paradierten. Sie trugen zerlumpte Kleidung und hatten Bogen und
Pfeile.

»Gesetzlose«, sagte Alusz Iphigenia. »Der Abschaum von
Misk und Vadrus.«

Ein Paar steinerne Bergfriede bewachte die Grenze. Das Fort
lief vorüber. Hinter ihnen riefen schmetternde Signalhörner eilig
zu den Waffen.

Eine Stunde später erreichte das Fort einen Aussichtspunkt
über wogendes Land im Norden und Westen. Alusz Iphigenia
deutete: »Dort liegt Vadrus. Sehen Sie, hinter dem dunklen Wald,
der weiße Fleck? Das ist die Stadt Carrai. Gentilly ist noch weiter
westlich, aber ich bin in Carrai wohlbekannt. Sion Trumble hat
meiner Familie häufig Gastfreundschaft erwiesen, denn in Gentilly bin ich Prinzessin.«

»Also werden Sie nun seine Braut werden.«

Alusz Iphigenia blickte mit Bedauern und Kummer voraus in
Richtung Carrai, als hege sie bittere Erinnerungen. »Nein. Ich bin
kein Kind mehr. Es erscheint alles nicht mehr so einfach. Vorher
gab es Sion Trumble – und Kokor Hekkus. Sion Trumble ist ein
Krieger und ist in der Schlacht ohne Zweifel so brutal wie jeder
andere. Aber seinem Volk in Vadrus versucht er, Gerechtigkeit
widerfahren zu lassen. Kokor Hekkus ist natürlich die Definition
des Bösen schlechthin. Ihm hätte ich Sion Trumble vorgezogen.
Nun möchte ich keinen von ihnen. Ich hatte zu viel der Aufregung
... In der Tat«, sagte sie gedankenvoll, »ich fürchte, ich habe
zu viel erlebt, seit ich Thamber verlassen habe und dabei meine
Jugend verloren.«

Gersen wandte sich um. Er erhaschte einen Blick auf den
Gefangenen. »Und weshalb sind Sie so amüsiert?«

»Ich erinnere mich einer ähnlichen Desillusion aus meiner
Jugend«, entgegnete Franz Paderbush.

»Möchten Sie die Umstände erklären?«

»Nein. Es ist für die Unterhaltung kaum von Bedeutung.«

»Wie lange dienen Sie Kokor Hekkus schon?«

»Mein ganzes Leben. Er beherrscht Misk, er ist mein Meister.«

»Vielleicht können Sie uns etwas von seinen Plänen berichten?«

»Ich fürchte, nein. Ich bezweifle, dass er viele hat, und diese behält er für sich. Er ist ein bemerkenswerter Mann. Ich denke mir, dass er den Verlust seines Forts übel nehmen wird.«

Gersen lachte. »Bei Weitem weniger als die anderen Schäden, die ich ihm zugefügt habe. Wie in Skouse, als ich seinen Handel mit Daeniel Trembath durchkreuzt habe. Wie bei der Intertausch, als ich ihm die Prinzessin gestohlen und ihn mit leerem Papier bezahlt habe.« Während er sprach, studierte Gersen die Augen von Paderbush. War es seine Einbildung oder weiteten sich die Pupillen etwas? Die Ungewissheit war ärgerlich, besonders da sie so zwecklos und unbegründet erschien. Billy Windle, Seuman Otwal, Franz Paderbush: Niemand ähnelte dem anderen, außer in der körperlichen Proportion und in einem gewissen undefinierbaren Stil. Keiner von ihnen konnte, Alusz Iphigenia zufolge, Kokor Hekkus sein ... Das Fort glitt die Berge hinunter, kam durch eine Region von Obstgärten und Weinreben, anschließend durch ein gut gewässertes Wiesenland, übersät mit kleinen Bauernhöfen und Dörfern: dann kam es hinaus in ein niedriges Vorgebirge, das Carrai überblickte – eine Stadt, ganz anders als Aglabat. Statt grimmiger brauner Mauern, gab es hier breite Avenuen, marmorne Kolonnaden, mit Bäumen umsäumte Villen, Paläste in formellen Gärten, so prachtvoll wie auf der Erde. Wenn es Elendsviertel oder -hütten gab, waren sie weit entfernt von den Hauptdurchfahrtswegen.

Am Eingang der Stadt stützte ein großer Marmorbogen eine Kugel aus Felskristall. Hier stand ein Zug Wächter in purpur-grünen Uniformen. Als das Fort sich näherte, brüllte ein Leutnant Befehle. Die Wächter marschierten vor, blass, aber entschlossen, richteten die Piken aus und warteten auf den Tod.

Fünfzig Meter vor dem Tor hielt Gersen das Fort an, öffnete das Luk und sprang zu Boden. Die Soldaten entspannten sich vor Verwunderung. Alusz Iphigenia trat hervor. Der Leutnant

schien sie trotz ihrer zerzausten Erscheinung zu erkennen. »Ist es
Prinzessin Iphigenia von Draszane, die dem Schlund des Dnazd
entsteigt?«

»Das Tier straft seiner Erscheinung Lügen«, entgegnete Alusz
Iphigenia. »Es ist Kokor Hekkus' mechanisches Spielzeug, das
wir ihm abgenommen haben. Wo ist Lord Sion Trumble? Ist er
anwesend?«

»Nein, Prinzessin, er ist im Norden, aber sein Kanzler hat
gerade in diesem Augenblick Carrai betreten und befindet sich in
der Nähe. Ich werde nach ihm schicken.«

Kurz darauf erschien ein weißbärtiger Edelmann in schwarz-
purpurnem Samt. Gesetzt trat er vor und vollführte eine Gebärde
des Respekts. Alusz Iphigenia begrüßte ihn erleichtert, als sei
hier endlich jemand, auf den sie ihr Vertrauen setzen konnte.
Sie stellte ihn Gersen vor. »Der Baron Endel Thobalt«. Danach
erkundigte sie sich nach Sion Trumble. Baron Thobalt antwortete
in einem Ton, bei dem die Ironie nicht fehlte: Sion Trumble habe
sich aufgemacht zu einem Überfall auf die Grodnedsa: Korsaren
des Nordpromenkuitivmeeres. Er würde in nicht allzu ferner
Zukunft zurückerwartet. Inzwischen solle die Prinzessin die
Stadt als die ihre betrachten: dies würde Sion Trumbles Wunsch
sein.

Alusz Iphigenia wandte sich Gersen zu. Eine neue Anmut, ein
neues Leuchten erschien in ihrem Gesicht. »Ich kann Sie nicht
für Ihre Dienste für mich entlohnen noch würde ich es versuchen – letzten Endes, nehme ich an, haben Sie sie nicht als solche
betrachtet. Dennoch biete ich Ihnen die Gastfreundschaft an,
über die ich nun verfügen kann: Was immer Sie sich wünschen,
Sie müssen es nur aussprechen.«

Gersen erwiderte, dass es ihm eine Freude gewesen sei, ihr zu
Diensten zu sein. Jede Verpflichtung ihrerseits sei mehr als abge-
golten dadurch, dass sie ihn nach Thamber geführt habe. »Aber
ich möchte Ihr Angebot dennoch nutzen. Ich möchte, dass Paderbush eingesperrt wird, wo er absolut sicher ist, bis ich entschieden
habe, was mit ihm geschehen soll.«

»Wir werden im Staatspalast untergebracht. In den Krypten befinden sich geeignete Verliese.« Sie sprach mit dem Leutnant der Wache, und der unglückliche Paderbush wurde fortgebracht.

Gersen kehrte zum Fort zurück, zog verschiedene Kabel ab, trennte einige Verbindungen und machte den Mechanismus dadurch unbrauchbar. Inzwischen war eine Kutsche vorgefahren, ein großes verziertes Gefährt auf goldenen Rädern. Gersen gesellte sich zu Alusz Iphigenia und Baron Thobalt im vorderen Abteil. Mit einem Schuldgefühl ob seiner verschmutzten Kleidung setzte er sich auf weichen roten Samt und weißes Fell.

Die Kutsche fuhr über den Boulevard. Männer in prächtigen Trachten und hohen spitzen Hüten, Frauen in weißen Kleidern mit vielen Rüschen drehten sich um und schauten.

Voraus lag der Staatspalast von Sion Trumble. Dieser war ein quadratisches Gebäude an der Rückseite des großen Gartens. Seine Konstruktion war, wie die anderen Paläste von Carrai, zugleich prunkvoll und angenehm naiv: Es gab sechs hohe Türme, umfasst von spiralförmigen Treppenfluchten; eine Kuppel aus gläsernen Fünfecken, gehalten von einem Netz aus Bronze; Terrassen mit Balustern in Form von Nymphen. An einer marmornen Rampe hielt die Kutsche an. Hier wartete ein äußerst hochgewachsener, äußerst alter Mann in schwarz-grauem Gewand. Er trug einen Stab, der in einem smaragdenen Ellipsoid endete, offensichtlich ein Amtssymbol. Er begrüßte Alusz Iphigenia mit gemessenem Respekt. Baron Thobalt stellte ihn Gersen vor: »Uther Caymon, Seneschall des Staatspalastes.«

Der Seneschall verbeugte sich, gleichzeitig warf er ein kritisches Auge auf Gersens befleckte Kleidung, dann drehte er den Amtsstab. Diener erschienen und eskortierten Alusz Iphigenia und Gersen in den Palast. Durch einen langen Salon, behangen mit Kristall, gingen sie auf einem Teppich, der in einem Muster in Lavendelfarben, Rosenrot und Hellgrün gewoben war. Sie trennten sich in einem runden Vestibül; jeder trat in einen anderen Seitenkorridor. Gersen wurde zu einer Zimmerflucht gebracht, die sich zu einem eingemauerten Garten hin öffnete. Blühende

Bäume umsäumten einen Springbrunnen. Nach den Härten der Reise war der unvermittelte Luxus unwirklich.

Gersen badete in einem warmen Becken und ein Barbier erschien, um ihn zu rasieren. Aus einem Kleiderschrank holte ein Kammerdiener frische Kleidung: eine weite dunkelgrüne Hose, die an den Knöcheln gerafft war; ein dunkelblaues, weiß besticktes Hemd; grüne Lederpantoffeln mit exzentrisch geringelten Spitzen und die flotte Spitzkappe, welche ein wesentlicher Teil der maskulinen Gewandung zu sein schien.

Im Garten war ein Tisch mit Obst, Kuchen und Wein aufgestellt worden. Gersen aß, trank und fragte sich, was Sion Trumble, inmitten einer Umgebung wie dieser, veranlasste, gegen Korsaren zu ziehen oder sich überhaupt irgendeinem Ungemach hinzugeben.

Er verließ das Apartment und wanderte durch den Palast. Überall fand er Mobiliar, Brücken und Behänge von vorzüglicher Handwerkskunst: Objekte verschiedener Stilrichtungen, hierhergebracht aus allen Regionen von Thamber.

Im Gesellschaftsraum stieß er auf Baron Thobalt, der ihn mit düsterer Höflichkeit begrüßte. Nach einem oder zwei Augenblicken des Nachdenkens erkundigte sich Thobalt nach der Natur des äußeren Universums »... aus dem Sie, so habe ich verstanden, gekommen sind.«

Gersen bestätigte es. Er beschrieb die Ökumene, ihre verschiedenen Welten und ihre Organisation, das Jenseits und seine Desorganisation, den Planeten Erde, von dem die gesamte Menschheit ausgezogen war. Er sprach über Thamber und die Legende, zu der es geworden war. Darauf entgegnete der Baron, dass der Rest der Menschheit ein genauso großer Mythos für das Volk von Thamber sei. Mit einer Spur Melancholie fragte er: »Ohne Zweifel beabsichtigen Sie in Ihre angestammte Umgebung zurückzukehren?«

»Zu gegebener Zeit«, erwiderte Gersen vorsichtig.

»Dann werden Sie erklären, dass Thamber letzten Endes kein Mythos ist?«

»Darüber habe ich noch nicht nachgedacht«, meinte Gersen. »Was sagt Ihr Gefühl? Möglicherweise ziehen Sie die Isolation vor.«

Thobalt schüttelte den Kopf. »Ich bin dankbar, dass ich diese Entscheidung nicht treffen muss. Vor dem heutigen Tag hat nur ein Individuum behauptet, die Welten der Sterne besucht zu haben, und das war Kokor Hekkus – aber er ist als Hormagaunt gebrandmarkt – ein Mann ohne Seele, dem man nicht vertrauen darf.«

»Sie kennen Kokor Hekkus?«

»Ich habe ihn über das Schlachtfeld hinweg gesehen.«

Gersen unterließ es, den Baron zu fragen, ob er eine Ähnlichkeit mit dem Mann Paderbush bemerkt habe. Als er an Paderbush dachte, der nun ein Gefangener in den Krypten war, verspürte er Gewissensbisse: War der Mann nicht Kokor Hekkus, bestand sein einziges Vergehen an der Teilnahme an dem Gegenangriff auf die Tadousko-Oi.

Gersen gab einem Diener ein Zeichen. »Bringen Sie mich zu den Krypten, wo mein Gefangener eingesperrt ist.«

»Einen Augenblick, Herr Ritter, ich werde den Seneschall in Kenntnis setzen. Er allein hat den Schlüssel zu den Krypten.«

Nicht lange danach erschien der Seneschall, erwog Gersens Anfrage und nahm diesen recht widerwillig, so erschien es zumindest, mit zu einer großen, geschnitzten Tür, die sich zu einer steinernen Treppenflucht hin öffnete. Diese führte hinunter zu einer einzelnen Flucht, in einen mit Granitfliesen gepflasterten Bereich, der mittels Schlitzen beleuchtet wurde, welche das Tageslicht von draußen hineinfallen ließen. An einer Seite führten eisenbeschlagene Türen in Zellen, von denen nur eine belegt war. Der Seneschall gestikulierte. »Dort ist Ihr Gefangener. Wenn Sie ihn zu töten wünschen, seien Sie so gut und benutzen das jenseits gelegene Zimmer, wo die notwendige Ausrüstung zur Hand ist.«

»Ich habe nichts dergleichen vor. Ich wollte mich nur vergewissern, dass es ihm nicht übel ergeht.«

»Dies ist nicht Aglabat, so etwas gibt es hier nicht.«

Gersen trat vor, um durch die Stangen zu blicken. Paderbush lehnte sich auf einem Stuhl zurück und musterte ihn mit verächtlichem Spott. Die Zelle war trocken und luftig, auf einem Tisch standen die Reste eines offensichtlich ausreichenden Mahles.

»Sind Sie zufrieden?« fragte der Seneschall.

Gersen wandte sich mit einem Nicken ab. »Eine oder zwei Wochen der Meditation werden ihm kaum schaden. Erlauben Sie keinen Besuch, außer mir.«

»Wie Sie wünschen.« Der Seneschall führte Gersen zurück zum Gesellschaftsraum, wo Alusz Iphigenia sich zu dem Baron gesellt hatte. Es waren auch die anderen Damen und Ritter des Palastes anwesend. Alusz Iphigenia schaute Gersen mit so etwas wie Überraschung an. »Ich habe Sie bisher nur als Raummann erlebt«, sagte sie zu ihm. »Ich bin überrascht, einen Edelmann von Vadrus vor mir zu sehen.«

Gersen grinste. »Ich habe mich nicht verändert, trotz des Aufputzes. Aber Sie ...« Er fand keine Worte, um auszudrücken, was er sagen wollte.

Alusz Iphigenia berichtete recht eilig: »Ich habe die Nachricht erhalten, dass Sion Trumble zurückkehrt. Er wird zum Abendbankett bei uns sein.«

Gersen verspürte eine Leere. Er war bestrebt, es sich nicht einzugestehen: Trotz seiner Gewänder war er kein Edelmann, weder von Vadrus noch sonst wo; er war Kirth Gersen, Überlebender des Mount-Pleasant-Massakers, verdammt zu einem Leben dunkler Taten. Leichthin sagte er: »Ist es das, was Sie glücklich macht – die Nähe Ihres Verlobten?«

Sie schüttelte den Kopf. »Das ist er wohl kaum, wie Sie sehr gut wissen. Ich bin glücklich, weil – aber nein! Ich bin nicht glücklich. Ich bin hin- und hergerissen!« Sie flatterte aufgeregt mit der Hand. »Sehen Sie! All dies wäre mein, sollte ich es wollen! Ich kann das Beste von Thamber genießen! Aber – will ich es? Und dann gibt es da noch Kokor Hekkus, der unvorhersehbar ist. Aber irgendwie denke ich nicht an ihn ... Liegt es daran, dass ich das Leben eines Vagabunden vorziehe – dass ich genug von den

Welten jenseits von Thamber gesehen habe, was mich verlockt, dass ich keine Ruhe finde?«

Gersen hatte nichts darauf zu entgegnen. Sie seufzte und sah ihn aus dem Augenwinkel an. »Aber ich habe kaum eine Wahl. Ich bin nun hier und hier muss ich bleiben. Nächste Woche kehre ich nach Draszane zurück – und Sie werden verschwunden sein ... Das werden Sie doch oder nicht?«

Gersen dachte düster über die Angelegenheit nach. »Wohin und wann ich gehe, hängt davon ab, wie ich am besten zum Raumschiff zurückkomme.«

»Und dann?«

»Und dann – fahre ich mit dem fort, weswegen ich gekommen bin.«

Sie seufzte. »Das scheint eine trübe Aussicht zu sein. Zurück in die Skar Sakau ... Noch einmal durch die Klippen und Klüfte. Danach Aglabat. Wie wollen Sie den Weg durch die Mauern finden? Und falls Sie gefangen genommen werden ...« Sie verzog das Gesicht. »Als ich zum ersten Mal von den Krypten unter Aglabat erfuhr, habe ich monatelang nicht mehr geschlafen. Ich hatte Angst zu schlafen, aus Furcht vor den Krypten von Aglabat.«

Eine Bedienung in hellgrüner Livree kam mit einem Tablett vorüber. Alusz Iphigenia nahm zwei goldene Kelche und gab einen an Gersen weiter. »Und falls Sie getötet oder gefangen genommen würden – wie könnte ich Thamber verlassen, wenn mir der Sinn danach stünde?«

Gersen lachte unbehaglich. »Wenn ich an diese Dinge dächte, würde ich sie fürchten. Aus Furcht wäre ich weniger effektiv und es wäre daher wahrscheinlicher, dass ich gefangen genommen oder getötet werden würde. Wenn Sie Sion Trumble heiraten, scheint es, dass Sie die gleichen Probleme haben.«

Alusz Iphigenia zuckte mit den schmalen, bloßen Schultern – sie trug das weiße, gerüschte, ärmellose Kleid, das für die Stadt charakteristisch war. »Er ist ansehnlich, liebenswert, rechtschaffen, galant – und vielleicht zu gut für mich. Ich ertappe mich dabei, wie ich mit einem Mal Gedanken denke und Wünsche habe, die ich nie zuvor gehabt habe.« Sie blickte sich im Raum um, lauschte einen Augenblick auf das Gemurmel der Unterhaltungen, dann wandte sie sich wieder Gersen zu. »Mir fällt es schwer mich auszudrücken – aber in einer Zeit, in der Männer und Frauen beinahe augenblicklich den Raum befahren, in der sich Hunderte von Welten zu einer Ökumene zusammenschließen, in der dem menschlichen Verstand alles möglich scheint, wirkt dieser kleine entfernte Planet mit seinen Extremen an Tugend und Boshaftigkeit undenkbar.«

Gersen, dem die Welten des Jenseits und die Welten der Ökumene vertrauter waren als Alusz Iphigenia, konnte ihre Gefühle nicht teilen. »Es hängt davon ab«, erwiderte er, »wie Sie die Menschheit betrachten: ihre Vergangenheit, ihre Gegenwart und was Sie für die Zukunft erhoffen. Die meisten Menschen der Ökumene mögen mit Ihnen übereinstimmen. Das Institut ...«, er lachte hohl, »... würde im täglichen Leben der Ökumene wahrscheinlich mehr von Thamber vorziehen.«

»Ich weiß nichts über das Institut«, sagte Alusz Iphigenia. »Sind es böse Menschen oder Verbrecher?«

»Nein«, versetzte Gersen. »Es sind Philosophen.«

Alusz Iphigenia seufzte beinahe abwesend und langte vor, um seine Hand zu nehmen. »Es gibt so viel, was ich nicht weiß.« Ein Herold marschierte in den Raum, gefolgt von Pagen mit langen Fanfaren. Der Herold rief: »Sion Trumble, Großfürst von Vadrus, betritt seinen Palast!«

Der Raum wurde still. Ein entferntes, gemessenes Rasseln war aus der Halle zu hören. Die Pagen hoben die Fanfaren und bliesen einen Tusch. Sion Trumble schritt in den Saal. Er trug eine befleckte Rüstung und einen Morionhelm, verbeult und mit Blut beschmiert. Er nahm den Morion ab und offenbarte eine Masse blonder Locken, einen kurz gestutzten blonden Bart, eine spitze gerade Nase und die blauesten aller blauen Augen. Er hob den Arm, um alle zu grüßen, marschierte dann zu Alusz Iphigenia und beugte sich über ihre Hand. »Meine Prinzessin – es hat dir beliebt zurückzukehren.«

Alusz Iphigenia kicherte. Sion Trumble blickte sie überrascht an. »Die Wahrheit ist«, erklärte Alusz Iphigenia, »dass dieser Herr mir keine Wahl gelassen hat.«

Sion Trumble wandte sich um und musterte Gersen. Er und Sion Trumble würden niemals Freunde werden, dachte dieser. So edel, galant, liebenswürdig und rechtschaffen Sion Trumble auch sein mochte, mit großer Gewissheit war er ebenso humorlos, selbstgerecht und eigensinnig.

»Ich wurde über Ihr Kommen informiert«, sagte Sion Trumble zu ihm. »Ich habe den schrecklichen Mechanismus gesehen, mit dem Sie gekommen sind. Wir haben einiges zu besprechen. Aber nun entschuldigen Sie mich bitte, ich gehe, um mich von meiner Rüstung zu befreien.« Er machte kehrt und verließ den Saal. Das Gemurmel der Unterhaltungen setzte wieder ein.

Alusz Iphigenia hatte nichts mehr zu sagen und wurde nahezu schwermütig. Eine Stunde später begab sich die Gesellschaft in die Banketthalle. An einem erhöhten Tisch saß Sion Trumble in Gewändern aus Scharlach und Weiß, flankiert von Edlen des Reiches. Darunter ordnete sich das Volk in strikter Reihenfolge der Stellung an. Gersen fand sich in der Nähe der äußeren Tür wieder und bemerkte, dass Alusz Iphigenia, trotz ihres angeblichen Standes als Verlobte von Sion Trumble, immer noch wenigstens sechs Damen von vermutlich höherem Stand Vorrang geben musste.

Das Bankett dauerte lang und war prachtvoll, die Weine waren stark. Gersen aß und trank sparsam, beantwortete Fragen mit Höflichkeit und versuchte sich erfolglos, unauffällig zu halten, denn es schien, dass jedes Auge auf ihn gerichtet war.

Sion Trumble aß spärlich und trank noch weniger. Als die Mahlzeit zur Hälfte vorüber war, stand er auf und entschuldigte sich aufgrund von Müdigkeit von der Gesellschaft.

Etwas später trat ein Page hinter Gersen, um in dessen Ohr zu wispern: »Mein Herr, wenn es Ihnen genehm ist, der Fürst wünscht mit Ihnen zu sprechen.«

Gersen erhob sich. Der Page führte ihn zu dem runden Vestibül, einen Korridor entlang, durch eine Tür in einen kleinen, mit grünem Holz getäfelten Gesellschaftsraum. Hier saß Sion Trumble, der nun eine weite Robe aus hellblauer Seide trug. Er winkte Gersen zu einem nahe stehenden Sessel, deutete auf einen Hocker, auf dem Kelche und Fläschchen standen. »Machen Sie es sich bequem«, sagte er. »Sie sind ein Mann von einer fernen Welt; bitte ignorieren Sie unser unverständliches Protokoll. Wir wollen wie ein Mann zum anderen miteinander sprechen, in völliger Aufrichtigkeit. Sagen Sie mir – weshalb sind Sie hier?«

Gersen sah keinen Grund, etwas anderes als die Wahrheit zu sagen. »Ich bin gekommen, um Kokor Hekkus zu töten.«

Sion Trumble hob die Augenbrauen. »Allein? Wie wollen Sie seine Mauern erstürmen? Wie wollen Sie die Braunen Bersagler besiegen?«

»Ich weiß es nicht.«

Sion Trumble blickte ins Feuer, das in einem nahen Kamin brannte. »Im Augenblick herrscht Waffenstillstand zwischen Misk und Vadrus. Es hätte gut zu einem Krieg kommen können, wenn es der Prinzessin beliebt hätte, das Los mit mir zu teilen, doch nun scheint es, dass keiner von uns sie bekommen wird.« Er runzelte die Stirn zum Feuer hin und umfasste die Sessellehnen. »Ich werde keine Provokation liefern.«

»Können Sie mir in irgendeiner Weise helfen?« Gersen dachte, dass er genauso gut auch das Schlimmste erfahren könnte.

»Durchaus denkbar. Was ist Ihr Streit mit Kokor Hekkus?«

Gersen beschrieb den Überfall auf Mount Pleasant. »Fünf Männer haben mein Zuhause zerstört, all meine Verwandten getötet, meine Freunde versklavt. Meine Hoffnung ist, Vergeltung über diese fünf zu bringen. Malagate ist tot. Kokor Hekkus ist der Nächste.«

Sion Trumble runzelte die Stirn und nickte. »Sie haben etwas auf sich genommen, was wie eine ungeheure Aufgabe erscheint. Was im Besonderen wollen Sie von mir?«

»Zunächst Ihre Hilfe und Führung bei der Rückkehr zu meinem Raumschiff, was ich im Norden der Skar Sakau zurückgelassen habe.«

»Das will ich tun, nach meinen besten Kräften. Im Norden der Skar liegen mir feindlich gesinnte Fürstentümer, und die Tadousko-Oi sind unversöhnlich.«

»Es gibt einen anderen Aspekt bei dieser Angelegenheit«, sagte Gersen. Er zögerte, sich mit einem Mal einer anderen bestürzenden Möglichkeit bewusst, die er bisher nicht erkannt hatte. Er fuhr langsam fort. »Als ich Kokor Hekkus das Fort weggenommen habe, habe ich ebenfalls einen Gefangenen genommen, von dem ich denke, dass es Kokor Hekkus selbst sein könnte. Prinzessin Iphigenia denkt das nicht, aber ich bin unsicher. Es schien damals unwahrscheinlich und jetzt auch noch, dass Kokor Hekkus dem ersten Test mit seinem neuen Spielzeug widerstehen könnte … Und etwas an diesem Gefangenen erinnert mich an einen Mann, der ebenfalls Kokor Hekkus sein könnte.«

»Ihre Ungewissheit kann ich beheben«, erwiderte Sion Trumble. »Im Palast befindet sich Baron Erl Castiglianu, einst eng verbündet mit Kokor Hekkus und nun sein ärgster Feind. Wenn jemand Kokor Hekkus kennt, dann ist das Baron Castiglianu, und morgen können Sie ihn auf die Probe stellen.«

»Ich werde froh sein, seine Meinung zu hören.«

Sion Trumble kam zu einer Entscheidung. »Ich kann Ihnen nicht in großem Umfang helfen, denn ich darf nicht ohne guten Grund Krieg oder Ungemach über mein Volk bringen. Solange Kokor Hekkus in Aglabat bleibt, werde ich ihn nicht provozieren.«

Er gab ein Zeichen: Die Audienz war vorüber. Gersen stand auf und verließ den Raum. Im Vorzimmer stand der Seneschall bereit, der ihn zu seinen Apartments führte. Gersen ging hinaus in den Garten, blickte in den Himmel hinauf und fand die skimitarförmige Sternenschar, das »Gott-Boot«, dachte daran, was er tun musste und war betroffen. Und doch – was sonst? Weshalb war er nach Thamber gekommen?

Er ging zu Bett und schlief gut. In sein Gemach strömendes Sonnenlicht weckte ihn. Er badete, zog sich die düsterste Kleidung an, die er im Kleiderschrank finden konnte, und nahm ein Frühstück aus Früchten, Pasteten und Tee zu sich. Wolken wälzten sich von Westen heran und es regnete in den Garten: Gersen beobachtete, wie die Tropfen in den Teich platschten und überlegte die verschiedenen Faktoren der Situation. Stets kehrte er immer wieder zum gleichen Gedanken zurück: Die Identität von Paderbush musste auf die ein oder andere Weise nachgewiesen werden.

Ein Page kam herein, um den Besuch von Baron Erl Castiglianu anzukündigen. Dieser war ein hagerer Mann von mittlerem Alter, ernstem Benehmen und Narben an beiden Wangen. »Ich bin von Fürst Sion Trumble angewiesen worden, Ihnen mein spezielles Wissen zur Verfügung zu stellen«, sagte er. »Es ist mir eine Freude, dies zu tun.«

»Sie sind sich dessen, was ich benötige, bewusst?«

»Nicht vollkommen.«

»Ich möchte, dass Sie sich einen Mann aus der Nähe ansehen und mir sagen, ob er Kokor Hekkus ist oder nicht.«

Der Baron verzog das Gesicht. »Und was dann?«

»Können Sie das tun?«

»Gewiss. Sehen Sie diese Narben: Sie wurden mir auf Befehl von Kokor Hekkus zugefügt. Ich hing drei Tage lang an einem Stab durch meine Wangen und lebe nur noch durch meinen Hass.«

»Dann kommen Sie, sehen wir uns diesen Mann an.«

»Er ist hier?«

»Er ist unten eingesperrt, in den Krypten.«

Der Page holte den Seneschall, der die Doppeltüren aus Holz und Metall aufsperrte. Die drei stiegen hinab in die Krypta. Paderbush stand in der Zelle, die Hände an den Stangen, die Beine gespreizt und starrte in das äußere Zimmer. Gersen deutete. »Das ist der Mann.«

Der Baron trat vor und inspizierte Paderbush aus der Nähe.

»Nun?« fragte Gersen.

»Nein«, beschied der Baron nach einem Augenblick. »Dies ist nicht Kokor Hekkus. Wenigstens – nein, ich bin sicher ... Wenngleich die Augen mich mit kluger Bosheit ansehen ... Nein, er ist ein Fremder. Ich bin ihm nie in Aglabat oder sonst wo begegnet.«

»Nun gut, es scheint, dass ich Unrecht hatte.« Gersen wandte sich an den Seneschall. »Öffnen Sie die Tür.«

»Sie haben vor, den Mann freizulassen?«

»Nicht ganz. Aber er muss nicht länger in einem Verlies eingesperrt sein.«

Der Seneschall sperrte die Tür auf. »Treten Sie vor«, forderte Gersen ihn auf. »Es scheint, dass ich Ihnen Unrecht getan habe.«

Paderbush trat langsam aus der Zelle. Er hatte die Freilassung nicht erwartet und bewegte sich wachsam.

Gersen nahm ihn beim Handgelenk und verwendete dabei einen Griff, der sofort in einen Fesselgriff umgewandelt werden konnte. »Kommen Sie mit, zurück die Stufen hinauf.«

»Wohin bringen Sie diesen Mann?« erkundigte sich der Seneschall verdrießlich.

»Fürst Sion Trumble und ich werden eine gemeinsame Entscheidung treffen«, entgegnete Gersen. Zu Baron Erl Castiglianu sagte er: »Meinen Dank für Ihre Zusammenarbeit, Sie waren eine große Hilfe.«

Baron Castiglianu zögerte. »Dieser Mann mag in jedem Fall ein Schurke sein, er könnte versuchen, Sie zu überwältigen.«

Gersen zeigte den Projeck, den er in der linken Hand hielt. »Ich bin auf alles vorbereitet.«

Der Baron verbeugte sich und ging steif davon, erleichtert, aus seiner Verpflichtung entlassen zu sein. Gersen nahm Paderbush mit zu seiner Zimmerflucht und schloss die Tür vor dem Seneschall.

Gersen nahm auf gemächliche Art und Weise Platz. Paderbush stand im Zentrum des Raums und fragte schließlich: »Was haben Sie jetzt mit mir vor?«

»Ich bin immer noch verwirrt«, sagte Gersen. »Möglicherweise sind Sie der Mann, der Sie vorgeben zu sein. In diesem Fall weiß ich nichts Unbilliges über Sie, außer dem Umstand, dass Sie für Kokor Hekkus arbeiten. Dennoch, ich möchte Sie nicht wegen eines hypothetischen Verbrechens eingepfercht wissen. Sie sind schmutzig, wollen Sie baden?«

»Nein.«

»Sie ziehen Schweiß und Schmutz vor? Vielleicht wollen Sie Ihre Kleidung wechseln?«

»Nein.«

Gersen zuckte mit den Schultern. »Wie Sie wünschen.«

Paderbush legte die Arme übereinander und starrte zornig auf Gersen hinab. »Weshalb halten Sie mich hier fest?«

Gersen überlegte: »Ich fürchte, Ihr Leben ist in Gefahr. Ich gedenke, Sie zu beschützen.«

»Ich bin sehr wohl in der Lage, mich selbst zu schützen.«

»Nichtsdestotrotz, bitte setzen Sie sich in den Sessel dort drüben.« Gersen deutete mit der Spitze des Projecks. »Sie stehen da, wie ein wildes Tier, das im Begriff ist zu springen und das macht mich unruhig.«

Paderbush bedachte ihn mit einem kühlen Grinsen und setzte sich. »Ich habe Ihnen keinen Schaden zugefügt«, meinte er daraufhin. »Aber Sie haben mich gedemütigt, mich in ein Verlies geworfen und nun überhäufen Sie mich mit Anspielungen und Andeutungen. Ich sage Ihnen, Kokor Hekkus ist kein Mann, der absichtliche Ungerechtigkeiten, die seinen Untergebenen zugefügt werden, nachsieht. Wenn Sie Ihrem Gastgeber große Schwierigkeiten ersparen möchten, schlage ich vor, dass Sie mich aus Ihrem Gewahrsam entlassen, sodass ich nach Aglabat zurückkehren kann.«

»Kennen Sie Kokor Hekkus gut?« fragte Gersen im Ton ungezwungener Konversation.

»Gewiss. Er ist ein Mann wie ein Khasferug-Adler. Seine Augen glitzern vor Intelligenz. Seine Freude und sein Ärger sind wie Feuer, das alles wegfegt, was vor ihm liegt. Seine Vorstellungskraft ist so weit wie der Himmel, jedermann fragt sich nach den Gedanken, die sich hinter seinen Brauen formen und vorüberziehen und aus welcher Quelle sie stammen.«

»Interessant«, erwiderte Gersen. »Ich bin gespannt darauf, ihn zu treffen – was ich bald tun werde.«

Paderbush war skeptisch. »Sie treffen Kokor Hekkus?«

Gersen nickte. »Sie und ich werden im Fort nach Aglabat zurückkehren – nachdem wir uns ein oder zwei Wochen hier in Carrai entspannt haben.«

»Ich ziehe es vor, noch in diesem Augenblick abzureisen.«

»Unmöglich. Ich möchte nicht, dass meine Ankunft bemerkt wird. Ich möchte Kokor Hekkus überraschen.«

Paderbush spöttelte. »Sie sind ein Narr. Sie sind mehr als ein Narr. Wie können Sie Kokor Hekkus überraschen? Er weiß mehr über Ihre Bewegungen als Sie selbst.«

KAPITEL XII

Aus »Der Avatarlehrling«
in *Schriften aus der Neunten Dimension*:

Der Dunst, der sich links und rechts in eiskalten Schichten erstreckte, nahm kein Ende und es war nicht zu erkennen, wo oben und unten war. Es gab ein Gefühl des Kommens und Gehens, von unsichtbar flatternden Botschaften: alles gänzlich jenseits von Marmadukes Verständnis. Er begann zu argwöhnen, dass die Doktrin der Temporalen Stasis irgendeine Umstellung der Empfindungen bewirkt hatte. Weshalb sonst, fragte er sich, als er durch die malvenfarbene Flüssigkeit tappte, sollte ihm das Wort »weinerlich« immer wieder und wieder und wieder in den Sinn kommen?

Er fand sich am Rande eines gewölbten, klaren Fensters wieder, hinter dem anamorphotische Visionen tanzten. Als er aufblickte erspähte er mit Fransen besetzte, gekrümmte Stangen. Darunter sah er einen gekrümmten rosafarbenen Sims, in welchem noch mehr dieser Stangen steckten. An der Seite stieß ein unebenes, poröses Gebilde vor wie eine ungeheure Nase: und nun erkannte er, dass das Gebilde wahrhaftig eine Nase war, ein höchst außergewöhnliches Ding. Marmaduke änderte die Richtung seines Nachsinnens. Das zentrale Problem, so schien es, war zu erfahren, aus wessen Auge er sah. Vieles würde letzten Endes von seinem Standpunkt abhängen.

≈

Der Morgen verging. Paderbush schien zuweilen in seinem Sessel zu dösen, zuweilen lebhaft aufmerksam zu sein, am

Rand eines unvermittelten Angriffs auf Gersen. Nach einer dieser
gespannten Perioden sagte letzterer: »Ich dränge Sie zur Geduld.
Erstens, wie Sie wissen, habe ich die Waffe …«, er hielt den Projeck in Paderbushs Sichtbereich, »… und zweitens, selbst ohne
sie könnten Sie nichts gegen mich ausrichten.«

»Sind Sie sicher?« fragte Paderbush mit müder Anmaßung.

»Wir sind von einer Größe; lassen Sie uns einen oder zwei Ring-
kämpfe versuchen, dann sehen wir, wer der bessere Mann ist.«

»Vielen Dank, nicht jetzt! Weshalb sollten wir uns verausga-
ben? Bald werden wir zu Mittag essen, also entspannen wir uns
lieber.«

»Wie Sie wünschen.«

An der Tür erklang ein *Tap-Tap-Tap*. Gersen ging los und blieb
vor dem dicken Paneel stehen. »Wer ist da?«

»Ich bin es, Uther Caymon, Seneschall«, kam die gedämpfte
Stimme. »Öffnen Sie die Tür, wenn ich bitten darf.«

Gersen tat es. Der Seneschall trat herein. »Der Fürst möchte
Sie unverzüglich in seinen Zimmern sehen. Er hat die Meinung
von Baron Erl Castiglianu gehört und bittet darum, dass dem
Gefangenen die Freiheit geschenkt wird. Er möchte Kokor Hekkus keinen Vorwand für Streitigkeiten geben.«

»Ich habe definitiv vor, jegliche Verfügungsgewalt über diesen
Mann abzugeben, zur gehörigen Zeit«, erwiderte Gersen. »Jetzt
aber ist er damit einverstanden, die Gastfreundschaft von Sion
Trumble für möglicherweise zwei Wochen anzunehmen.«

»Das ist großzügig von ihm«, bemerkte der Seneschall trocken,
»insofern, als dass der Großfürst so nachlässig gewesen ist und
vergessen hat, eben diese Gastfreundschaft anzubieten. Wollen
Sie mich zu den Apartments von Fürst Sion Trumble begleiten?«

Gersen stand auf. »Mit Freuden. Was werde ich mit unserem
Gast tun? Ich wage es nicht, ihn zu verlassen noch habe ich Lust,
mit ihm überall Arm in Arm hinzugehen.«

»Bringen Sie ihn zurück in das Verlies«, entgegnete der Seneschall verärgert. »Das ist die angemessene Gastfreundschaft für
seinesgleichen.«

»Der Großfürst würde dem nicht zustimmen«, erklärte Gersen. »Gerade erst hat er darum gebeten, dass ich diesen Mann freilasse.«

Der Seneschall blinzelte. »Dem ist so.«

»Bitte überbringen Sie ihm meine Entschuldigung und fragen Sie, ob er sich herablassen will, mich hier aufzusuchen.«

Der Seneschall stieß einen mürrischen Laut aus, warf die Hände in einer hilflosen Gebärde in die Höhe, bedachte Paderbush mit einem unheilvollen Seitenblick und verließ das Gemach.

Gersen und Paderbush saßen einander gegenüber. »Sagen Sie mir«, forderte Gersen ihn auf, »sind Sie mit einem Mann namens Seuman Otwal bekannt?«

»Ich habe den Namen schon gehört.«

»Er ist ein Verbündeter von Kokor Hekkus. Sie und er haben ein gewisses Betragen gemein.«

»Das kann gut sein – möglicherweise durch unsere Verbindung zu Kokor Hekkus ... Worin besteht dieses Betragen?«

»Eine Haltung des Kopfes, einige Gebärden, etwas, was ich psychische Aura nennen möchte. Sehr seltsam, wirklich.«

Paderbush nickte ernst, sagte aber nichts mehr. Einige Minuten später kam Alusz Iphigenia an die Tür und wurde eingelassen. Sie blickte überrascht von Gersen zu Paderbush. »Weshalb ist dieser Mann hier?«

»Er hält die Einsamkeit des Verlieses für ungerecht, da seine Vergehen nur etwa ein Dutzend Morde umfassen.«

Paderbush grinste wölfisch. »Ich bin Paderbush, Jungritter von Burg Pader; niemand meiner Linie hat es gescheut, das ein oder andere Leben zu nehmen, auch auf die Gefahr hin das eigene zu verlieren.«

Alusz Iphigenia wandte sich ab und richtete das Wort an Gersen. »Carrai ist nicht mehr so fröhlich wie zuvor. Etwas hat sich geändert, etwas fehlt: möglicherweise liegt es an mir ... Ich möchte nach Draszane zurückkehren, zu meinem Zuhause.«

»Ich dachte, Ihnen zu Ehren sei eine große Gala geplant.«

Alusz Iphigenia hob die Schultern. »Vielleicht ist sie bereits wieder vergessen. Sion Trumble ist böse auf mich – oder wenigstens nicht mehr so galant wie früher.« Sie warf Gersen einen schnellen Seitenblick zu. »Möglicherweise ist er eifersüchtig.«

»›Eifersüchtig‹? Weshalb sollte er eifersüchtig sein?«

»Letzten Endes haben Sie und ich viel Zeit miteinander verbracht. Das reicht aus, um Verdacht zu erregen – und Eifersucht.«

»Lächerlich«, entfuhr es Gersen.

Alusz Iphigenia hob die Augenbrauen. »Bin ich so hässlich? Ist die bloße Andeutung einer solchen Beziehung so absurd?«

»Ganz und gar nicht«, meinte Gersen. »Im Gegenteil. Aber wir müssen Sion Trumble nicht wegen einer falschen Auffassung leiden lassen.« Er rief einen Pagen herbei und sandte ihn los, um eine Audienz bei Sion Trumble anzufragen.

Der Page kehrte kurz darauf zurück, um zu verkünden, dass der Fürst niemanden sehen wollte.

»Kehre zurück«, wies Gersen an. »Überbringe Sion Trumble folgende Botschaft. Sage, dass ich morgen abreisen muss. Falls notwendig, werde ich mit dem Fort nördlich der Skar Sakau fahren und irgendwie mein Raumschiff finden. Informiere den Fürsten gleichfalls, dass Prinzessin Alusz Iphigenia vorhat, mich zu begleiten. Erkundige dich danach nochmals, ob er uns empfangen will.«

Alusz Iphigenia wandte sich an Gersen. »Sie wollen mich wirklich mitnehmen?«

»Sofern Sie in die Ökumene zurückkehren wollen.«

»Aber was ist mit Kokor Hekkus? Ich dachte ... «

»Ein Detail.«

»Dann meinen Sie es nicht ernst«, entgegnete Alusz Iphigenia bekümmert.

»Doch! Werden Sie mit mir mitkommen?«

Sie zögerte und nickte dann. »Ja. Weshalb nicht? Ihr Leben ist wirklich. Mein Leben – alles auf Thamber – nichts davon ist wirklich. Es ist ein animierter Mythos, archaische Szenen aus einem Diorama. Es erstickt mich.«

»Nun gut. Wir werden sehr bald abreisen.«

Alusz Iphigenia blickte Paderbush an. »Was ist mit ihm?«
fragte sie zweifelnd. »Werden Sie ihn freisetzen oder überlassen
Sie ihn Sion Trumble?«

»Nein. Er kommt mit uns.«

Alusz Iphigenia warf Gersen einen verwirrten Blick zu. »Mit
... uns?«

»Ja. Für kurze Zeit.«

Paderbush stand auf und streckte die Arme. »Diese Konversation langweilt mich. Ich werde niemals mit Ihnen gehen.«

»Oh? Nicht einmal bis nach Aglabat, um Kokor Hekkus zu
treffen?«

»Ich gehe nach Aglabat, allein – und jetzt.« Er setzte durch
das Apartment, floh durch den Garten, sprang auf und über die
Mauer. Er war verschwunden.

Alusz Iphigenia lief los, um durch den Garten zu sehen und
wandte sich dann an Gersen. »Rufen Sie die Diener! Er kann
nicht weit kommen, diese Gärten sind alle Teil des inneren Hofes.
Rasch!«

Gersen schien in keiner großen Eile zu sein. Alusz Iphigenia zog
an seinem Arm. »Wollen Sie, dass er entkommt?«

»Nein«, erwiderte Gersen mit unvermitteltem Nachdruck.
»Er darf nicht entkommen. Wir werden Sion Trumble informieren, der am besten wissen wird, wie wir ihn wieder ergreifen
können. Kommen Sie.«

Im Korridor wies Gersen den Pagen an: »Bringe uns schnell zu
Sion Trumbles Apartments – auf, auf!«

Der Page führte sie den Korridor entlang zum runden Vestibül,
einen weiteren Flur mit rotem Teppich hinunter zu einer breiten
weißen Tür. Hier standen zwei Wächter in weißen Uniformen mit
schwarzen Eisenmorionhelmen.

»Öffnen!« befahl Gersen. »Wir müssen unverzüglich Sion
Trumble sprechen.«

»Nein, mein Herr. Wir haben Anweisung vom Seneschall, niemanden hereinzulassen.«

Gersen zielte mit dem Projeck auf das Schloss. Es gab einen

Ausbruch von Feuer und Rauch; die Wächter schrien protestie-
rend auf. Gersen sagte: »Treten Sie zurück, bewachen Sie den
Flur. Zur Sicherheit von Vadrus!«

Halb benommen zögerten die Wächter. Gersen stieß die Tür
auf und trat mit Alusz Iphigenia ein.

Sie standen im Durchgang; weiße Marmorstatuen blickten
von Alkoven herab. Gersen sah den Flur entlang, durch einen
Triumphbogen, ging weiter zu einer geschlossenen Tür, lauschte.
Von jenseits kam das Geräusch von Bewegung. Er prüfte die Tür:
sie war verriegelt. Er benutzte den Projeck, brach die Tür auf,
stürmte in den Raum.

Sion Trumble, halbbekleidet, fuhr bestürzt herum. Er öffnete den Mund, brüllte etwas Unverständliches. Alusz Iphigenia
keuchte: »Er trägt die Kleidung von Paderbush!«

Das stimmte: auf einem Gestell hingen Sion Trumbles grün-rote
Roben. Er war dabei gewesen, die befleckte Kleidung, getragen von
Paderbush, auszuziehen. Nun langte er nach dem Schwert; Gersen
hieb nach seinem Handgelenk und schlug es ihm aus der Hand.
Sion Trumble griff nach einem Regal, in dem eine Handwaffe
ruhte; Gersen zerstörte sie mit einer Ladung aus dem Projeck.

Sion Trumble drehte sich langsam um, sprang Gersen wie ein
wildes Tier an. Gersen lachte laut, duckte sich, stieß die Schulter
in Sion Trumbles Bauch, packte das sofort angehobene Knie und
warf ihn durch die Luft. Er packte in das blonde Lockenhaar und
zog daran, als Sion Trumble sich sträubte und drängte. Das blonde
Haar ging ab, das gesamte Gesicht löste sich und Gersen stand da
und hielt einen warmen, gummiartigen Sack am Haar, die spitze,
gerade Nase stand schräg ab, der Mund hing offen. Der Mann
auf dem Boden besaß kein Gesicht. Die Kopfhaut, die Gesichts-
muskeln zeigten sich rosa und rot durch einen Film transparenten
Stoffes. Die Augen funkelten lidlos unter einer bloßen Stirn, über
einer schwarzen Nüsternspalte. Der lippenlose Mund verzog sich,
weiß ob der unvermittelt sichtbaren Zähne.

»Wer – was ist das?« fragte Alusz Iphigenia mit heiserer Stimme.

»Das«, erwiderte Gersen, »ist ein Hormagaunt. Es ist Kokor

Hekkus. Oder Billy Windle. Oder Seuman Otwal. Oder Paderbush. Oder ein Dutzend andere. Und nun ist seine Zeit gekommen. Kokor Hekkus – erinnern Sie sich an den Überfall auf Mount Pleasant? Ich bin gekommen, um Vergeltung über Sie zu bringen.«

Kokor Hekkus stand langsam auf; das Gesicht starrte wie ein Totenkopf.

»Einmal haben Sie mir gesagt, dass Sie nur den Tod fürchten«, sagte Gersen. »Nun werden Sie sterben.«

Kokor Hekkus gab einen keuchenden Laut von sich.

Gersen erklärte: »Sie haben das übelste aller Leben geführt. Ich sollte Sie mit dem äußersten Schrecken und Schmerz töten – aber es reicht, dass Sie sterben.« Er zielte mit dem Projeck. Kokor Hekkus stieß einen wilden, heiseren Laut aus, warf sich mit weit ausgebreiteten Armen und Beinen vorwärts und wurde von einem Feuerstrahl getroffen.

Am folgenden Tag wurde Seneschall Uther Caymon am öffentlichen Galgen gehenkt: der Helfershelfer, die Kreatur, der Gefährte und Vertraute Kokor Hekkus'. Auf einer hohen, gegliederten Leiter stehend, schrie er hinab zu der ehrfürchtigen Menge: »Narren! Narren! Seid ihr euch bewusst, wie lange ihr übertölpelt und gemelkt und geschröpft wurdet? Um euer Geld, eure Krieger, eure schönen Frauen gebracht wurdet? Zweihundert Jahre lang! So alt bin ich, Kokor Hekkus war noch älter! Gegen die Braunen Bersagler hat er eure Besten geschickt und sie starben nutzlos. In sein Bett kamen die schönsten Mädchen, einige kehrten nach Hause zurück, andere nicht. Ihr werdet weinen, wenn ihr hört, wie es ihnen ergangen ist! Schließlich ist er gestorben, schließlich sterbe ich, aber ihr seid Narren! Narren! ...«

Der Scharfrichter hatte die Leiter zerbrochen. Die Menge starrte hohläugig auf die zuckende Gestalt.

Alusz Iphigenia und Gersen gingen in den Garten im Palast von Baron Endel Thobalt. Sie war immer noch bleich vor Schrecken. »Woher wussten Sie es? Sie wussten es – aber woher?«

»Zunächst vermutete ich es wegen Sion Trumbles Händen. Er hatte den Verstand, sich anders zu geben als Paderbush, aber seine Hände waren dieselben: langfingerig, mit glatter glänzender Haut, dünne Daumen mit langen Nägeln. Ich sah diese Hände, habe mich jedoch täuschen lassen – bis ich Paderbush noch einmal aus der Nähe sah. Sion Trumble hat sich weiter enthüllt. Er war sich bewusst, dass Sie beschlossen hatten, ihn nicht zu heiraten: das hat er mir gesagt. Aber nur drei Leute wussten davon: Sie, ich und Paderbush, denn erst im Fort haben Sie sich dazu entschlossen. Als ich Sion Trumble diese Aussage machen hörte, habe ich mir seine Hände angeschaut und ich erkannte es.«

»Was für eine üble Angelegenheit. Ich frage mich, was für ein Planet ihn hervorgebracht hat, wer seine Eltern waren … «

»Er war ein Mann, gesegnet und verflucht durch seine Vorstellungskraft. Ein einziges Leben war ihm nicht genug. Er musste an jeder Quelle trinken, jede Erfahrung kennen, alle Extreme durchleben. Auf Thamber fand er eine Welt nach seinem Naturell. In seinen verschiedenen Identitäten schuf er seine eigenen Epen. Wenn er Thamber überdrüssig wurde, kehrte er zu den anderen Welten der Menschen zurück – weniger seinem Willen unterworfen, aber nichtsdestotrotz amüsant. Er ist tot.«

»Und nun muss ich Thamber mehr denn je verlassen«, sagte Alusz Iphigenia.

»Es gibt nichts, was uns hält. Morgen werden wir abreisen.«

»Weshalb morgen? Reisen wir sofort ab. Ich glaube – ich bin sicher – dass ich uns zum Raumschiff bringen kann. Der Weg nördlich um die Skar herum ist nicht so beschwerlich. Die Landmarken sind bekannt.«

»Wir müssen nicht bleiben«, entgegnete Gersen. »Gehen wir.«

Eine kleine Gruppe Edelmänner von Carrai versammelte sich im Spätnachmittagslicht. Baron Endel Thobalt sprach mit unvermittelter Besorgnis: »Sie werden Schiffe aus der Ökumene hierherschicken?«

Gersen nickte. »Das habe ich zugesagt und das werde ich tun.«

Alusz Iphigenia, die einen leichten Seufzer ausstieß, blickte über die Landschaft. »Eines Tages – ich weiß nicht, wann – werde ich nach Thamber zurückkehren.«

»Denken Sie daran«, sagte Gersen zum Baron, »dass, wenn die Schiffe der Ökumene kommen, Ihr alter Lebensstil nicht überdauern wird! Es wird zu Nörgeln, Nostalgie und Unzufriedenheit kommen. Möglicherweise ziehen Sie Thamber, wie es jetzt ist, vor?«

»Ich kann nur für mich selbst sprechen«, erwiderte Endel Thobalt. »Ich sage, dass wir uns der Menschheit wieder anschließen müssen, einerlei, was es kostet.«

Seine Begleiter wiederholten das Einverständnis.

»Wie Sie wünschen«, meinte Gersen. Alusz Iphigenia kletterte in das Fort, Gersen folgte, schloss das Luk, ging zur Konsole und blickte auf das Bronzeschild:

PATCH INGENIEUR- UND KONSTRUKTIONSGESELLSCHAFT

⌐· PATRIS, KROKINOLE ·⌐

»Der gute alte Patch«, murmelte Gersen. »Ich muss ihm einen Bericht schicken, wie seine Maschine funktioniert hat – vorausgesetzt, sie bringt uns zurück zum Raumschiff.«

Alusz Iphigenia, die neben ihm stand, drückte den Kopf leicht gegen seine Schulter. Als er in das glänzende staubgoldene Haar hinunterblickte erinnerte Gersen sich, wie er sie zum ersten Mal bei der Intertausch gesehen hatte, wie er sie zunächst für unscheinbar gehalten hatte. Er lachte leise. Alusz Iphigenia blickte auf. »Weshalb lachen Sie?«

»Eines Tages werden Sie es wissen. Aber nicht jetzt.«

Sie lächelte ihrerseits über eine private Erinnerung und schwieg.

Gersen stieß den An-Hebel vor. Sechsunddreißig Beine hoben und senkten sich; achtzehn Segmente bewegten sich vorwärts. Das Fort glitt gen Nordwesten, wo das lange Licht der Nachmittagssonne auf den weißen Spitzen der Skar Sakau glitzerte.

✦

Der Autor

Jack Vance (richtiger Name: John Holbrook Vance) wurde am 28. August 1916 in San Francisco geboren. Er war eines der fünf Kinder von Charles Albert und Edith (Hoefler) Vance. Vance wuchs in Kalifornien auf und besuchte dort die University of California in Berkeley, wo er Bergbau, Physik und Journalismus studierte. Während des 2. Weltkriegs befuhr er die See als Matrose der US-Handelsmarine. 1946 heiratete er Norma Ingold; 1961 wurde ihr Sohn John geboren.

Er arbeitete in vielen Berufen und Aushilfsjobs, bevor er Ende der 1960er Jahre hauptberuflich Schriftsteller wurde. Seine erste Kurzgeschichte, »The World-Thinker« (»Der Welten-Denker«) erschien 1945. Sein erstes Buch, »The Dying Earth« (»Die sterbende Erde«), wurde 1950 veröffentlicht.

Zu Vances Hobbys gehörten Reisen, Musik und Töpferei – Themen, die sich mehr oder weniger ausgeprägt in seinen Geschichten finden. Seine Autobiografie, »This Is Me, Jack Vance! (»Gestatten, Jack Vance!«), von 2009 war das letzte von ihm geschriebene Buch. Jack Vance starb am 26. Mai 2013 in Oakland.

Kolophon

Die in diesem Buch verwendete Hauptschriftart ist Adobe Arno Pro,
die Coverschriftart Brioso Pro.

Die Übersetzung dieser Ausgabe folgt
dem Text der Vance Integral Edition (VIE)
www.jackvance.com

Satz/Gestaltung: Joel Anderson
Management: John Vance, Koen Vyverman